鏡花文学賞50年

鏡花賞の50年　五木寛之
全受賞作解説　嵐山光三郎
市民文学賞の50年　秋山稔

北國新聞社編

金沢・下新町生まれの文豪泉鏡花の生誕100年に当たる1973（昭和48）年、金沢市は地方自治体が主催する全国規模の文学賞としては初となる鏡花文学賞を制定しました。泉鏡花文学賞、泉鏡花記念金沢市民文学賞の二つからなる鏡花文学賞は2022（令和4）年、50回を数えました。本書では、賞の創設に奔走し、初回から選考委員を務める作家の五木寛之さんが来し方を振り返り、2009（平成21）年から選考委員を務める作家の嵐山光三郎さんが泉鏡花文学賞のこれまでの全受賞作を解説します。泉鏡花記念金沢市民文学賞について、泉鏡花記念館館長の秋山稔金沢学院大学学長がその意義をつづりました。

各賞正賞の八稜鏡

【泉鏡花記念金沢市民文学賞】

小説のほか、戯曲や評論、随筆、詩歌など文芸ジャンルは問わない。金沢市に居住するなど、ゆかりのある人に贈られる。

【　泉鏡花文学賞　】

小説や戯曲などが対象で、泉鏡花の文学世界に通ずるロマンの薫り高い優秀作品に贈られる。

泉鏡花文学賞

[選考方法]

金沢市在住者ら地元ゆかりの文学関係者で構成する推薦委員が50冊前後の作品を読み、意見交換を経て5作前後を選考委員に推薦。続いて毎年10月ごろに東京都内で選考委員会が開かれ、授賞作を絞る。作家が授賞の申し出を受ければ決定となる。授賞作以外の最終候補に残った作品は公表されない。

【対象作品】

毎年8月1日を基準日とし、それ以前の1年間に刊行された小説や戯曲など文芸作品(単行本に限る)。

[正賞と副賞]

受賞作家には正賞として金属製の鏡の一種「八稜鏡(はちりょうきょう)」、副賞として100万円が贈呈される。授賞式は例年10～11月に金沢市内で行われる。

[条例]

金沢市は鏡花文学賞条例を制定しており、第1条には「幾多の文学者を輩出した本市の文化的伝統の継承発展を図り、市民の文化水準の向上に資するため、すぐれた文芸作品に対し、鏡花文学賞を贈与するを目的とする」とある。

51歳頃の泉鏡花(泉鏡花記念館提供)

泉鏡花文学賞 歴代選考委員

委員		任期	（参加回）
井上　靖	いのうえ・やすし	1973〜90年	（1〜18回）
奥野　健男	おくの・たけお	1973〜97年	（1〜25回）
尾崎　秀樹	おざき・ほつき	1973〜98年	（1〜26回）
瀬戸内寂聴	せとうち・じゃくちょう	1973〜87年	（1〜15回）
三浦　哲郎	みうら・てつお	1973〜96年	（1〜24回）
森山　啓	もりやま・けい	1973〜90年	（1〜18回）
吉行淳之介	よしゆき・じゅんのすけ	1973〜93年	（1〜21回）
五木　寛之	いつき・ひろゆき	1973年〜	（1回〜）
半村　良	はんむら・りょう	1992〜2001年	（20〜29回）
泉　名月	いずみ・なつき	1992〜2007年	（20〜35回）
村田喜代子	むらた・きよこ	1998〜2016年	（26〜43回）
村松　友視	むらまつ・ともみ	2000年〜	（28回〜）
金井美恵子	かない・みえこ	2000〜22年	（28〜50回）
嵐山光三郎	あらしやま・こうざぶろう	2009年〜	（37回〜）
山田　詠美	やまだ・えいみ	2016年〜	（44回〜）
綿矢　りさ	わたや・りさ	2018年〜	（46回〜）

泉鏡花文学賞 受賞作（第1〜50回）

年度	作品名	著者	出版社
第1回 1973（昭和48）年	産霊山秘録（むすびのやまひろく）	半村 良	早川書房
	翔ぶ影	森内 俊雄	角川書店
第2回 1974（昭和49）年	悪夢の骨牌（カルタ）	中井 英夫	平凡社
第3回 1975（昭和50）年	甘い蜜の部屋	森 茉莉	新潮社
第4回 1976（昭和51）年	誘惑者	高橋 たか子	講談社
第5回 1977（昭和52）年	怪しい来客簿	色川 武大	話の特集
	草の臥所（ふしど）	津島 佑子	講談社
第6回 1978（昭和53）年	海星（ひとで）・河童（かっぱ）―少年小説	唐 十郎	大和書房
第7回 1979（昭和54）年	消滅の光輪	眉村 卓	早川書房
	プラトン的恋愛	金井 美恵子	講談社
第8回 1980（昭和55）年	わが魂は輝く水なり―源平北越流誌	清水 邦夫	講談社
	雪女	森 万紀子	新潮社
第9回 1981（昭和56）年	唐草物語	澁澤 龍彦	河出書房新社
	虚人たち	筒井 康隆	中央公論社
第10回 1982（昭和57）年	抱擁	日野 啓三	集英社
	鬼どもの夜は深い	三枝 和子	新潮社
第11回 1983（昭和58）年	光る女	小檜山 博	集英社

泉鏡花文学賞

回	年	作品	著者	出版社
第12回	1984(昭和59)年	海峡 八雲が殺した	赤江 瀑	白水社 文藝春秋
第13回	1985(昭和60)年	殺意の風景	宮脇 俊三	新潮社
第14回	1986(昭和61)年	シングル・セル	増田 みず子	福武書店
第15回	1987(昭和62)年	アマノン国往還記	倉橋 由美子	新潮社
		シュージの放浪	朝稲 日出夫	筑摩書房
第16回	1988(昭和63)年	折鶴	泡坂 妻夫	文藝春秋
		ムーンライト・シャドウ(『キッチン』所収)	吉本 ばなな	福武書店
第17回	1989(平成元)年	野分(のわき)酒場	石和 鷹	福武書店
		深川澪通(みおどお)り木戸番小屋	北原 亞以子	講談社
第18回	1990(平成2)年	泥汽車	日影 丈吉	白水社
第19回	1991(平成3)年	踊ろう、マヤ	有爲 エンジェル	講談社
第20回	1992(平成4)年	駆ける少年	鷺沢 萠	文藝春秋
		彼岸先生	島田 雅彦	福武書店
第21回	1993(平成5)年	喪服の子	山本 道子	講談社
第22回	1994(平成6)年	(該当作なし)		
第23回	1995(平成7)年	夢の方位	辻 章	河出書房新社
第24回	1996(平成8)年	アニマル・ロジック	山田 詠美	新潮社
		フルハウス	柳 美里	文藝春秋

- 第25回　1997（平成9）年　嗤う伊右衛門　京極夏彦　中央公論社
- 第26回　1998（平成10）年　鎌倉のおばさん　村松友視　新潮社
- 　　　　道頓堀の雨に別れて以来なり　川柳作家・岸本水府とその時代　田辺聖子　中央公論社
- 第27回　1999（平成11）年　箱の夫　吉田知子　中央公論新社
- 　　　　種村季弘のネオ・ラビリントス「幻想のエロス」ほか　種村季弘　河出書房新社
- 第28回　2000（平成12）年　ヒナギクのお茶の場合　多和田葉子　新潮社
- 第29回　2001（平成13）年　蕭々館日録　久世光彦　中央公論新社
- 　　　　幽界森娘異聞　笙野頼子　講談社
- 第30回　2002（平成14）年　「文壇」およびそれに至る文業　野坂昭如　文藝春秋
- 第31回　2003（平成15）年　輝く日の宮　丸谷才一　講談社
- 　　　　グロテスク　桐野夏生　文藝春秋
- 第32回　2004（平成16）年　ブラフマンの埋葬　小川洋子　講談社
- 第33回　2005（平成17）年　楽園の鳥　カルカッタ幻想曲　寮美千子　講談社
- 第34回　2006（平成18）年　悪党芭蕉　嵐山光三郎　新潮社
- 第35回　2007（平成19）年　道元禅師（上・下）　立松和平　東京書籍
- 　　　　草すべり　その他の短篇　南木佳士　文藝春秋
- 第36回　2008（平成20）年　ぶるうらんど　横尾忠則　文藝春秋

泉鏡花文学賞

回	年	作品	著者	出版社
第37回	2009(平成21)年	魚神(いおがみ)	千早 茜	集英社
第38回	2010(平成22)年	河原者ノススメ 死穢(しえ)と修羅の記憶	篠田 正浩	幻戯書房
第39回	2011(平成23)年	大江戸釣客伝(上・下)	夢枕 獏	講談社
		風景	瀬戸内 寂聴	角川学芸出版
第40回	2012(平成24)年	かなたの子	角田 光代	文藝春秋
第41回	2013(平成25)年	往古来今	磯﨑 憲一郎	文藝春秋
第42回	2014(平成26)年	妻が椎茸だったころ	中島 京子	講談社
		たまもの	小池 昌代	講談社
第43回	2015(平成27)年	冥途(めいど)あり	長野 まゆみ	講談社
		骨風(こつぷう)	篠原 勝之	文藝春秋
第44回	2016(平成28)年	大きな鳥にさらわれないよう	川上 弘美	講談社
第45回	2017(平成29)年	最愛の子ども	松浦 理英子	文藝春秋
第46回	2018(平成30)年	飛ぶ孔雀	山尾 悠子	文藝春秋
第47回	2019(令和元)年	ひよこ太陽	田中 慎弥	新潮社
第48回	2020(令和2)年	小説伊勢物語 業平(なりひら)	髙樹 のぶ子	日本経済新聞出版
第49回	2021(令和3)年	姉の島	村田 喜代子	朝日新聞出版
第50回	2022(令和4)年	陽だまりの果て	大濱 普美子	国書刊行会

泉鏡花記念金沢市民文学賞

[作者の要件]

金沢市に居住している、または居住していた方、もしくは通勤・通学している、または通勤・通学していたことがある方。

[選考方法]

金沢市在住者ら地元ゆかりの文学関係者で構成する選考委員(非公表)が応募作品を読み、意見交換を経て選定する。

【対象作品】

日本語による文芸作品で、散文型、短詩型などジャンルは問わない。学術・研究論文は対象としない。前年8月1日から当年7月31日までに刊行または制作された作品とする。原則、製本・出版されたもの。ただし未発表のワープロ原稿も選考対象とする。

[正賞と副賞]

受賞者には正賞として「八稜鏡」、副賞として30万円が贈呈される。授賞式は例年10〜11月、泉鏡花文学賞の授賞式と併せて金沢市内で行われる。

目次

鏡花賞の50年　五木寛之

「金沢だから可能」と……12
絶対に実現したかった……15
新しい文芸の種撒きたい……19
選考会に人間ドラマ……23
時代を超えて生き続ける……27

全受賞作解説　嵐山光三郎

第1章　第1回から迫真の2作が登場した……32
第2章　スケールが大きくなっていく文学賞……70
第3章　吉本ばななのまぶしいデビュー……110
第4章　村松友視、おば恋いの記『鎌倉のおばさん』……161
第5章　文壇の豪傑「水滸伝」……211
第6章　寂聴さんの帰還と獏さんの大奮闘……259
第7章　父と格闘する二つの迷宮……301

市民文学賞の50年　秋山　稔

受賞作に共通する豊かな感性……358
市民文学賞、誕生前夜……359
第1回受賞の2作品……362
詩歌を対象に加えて……366
文芸フォーラムの提起……372
市民文学賞における鏡花……376
金沢市民文学賞　受賞作……379

資料

泉鏡花文学賞

歴代選考委員略歴……386
歴代推薦委員……389
受賞作家略歴……390

鏡花賞の50年

五木寛之

「金沢だから可能」と

私が金沢をはじめて訪れたのは、一九五三年の夏である。

昔のことはほとんどぼんやりした記憶しか残っていないが、この年だけははっきりと憶(おぼ)えている。内灘での反対闘争が全国的に話題となった時期だった。

その頃から毎年のように金沢を訪れてきていたが、やがて金沢に生活の場を移すこととなった。一九六五年のことである。

暮らしの足しにするのに、これまでの仕事の一部を金沢に抱えてやってきたのだ。そのなかには、当時、少女小説めいたものを書いていた瀬戸内晴美（のち寂聴）さんと同じ雑誌の仕事などもあったことを懐かしく思い出す。

妻の父君である岡良一氏とは、それ以前から交流があり、ことに文化政策に関して時たま私見を述べることもあった。

四高の学生時代は文学青年でもあったという岡氏は、中野重治、窪川鶴次郎、森山啓などの文学者たちとの交流も深く、同人雑誌などにも関係していた優れた文人政治家だった。

金沢を伝統的な観光都市としてだけでなく、カルチュアが息づく文化都市としたい、というのが岡氏の抱負だったようである。

「記念館とか、催事とかだけでなく、なにか新しい文化政策はないものだろうか」

と、金沢市長時代の岡氏から相談をうけたとき、私は言下に、

「地方から中央に逆発信する文学賞を創設されたらいかがですか」

と答えた。

当時、有名な文学賞と言えば、ほとんどすべてが中央の新聞社、出版社などが主催する賞だったのである。

「金沢には無形の財産があります。泉鏡花、徳田秋声、室生犀星などの文学者を生み育てた都市ですから。政治家や実業家を誇る街は少なくないのですが、文学的土壌という点では、ほかに匹敵する都市はありません。それらの文人の名前を冠した文学賞を創立することは、金沢だからこそ可能なのです。ぜひ、おやりになったらいかが

若い頃は文学青年だった岡元市長＝1972年

ですか」

などと無責任な熱弁をふるった記憶がある。

「なるほど」

と、岡氏は腕組みして考えていたが、ぽつんと独り言のように呟（つぶや）いた言葉が耳に残っている。

「発案するのはいいが、実際にやるとなると大変だよ。市民や議会の協力がないと、新しいことはやれないのだ」

その通りだと思う。私はそれ以前にも、〈九州沖縄芸術祭文学賞〉という新人賞の創設にかかわったことがあり、地方文学賞といえども、その実現化がいかに大変かは身にしみてわかっていた。（ちなみにこの賞は現在、「九州芸術祭文学賞」と名を変えて二〇二三年で

五十三回目を迎えた。私は第一回から引き続き選考委員をつとめてきた。この賞から
すでに数人の芥川賞作家が誕生している）
岡氏の提案が実現するまでには、さまざまな紆余曲折があり、一時は完全に諦め
かけたこともあったのだ。

絶対に実現したかった

文学賞の軽重をきめるのは、主催者側の知名度や賞金の額ではない。冠になる作家
の文壇的声価と、作品の幅の広さだ。
その点で泉鏡花は、これ以上ないという位の得難い存在だった。
文学的にも高い評価を受けながら、同時に広く大衆的な読者の支持もある。古風な
世界を描きつつ、また幻想的な新しさも感じさせる。
金沢なればこそ成立する文学賞だという確信が私にはあったし、共感してくれる地

元の人々も少なくなかった。

無から有を創りだすのは、難問がつきものである。主催者である金沢市にも、いろいろと難関があったが、岡市長の奮闘でなんとかクリアできる見通しがついた。問題は選考委員の顔ぶれである。しかるべき作家、批評家がそろわなければ、月並みな文学賞に終わってしまうだろう。

瀬戸内さんは協力を惜しまないといってくれたが、さてどんなかたがたにお願いしようかと散々悩み抜く日が続いた。

当って砕けるしかない、と思い定めて最初にプロポーズしたのは、当時、文芸ジャーナリズムで一方の雄と目されていた批評家のS・Mさんである。面識もあるかただったので、直接お会いして鏡花賞のプランを説明した。

「と、いうことで、お願いがあります」

「ぼくに選考委員を引き受けろ、っていうのかい」

「はい」

「だめだね」

言下に断られて、いささかむっとしている私に、S・Mさんは苦笑しながらこう言った。

「やめろよ、そんなこと。これまでいくつの地方文学賞がポシャっていると思うんだ。大きな新聞社や出版社が後援についているならともかく、市が独自にやるという話だろ」

「そうです」

「そんなの、うまくいくはずがない。ぼくはこれまで何度もそんな例を見てきている。地方政治のオモチャにされるのがオチだ。悪いことは言わない。さっさと手を引くことだな」

当時、私はすでに金沢を離れて横浜に移住していた。一九七〇年前後のことだろうと思う。金沢からは離れたが、鏡花賞は絶対に実現したかった。私が新人作家としてデビューした金沢に、なにかのかたちで恩をむくいたいと思っていたからだ。

私の生まれ故郷は福岡だが、作家として誕生したのは金沢である。私は小立野の風呂も電話もないアパートで新人賞の報を聞き、翌年、直木賞を受けて作家生活をスタートさせたのだ。金沢を離れても、泉鏡花賞は何としてでも成立させたかった。

そんな私に心強いサポーターとなってくれたのは、先輩作家の井上靖さんである。井上さんは、金沢の旧制四高に学んだ人で、北陸の詩誌『日本海詩人』に詩作を寄せ

「北陸の風土と文化」と題して対談する井上靖氏（左）と五木寛之氏=1973年、都内の料亭

たりしていた経歴をもつ作家だった。

のちに私たち若手作家が、日本ペンクラブの改革運動をおこしたとき、新会長として推したのが井上さんだった。

ともあれ、井上さんという心強い応援者をえて、私はこれと思う作家、評論家に選考委員をお願いした。瀬戸内さんは、すでに内諾をえている。

『忍ぶ川』で芥川賞を受けた三浦哲郎さんには、『早稲田文学』誌のよしみで選考委員を引き受けてもらった。その後は意外にスムーズに運んだ。

新しい文芸の種撒（ま）きたい

泉鏡花文学賞の創立の趣旨は、金沢市から発信する文学賞ということだった。

これまでの著名な文学賞は、当然のことながら中央、すなわち東京から全国へ、という形がほとんどである。芥川賞、直木賞をはじめ大きな文学賞は有力な出版社、新聞社から贈られるのが常だ。

泉鏡花賞は文芸活動の逆流をめざして創設された賞である。それだけに当初は、一般の文芸ジャーナリズムからは、おおむね無視された感があり、そのことは残念だった。

しかし、泉鏡花賞には、もう一つの目標があった。金沢という文化的伝統の息づく街に、新しい文芸活動の種を撒（ま）きたいという意図である。

それが「泉鏡花記念市民文学賞」の併設である。金沢市民による市民のための文学賞だ。

作品のジャンルは、小説、詩歌、戯曲、評論、随筆をはじめ、俳句、川柳なども含めた文芸作品である。

現在、金沢市に居住しているかたをはじめ、過去に住んでいらしたかた、金沢市に通勤、通学しているかたなど、広く金沢にご縁のあった作家を対象とした賞だ。

選考委員も金沢市の文化人、学識者、など著名なかたがたにお願いした。鏡花賞といえば、とかく本賞の話題がとりあげられがちだが、むしろ鏡花賞の足もとを支え、きょうまでの歩みをホールドしてきたのは、この市民文学賞の存在が大きかったと思うのだ。

市民文学賞は、第一回の『能登のお池づくり』(かつおきんや氏)、『加能女人系・下』(北國新聞社・加能女人系取材班) 以来、五十回までで、計九十一名の作家がたが名を連ねている。

第五十回の受賞作品は、『こおりとうふ』(藪下悦子氏)、『姫ヶ生水』(松村昌子氏)の二作だった。

こうして一九七三年秋に呱々(ここ)の声をあげた第一回泉鏡花文学賞だったが、半村良

第1回泉鏡花文学賞を受賞した半村良さん（右）と森内俊雄さん＝1973年11月、金沢市本多町の県社教センター

『産霊山（むすびのやま）秘録』と、森内俊雄『翔ぶ影』の二作が最初の文学賞作品として選ばれることとなった。

おおざっぱに言うなら、森内俊雄さんは純文学系の作家であり、いまも私小説的な作品を書き続けている。

これに対して半村良さんは、直木賞作家であり、大衆的な伝奇小説その他に奔放な想像力を発揮して、独自の世界を構築した卓抜な書き手だった。

第一回の受賞作に、対照的な二作家が選ばれたことは、すこぶる興味ぶかいところがある。

泉鏡花という作家は、三島由紀夫を瞠目させるような文章家であると同時に、庶民大衆のあいだにも広く支持された二面性を持つ作家だからである。

湯島通れば思いだす　お蔦主税の心意気

と、私も子供の頃にうたった憶えがある。想像力の極致をきわめた幻想的な作品と、漫才や冗句にも使われた名せりふの双方の天才が鏡花だった。

その名をいただく文学賞が大きな振れ幅を示すことは当然のことだ。それから四十九年、第一回目の受賞作品は、一つの象徴的な姿を示していると言えるだろう。

もう一つ忘れてならないのは、候補作品の選定の道筋である。

例年、地元の文化人、作家、有識者からなる推薦委員会が討議して候補作品を選ぶ。それに選考委員、メディアなどの意見とアンケートの結果を考慮して候補作品が決まるのだ。

これも鏡花賞ならではの作業だろう。

選考会に人間ドラマ

鏡花賞の候補作品は、原則、地元の推薦委員会が推す作品を基盤として、文芸ジャーナリズム各方面へのアンケートを参考に入れつつ、主催者側である市が決定する仕組みとなっている。

一見、すこぶる厄介な手続きのようだが、候補作品の選定がかたよらないように、必要以上の配慮がはらわれているのだ。

その微妙なバランスが奇蹟(きせき)的にうまくいって、これまで順調に事が運んできたのは、やはり金沢という地元の、和の精神が作用しているからではあるまいか。

「いつもいいところに目をつけますね」

と、文壇の中心的な先輩がたにほめられたこともしばしばあった。

初期の頃の選考会で印象ぶかかったのは、私も含めて八名の選考委員の個性的な発言ぶりだった。

座長格の井上靖さんは、あくまで寡黙で、他の委員の発言を注意ぶかく聴く姿勢を崩さない。ときどき首をかしげたり、大きくうなずいたりと、終始張りつめた表情である。

それに対して、ざっくばらんで、あけっぴろげな感想をのべるのが瀬戸内さんだ。「好き!」とか「この作品、嫌い!」とかいった直観的な表現が多かった。

吉行淳之介さんは常時、笑みをたやさず、最後に鋭利な批評を淡々と語る。

奥野健男、尾崎秀樹(ほつき)のお二人は、いかにも批評家らしく雄弁に作品について解説するのが常だった。

三浦哲郎さんは、無言で皆の意見に耳を傾けながら、それでも毅然(きぜん)として自らの意見は曲げない姿勢がきわだっていた。

特筆すべきは、最年長の森山啓さんである。戦前のプロレタリア文学の洗礼を受けたベテランだけに、絶対に自説を曲げない頑固さがあり、短い発言に底知れない重さがあった。

「みなさんがそうおっしゃるのなら、それで結構です。しかし、私はこの作品は認

江川昇金沢市長（当時）から賞状を受け取る倉橋由美子さん。一度は受賞を逃し、選考委員の奥野健男さんが涙する場面があった＝1987年11月、金沢市文化ホール

めません」

と、口ごもりつつ、つぶやかれる言葉に、一同がしんとなる場面もあったことを思い出す。

一般に文学賞の選考会などというものは、文壇的ななれあいの気配があるように思われがちだが、実際は決してそうではない。

ある回など、奥野健男さんが強く推した倉橋由美子さんの作品が、どうしても受賞にいたらなかったとき、突然、奥野さんがはらはらと涙をこぼしつつ、

「これだけ僕が推しても駄目ですか」

と、嗚咽しはじめたことがあった。

皆が顔を見合わせて黙りこんでいると、吉行さんが、

「おい、奥野、泣くなよ。みなが困っているじゃないか。これだけの作家なら、いずれきっと受賞するさ。な、わかってくれよ」

と、肩を抱くようにしてなだめたことがある。

倉橋由美子さんは、その後、何年かのちに『アマノン国往還記』で受賞した。実力充分の受賞で、全員一致だったと思う。

のちに選考委員に加わっていただいた金井美恵子さんは、一九七九年度の受賞者である。金井さんの『プラトン的恋愛』が受賞したときには、ジャーナリズムもようやく鏡花賞の存在を認めてくれたようだった。

澁澤龍彥さんが受賞された日のことも忘れがたい。決定後その事を連絡したら、

「ぼくは文学賞はもらわないことにしている」

と、言われて絶句した。しかし、それに続いて、

「でも、泉鏡花は大好きだから、いただくことにするよ」

と、言われて、胸をなでおろした事も、忘れることのできない思い出だ。

時代を超えて生き続ける

北陸の一角に産声をあげた新しい文学賞も、十年、二十年と重ねるごとに少しずつ文芸ジャーナリズムでの評価も増してくるようになっていった。

高名な作家のなかにも「鏡花賞が欲しい」と率直に口にされるかたもいらした。これもひとえに主催する金沢市と、見守ってくださる金沢市民のかたがたの粘りづよいサポートのおかげである。

年月とともに選考者も次第に物故されるかたが増え、新しいメンバーが加わってくださることになる。

うれしかったのは、おそるおそる選考委員に加わっていただくようお願いして、ほとんどＮＯと断られるかたがおられなかったことである。なによりも鏡花という名前の重さと、金沢という伝統ある街への好感度が賞のイメージを支えてくださったおかげだろう。

それだけではない。第一回から第五十回までの受賞者の氏名を眺めると、泉鏡花賞という賞の独特の個性が、はっきりと際立っていることが見えてくる。

先ごろ全米図書賞を柳美里氏の作品が受賞したことが話題になったが、国際的に権威のあるこの賞の受賞者には、多和田葉子氏もいる。

じつはお二人とも、すでに早く泉鏡花賞の受賞作家であったことを想起して、あらためて感慨をおぼえたものだった。

柳氏が一九九六年、多和田氏が二〇〇〇年の鏡花賞受賞者である。

茫々五十年、第一回の選考の席につらなった諸先輩は、すべて世を去り、当時を語り合う仲間もほとんどいなくなった。しかし、時代は移り変わっても、鏡花と金沢に支えられている限り、泉鏡花文学賞は生き続けるだろう。

と、いうことは、人びとが鏡花を忘れ、鏡花文学賞への関心を失ったときには、いつでもその存在をやめていい、ということだ。

万物は流転する。その変化のなかに生のエネルギーがある。

そういえば、例年、授賞式の際に、地元の金沢カペラ合唱団によって、中田敏明さ

第47回授賞式で披露された合唱＝2019年11月9日、金沢市民芸術村

ん作詞、小椋佳さん作曲の『金木犀の匂う道』と、私と山崎ハコさん共作の『浅野川恋唄』の二曲が披露されるのがならわしとなった。

私の知る限り、歌のある文学賞の授賞式というのは聞いたことがない。手前味噌だが、いかにも鏡花賞らしいと、来沢したジャーナリストや編集者たちにも好評のようである。

いま世界中の注目を集めているウクライナには、シェフチェンコという国民詩人がいた。

十九世紀のロシア帝政期に使用禁止になっていたウクライナ語で、詩作を続けたため、幾度となく逮捕投獄された詩人である。

四十代で亡くなったが、サンクトペテルブルクに葬られた遺体を、仲間たちが掘りおこして、ウクライナの地に埋葬しなおしたという話が伝わっている。

いつの日にかウクライナに、「タラス・シェフチェンコ文学賞」という賞が生まれるのではないだろうか。

ともあれ鏡花文学賞の半世紀に、深い感慨をおぼえずにはいられない。ありがとうございました。


本稿は2022(令和4)年1~5月に北國新聞で「鏡花賞の50年」として連載したものです。

全受賞作解説

嵐山光三郎

第1章

第1回から迫真の2作が登場した

泉鏡花文学賞が制定されたのは1973（昭和48）年である。五木寛之氏が、岳父である岡良一金沢市長に泉鏡花文学賞を提案すると、「ぜひやろう」という反応があった。岡市長は金沢を日本列島のなかでも独特の街として育てたいという気持ちの強い人で、政治家であると同時に文学青年であった。

五木氏は早大露文科に在学中からルポルタージュなどを手掛け、放送台本、CMソングを作り、1965（昭和40）年6月、ソ連、北欧旅行後、夫人の郷里金沢に住んだ。66年『さらばモスクワ愚連隊』で小説現代新人賞を受賞。『蒼ざめた馬を見よ』で翌年、直木賞を受賞し、マスメディアの寵児（ちょうじ）となり、若者から戦中派を含む読者まで圧倒的支持を得た。時代の孤独と憂愁を歯切れのいい文体でつづった。

『青春の門』（第一部筑豊（ちくほう）篇）が「週刊現代」で連載スタートしたのは1969（昭和44）年である。第二部自立篇を経て、第三部放浪篇が完結したのが71年。泉鏡花文学賞が制定された1973年の五木氏は『青春の門』第四部堕落（だらく）篇（74年）を構想中

第1～5回の泉鏡花文学賞

回	年度	作品名	著者	選考委員
1	1973年（昭和48）	産霊山秘録	半村　良	井上　靖 奥野　健男 尾崎　秀樹 瀬戸内寂聴 三浦　哲郎 森山　啓 吉行淳之介 五木　寛之
		翔ぶ影	森内　俊雄	
2	1974年（昭和49）	悪夢の骨牌	中井　英夫	
3	1975年（昭和50）	甘い蜜の部屋	森　茉莉	
4	1976年（昭和51）	誘惑者	高橋たか子	
5	1977年（昭和52）	草の臥所	津島　佑子	
		怪しい来客簿	色川　武大	

であった。デラシネ（故郷を喪失（そうしつ）した）世代の伊吹信介が函館からふたたび東京へ戻り、歌手を目指す幼なじみの織江と別れる。東宝で映画「青春の門」が公開されたのは75年。

賞を制定するにあたり、五木氏が奔走して、選考委員は金沢ゆかりの井上靖氏、森山啓氏、ほか、三浦哲郎氏、尾崎秀樹（ほつき）氏、吉行淳之介氏、奥野健男氏、瀬戸内晴美さんといったそうそうたるメンバーが名をつらねた。第1回選考会は1973（昭和48）年10月24日、東京・赤坂の料亭「たか井」で開かれた。瀬戸内さんは同年11月14日、天台宗平泉、中尊寺で剃髪し、仏門に入り、晴美改め寂聴となった。

同年のベストセラーは小松左京の近未来SF小説『日本沈没』と五島勉の『ノストラダムスの大予言』。ノストラダムスの予言によると1999年7月が人類滅亡の日となる。終末論的風潮の時代であった。

初の受賞者は半村良、森内俊雄

というような文学的時代状況下にあって、記念すべき第1回の泉鏡花文学賞受賞作は、半村良『産霊山秘録（むすびのやまひろく）』（早川書房）と、森内俊雄『翔（と）ぶ影』（角川書店）の2作であった。

半村良氏は1933（昭和8）年、東京生まれ、両国高校時代からバーテンダーのアルバイトをし、商店員、板前修業、旅館の番頭、プラスチック工場の工員、バーのマネージャー、ビリヤード支配人、広告企画、フリーのディレクターなど20数種類の職を転々として、62年早川書房の第2回ＳＦコンテストで中編『収穫』が第三席に入選した。そのときの同じ第三席に小松左京「お茶漬の味」も選ばれている。

半村氏の『収穫』は、ある日突然、東京から人間が姿を消して、ひとりの映画技師が残される。人々はいずれもテレパシー（人間の精神が他者に伝達される遠感現象）によって円盤に吸い込まれ、日本中から人間が消えていき、30人だけが技師のもとへ集まってくる。そして、その30人もテレパシーにおそわれる。

ロマンの香りたたえ 第1回 泉鏡花文学賞授賞式

金沢市の第一回泉鏡花文学賞と第一回泉鏡花記念金沢市民文学賞授賞式は四日午後二時から金沢市本多町県社教センターで開かれた。郷土が生んだ作家・泉鏡花のロマン、格調高い文学をはぐくみ、新たな文学を育てようという地方都市では初めての賞で、鏡花生誕百年にあたる同日、文学賞、市民文学賞とも各二作品に意義深い贈呈をした。

第一回泉鏡花文学賞の授賞式

半村、森内の両氏

意義深く生誕百年の日に

鏡花文学賞は半村良氏「産霊山秘録」と森内俊雄氏「翔ぶ影」、金沢市民文学賞は、かつおきんや（本名勝尾金弥）氏「能登のお池まつり」ほか一連の児童文学作品と北国新聞社加能女人系取材班（キャップ・荒井昭学編集局次長）「加能女人系（下）」で、授賞式には鏡花文学賞選考委員の井上靖、森山啓、奥野健男、尾崎秀樹、五木寛之五氏と地元から浅田二郎氏ほかの推薦委員、また来賓として鏡花の遺族・泉名月さん、宮下北国新聞社社長らが出席した。

文学賞贈呈にあたり岡金沢市長は「平和な文化都市の伝統を継承、発展させ、地方文化のフィードバックをはかりたい。現代社会の矛盾の中で人間性を復活させねばならない」と鏡花賞設定の意図を述べた。

奥野健男氏が選考経過報告を行い「中央のマスコミからは抜けてしまいがちな味のある作品に賞が決まり、全国的な関心を集めている。鏡花文学の幅が、そっくり受賞作にみられ、金沢にふさわしいものとなった」と賞の意義づけを語った。

岡市長から半村、森内両氏に正賞の〝八稜鏡〟と副賞十五万円がそれぞれ贈られ、受賞者から将来の仕事に対する決意あふれた感謝のことばが述べられた。

泉鏡花文学賞の感激をかみしめる半村（右）森内の両氏

金沢市民文学賞は かつおきんや氏と加能女人系取材班

金沢市民文学賞は鏡花文学賞にさきだって贈呈され、桑田金沢市教育長のあいさつのあと浅田二郎氏は「郷土に密着した児童文学に新しい方向を示した。また、ふるさとの無名の女性たちを描きながら文化のささえを象徴した」と選考経過を報告、受賞作をたたえた。

かつおきんや氏と女人系取材班の荒井昭学氏に岡市長から〝八稜鏡〟と五万円の正副賞がそれぞれ贈られた。かつお氏は「先輩、友人にお礼申し上げたい。鏡花を目標に今後努力したい」、また荒井氏は「無名の女性たちの辛抱強い生き方、鏡花や秋声（徳田）を生み育てた母なる郷土のささえを確認できた。こんごとも地方を見つめ続けながら取材につとめたい」と受賞のことばを述べた。

授賞式では金沢市中央公民館合唱団による合唱「あの森は」（鏡花作）と記念講演「ロマン復活」（尾崎秀樹）「作家の立場から」（井上靖）もあり、鏡花文学の世界を浮き彫りにした。

SFが認められ感謝

半村良氏の話 SFが賞として認められたことに感謝したい。こんな賞があることも知らなかったけど、作品の上では鏡花とSFに関連するものがあり、これからは行儀の悪い面を直して努力していきたい。

森内俊雄氏の話 自分が大事にして読んでいたもの、無縁だと思っていたことを今度の賞でズバリ当てられショックです。鏡花という美しい作家の賞をけがさないよう、いい仕事をしていく覚悟でいっぱいです。

第1回の鏡花文学賞の授賞式を報じる北國新聞朝刊（1973年11月5日付）

半村氏はSF的手法を駆使しつつ、この1冊で伝奇SFという分野を開拓した。嘘をつくなら壮大な嘘をついてやろうという意気ごみだ。

謎の「ヒ一族」が活躍する半村良『産霊山秘録』

『産霊山秘録』の上の巻は「神変ヒ一族」「真説・本能寺」「妖異関ヶ原」「神州畸人境」の4編、下の巻は「江戸地底城」「幕末怪力陣」「時空四百歳」「月面髑髏人」の4編で、1972（昭和47）年4月から同年12月まで8回にわたって「SFマガジン」に連載された。各章のタイトルを見ただけで、奇怪なる霊気が伝わってくる。

巻頭に「日ノ民」（神統拾遺）の説明があり、ヒとは遠い昔、皇室のさらにその上に位したともいわれ、氏姓はなく、世にかくれすむ謎の一族である。一朝皇統の命運にかかわる事態となると、ヒの民があらわれて、力をつくして世の中の平和を保つ。

第1章「神変ヒ一族」は、春の風が京の町へ吹いてくるシーンから始まる。洛南、醍醐三宝院の茶室に三人の客が集まってくる。亭主は門跡の義演僧正で、客は奈良の蜂屋紹佐、松屋久政、堺の今井宗久、いずれも当代一流の茶人であり富商である。

この席で、貴重なる開山墨跡（禅録『碧巌録』大成者の真跡）がせりにかけられる。

その五年前に千利休が同じ開山墨跡を銭一千貫文で手に入れた。僧正の巧みなせりにより、二千貫文で落札し、別室にいた売り主の山科言継という公家に結果が伝えられた。この墨跡は正倉院御物である。義演僧正の取り分は、銭三百貫で、残り一千七百貫の銭が言継の手にわたる。

この大金で言継は「余年は酒を飲んでくらす」とうそぶくが、言継の正体はヒの司であった。ヒは日とも、卑、非ともいい、遥か遠い御代から皇室の危難を救ってきた。皇統の命運がかかるときは、どこからともなくあらわれて、その存続に力を尽くすという。

比叡の山はヒの子供がかけめぐる天地で、飛稚と呼ばれる少年が、ヒのうたをうたっている。そこへ随風という旅の学僧（ヒの者で、じつは明智光秀の弟。飛稚は随風の末子）が登場する。ヒは神につかえる身で女のヒはいない。ヒの女はおしらさまとなって地底に身を隠している。１５７１（元亀２）年

半村良『産霊山秘録』（早川書房）

9月12日、織田信長によって比叡山が焼かれた。

飛稚は比叡山が焼かれたとき、ヒの一族が捜し求めてきた芯の山へテレポート（念力移動）しようとして、異次元の400年後の1945年3月10日、東京空襲にあらわれ、戦火に追われて逃げていくことになる。

「お母ちゃん」と、はぐれた子が泣きながら炎の下をくぐってきて、飛稚はその子の手をひき、人々の去った方角へ駆け出す。

本能寺の変を起こす

さて、ヒの一族は信長の強敵だった武田信玄を呪殺したが、天下をとった信長が天皇を滅ぼそうとする動きをみせると、一転して「本能寺の変」をおこす。それが上の巻2の「真説・本能寺」である。

ヒの長（おさ）（随風）は信長が京を焼き、帝（みかど）を殺し、公家を殺し、新しい世をひらこうとしていることに気づき、兄の明智光秀が「敵は本能寺にあり」と判断して、信長を殺した。信長の死後、ヒの一族はつぎの時代を平和にする権力を家康に託す。

信長を憎んでいたのは藤堂高虎（とうどうたかとら）である。高虎が仕えていた浅井長政が自刃（じじん）に追い込まれたのは、信長がしくんだことだ。高虎もヒの一族であった。信長の死により、秀吉が天下を拾った。高虎の美の理想であったお市の方（浅井長政の妻）が命を断つと、高虎はひそかにヒの一族に伝わる三種の神器をたずさえて、丹波亀山城へ向かい、信長の第4子秀勝を呪殺する。秀吉がお市の方の娘の茶々に手をつけると、秀吉の子、秀長、秀保も呪殺していく。

忍者猿飛（さるとび）（随風（ずいふう）の子・飛稚（とびわか）の兄）が開発した神器を用いて、じわりじわりと標的を消す。

このあたりは山田風太郎が継承したホラー忍術話に通じる。高虎の呪法によって、その3年後に秀吉も死ぬ。ここまでが上巻の3部で、話はまだ3分の1しか進んでいない。

半村氏は東京下町の生まれで、バーテンダーや水商売関係の仕事になじんだ経験から、裏世界に通じている。この世の実相は教科書の歴史本に書いてあるようなきれいごとではおさまらず、ＳＦの手法、テレポートを使って時代を行き来して、変幻自在の物語をつむぐ。歴史の裏面が語られる。

猿飛の子に真田十勇士の佐助がいる。ヒの者だから佐助は姓を持たない。佐助は真田忍者群の技術顧問といった立場で、敵がいる。徳川に忍従しつつも幕府転覆を企てる伊達一族の忍者と死闘を繰り返す。佐助は一度殺されても、そのたびに再生する。佐助と名乗る別のヒの者があらわれるからだ。テレポートの術によって永平寺に飛び、善光寺へ出没し、九州霧島の高千穂をかけめぐる。

下の巻では、ヒの者である鼠小僧が大名から盗んだ小判を貧者の家へ投げ込む。鼠小僧は日本橋堺町にある中村勘三郎一座の木戸番定七の長男で次郎吉という遊び人であった。

幕末になると竜馬。竜馬の家は坂本の本家ではなく、才谷である。光秀は信長のクーデターを身を挺して防ぎ、本能寺に屠って天下に逆臣の汚名をきせられた。光秀の長男である太郎五郎は脱出して琵琶湖をわたって高浜にいた山内一豊の妻千代を頼った。千代はこれをかくまいとおし、後年一豊が土佐入国を果たすと、これに随伴して才谷の地へ至った。ヒの血筋から言えば、一豊は傍流のヒであり、太郎五郎につながる。竜馬一族はその墓所才谷に住みついた。

竜、馬…というケタはずれの命名もヒの一族ならではは、という話になり、「時空四百歳」。東京はアメリカ空軍機により空襲を受けた。東京空襲は本格化し、昭和二十年三月十日、サイパン、グアム、ハノイに着任したルメイ少将（悪名高き鬼畜将軍）

は六百機に及ぶB29の弾倉（通常五トン）に六トンの爆弾を納めた。小型焼夷弾六千発ぶんである。親爆弾一個に対して七十二個の子爆弾を持つ親子爆弾は、攻撃中心地では一平方メートル当たり三発の焼夷弾が火の手をあげる。三月十日は陸軍記念日であった。本所深川一帯は火の海と化した（私事だが私の父の本籍は本所で１９４２年に召集されて出征中であった。父の没後、旧戸籍を請求すると「戦災により消失」と記されていた）。

飛稚（とびわか）はその夜、大挙して来襲したB29による攻撃の火の海のなかを逃げ回る。さらに、月に到着したアポロ11号のアームストロング船長にヒの一族がからんでくる。半村氏はロマンとSFの手法により、光秀からアポロ11号にいたるまでのテレポート伝奇を編み出して、痛快無比の小説を構築した。この長編を早川文庫で通読したのだが、読み終わるのに3日間を要し、その間はいっさい他の仕事は手につかなかった。読み始めたら止まらない、とはこのことをいう。

文庫の解説を書いたのは選考委員の尾崎秀樹で、「この作品が第一回泉鏡花文学賞に選ばれたのも当然であろう。鏡花の幻妖の世界は『産霊山秘録（むすびのやまひろく）』にも影を投げている」と絶賛している。半村氏は１９７５年、風俗人情譚『雨やどり』で直木賞を受賞した。

森内俊雄の逃避行ミステリー『翔ぶ影』

もうひとりの受賞者森内俊雄『翔ぶ影』(角川書店)は、禁断の少女芽由子を激しく恋してしまった男の逃避行ミステリーである。

雑誌編集者の間篠は、芽由子という処女学生と恋仲になって肉体の関係を持ったばかりに暴力団の男にしつこくつきまとわれる。新宿角筈にあるバーでは、隣に座っていた男に因縁をつけられ、追われ、逃げても逃げても跡をつけられる。

芽由子は五反田にある全寮制短大の女子学生で郷里は名古屋である。芽由子は父親をおそれていた。芽由子と関係を持ってから、間篠が勤める週刊誌編集部室へ「田沢」という変名を使った芽由子から電話があった。

「上野駅発十二時二十分の十和田一号に乗って。グリーン車六号、一のD番よ」

間篠は命をねらわれる。身を守るために芽由子と一緒に逃げる。上野駅へ行き、入場券を買って、十七番線に停まっていた十和田一号青森行きを確認し、同じフォームの十六番線に停まっている秋田行急行つばさの車両に乗り込み、発車寸前に十和田一号に乗り移った。

芽由子は用心ぶかく間篠をつけてきて席に座り、「あなたは殺されるわ」という。芽由子の父は暴力団の組長で、下着もストッキングも全部自分で買ってきて、裸にして着せる。間篠の眼に一昨夜、芽由子の股のあいだから抜きとった濡れて皺立ったパンティが巨きな黄薔薇のように咲きひろがってくる。芽由子が浴室にいると、父が躯を洗いに入ってくる。やくざの父は、自分の手で芽由子を美しいものに育てていた。間篠は「悪い夢」のなかへ入っていく。

この作品をふくめた6編の短編小説が収録されている。息子との意志が通じない父親の悲哀をつづる「駅まで」、高校時代の不良少年少女の自転車旅行「春の往復」。「盲亀」は北海道の日本一寒い町から上京した少女がヌマさんという自殺未遂の中年男の上司に、自分のすべてをあげたいと妄想し、献身する。

「暗い廊下」は、もと編集者仲間で子供まで作った愛人が精神病院へ入っている。男は、自分が撮影した子供の写真を持って、愛人を見舞いにいくが、

森内俊雄『翔ぶ影』(角川書店)

愛人に会うと「これ、坊やじゃありません」といわれる。愛人は目尻を吊りあがらせて、噛み破った唇から血をにじみ出し、割ったブランデーのグラスを突き刺してくる。愛を修復しにきたのに、うまくいかず、罪の地獄におとされる。

「架空索道」はアルコール依存症のはてに肝臓病になった「私」がカトリック教会へ行き、空を見あげてジェット機が引いた銀色に輝く索道に神への道を見い出すせつない掌編小説。

暗鬱な青春体験

森内氏は1936（昭和11）年、大阪生まれで、80年に早大露文科を卒業した。同級生に芥川賞作家の李恢成、宮原昭夫がいて、当時の早大露文科には五木寛之、後藤明生、三木卓がいた。角川文庫『翔ぶ影』の紫色のオビには「第一回泉鏡花文学賞受賞」と大きく記された。

選考委員の奥野健男は文庫本の解説に「この頃はロシア語、ロシア文学を専攻したと言うだけで、ソ連に近い共産主義者としてまともな就職口はなかった。それを承知でロシア文学の魅力にひかれて集まって来た彼らは一面アウトサイダーであり、世捨て人であり、すね者であった。この時期の早大露文科は、昭和初期の東大仏文科などと比較されて論じられてよい。作者の眼は60年代安保闘争に向かい、一見沈滞の状況の中に、さまざまな政治的、思想的、文学的矛盾を感じながら、ニヒルでアナキスティックな学生時代を送ったに違いない。敗戦から続くこの派手な事件ひとつない平和な、けれど暗鬱な青春体験が森内俊雄の文学を決定したといってよい」と記している。

森内俊雄は女性雑誌を編集し、のち文学雑誌の編集者になった。小説のなかに新宿のバーがよく登場する。かくいう奥野健男は1926（昭和元）年生まれで、麻布中学を出て東工大化学科に進んだ秀才で、吉本隆明と知り合って同大学の「大岡山文学」に「太宰治論」を書いて注目を浴びた。

奥野氏もまた小出版社の文芸担当編集者であったから、編集者としての森内氏とバーで会っていた。森内氏は、礼儀正しい底になにかをひきずった男で、柔和な笑いを見せつつウイスキーの角ビンをバーの冷凍庫で冷やし、オンザロックの水も入れずストレートで飲んでいたという。

酔いつつも鋭くとがった批評をする人物が、1969（昭和44）年『幼き者は驢馬（ろば）に乗って』で文学界新人賞を受賞し、川端康成に絶賛された。

選考委員の吉行淳之介氏は、森内俊雄氏の特色として「鋭い官能描写がある。鋭いけれどやさしい。これは氏の資質であると同時に、その人生に、いろいろとモトデがかかっているからである。豊かな可能性をもった作である」と評した。奥野氏は、森内氏の小説に島尾敏雄や吉行淳之介の文学の統合の道を見い出し、太宰治や坂口安吾につながる無頼で破滅の匂いを嗅ぎとった。

第1回泉鏡花文学賞授賞式は金沢市本多町の県社教センターで行われ、岡市長より半村、森内両氏に正賞の〝八稜鏡〟と副賞の賞金が贈られた。

半村氏は「SFが賞として認められたことに感謝したい。こんな賞があることを知らなかったけれど、作品の上では鏡花とSFに関連するものがあり、これからは行儀の悪い面を直して努力していきたい」と受賞の感想を語った。

半村氏は新宿ゴールデン街のバーで酔い、路上バトルをするほどの武闘派だった。

森内氏は「自分が大事にして読んでいたもの、無縁だと思っていたことを今度の賞でズバリ当てられてショックです。鏡花という美しい作家の賞をけがさないよう、いい仕事をしていく覚悟でいっぱいです」と抱負を語った。

奇想天外の伝奇SFと、時代を先行する純文学ミステリーという両極の作品が受賞したことで、泉鏡花文学賞のこの後の方向性が決まった。鏡花文学の幅と深さが、この2作にくっきりと反映されている。

1974（昭和49）年のベストセラーはリチャード・バック著、五木寛之訳『かもめのジョナサン』であった。

第1回目から迫真の2作が登場して注目された泉鏡花文学賞の第2回は、鮮やかな言語魔術を駆使した怪奇譚の受賞となり、この文学賞のこれからを方向づけていく。

中井英夫『悪夢の骨牌（カルタ）』

第2回泉鏡花文学賞は中井英夫『悪夢の骨牌』（平凡社）である。中井英夫氏は少年時代、自殺直前の芥川龍之介の家に、次男多加志（たかし）の遊び友だちとして出入りしていた。東大教授の父は高名な植物学者で、国立科学博物館館長を務めた。父の影響で植物の造詣が

中井英夫『悪夢の骨牌』（平凡社）

深い。

1943（昭和18）年、学徒出陣で新宿区市ケ谷の航空通信隊に配属され、戦後は東大文学部言語学科に復学して、第14次「新思潮」編集者となった。同人に吉行淳之介、嶋中鵬二（のち中央公論社社長）らがいた。大学を中退して日本短歌社へ入り「短歌研究」「日本短歌」編集長を歴任、1961年から角川書店で「短歌」編集長となり、寺山修司、塚本邦雄、春日井建など戦後の前衛短歌の俊英たちを世に送った。1964年、塔晶夫（とうあきお）の筆名で長編推理小説『虚無への供物（くもつ）』（講談社）を刊行した。『悪夢の骨牌』は異端耽美性が強い幻想小説で、「死と変身」を書く観念世界が鏡花に通じる。この小説は平凡社の月刊「太陽」に1年間連載され、嵐山は同誌の編集部員（30歳）であった。

物語の舞台に白亜の塔

物語は目黒の高台にある藍沢邸（中井氏と親しい鎌倉の澁澤龍彦（しぶさわたつひこ）邸を連想させる）通称〝灯台の家〟で知られる白亜の塔でくりひろげられ、この家の主人は晩年、奇体な鬱（うつ）病にかかって没している。

この邸宅は主が「星と夕焼けを眺めるために」建てた狂気の檻（おり）であり、心霊術めいた美貌の未亡人瑠璃（るり）と、森に身をひそめて梢（こずえ）のそよぎに耳を澄ます巫女（みこ）の趣きがある令嬢の柚香（ゆのか）が住んでいる。

毎年の正月、藍沢邸に十人の客が招かれ、瑠璃未亡人と柚香を併せて総勢十二人の賀宴が開かれる。これは「悪魔的な妄想」の宴であって、広間のいたるところに壺（つぼ）が置かれ、ペルシア藍（あい）やボヘミアングラスや仁清（にんせい）（江戸前期の京焼）や、色も形もさまざまなそれに差されているのは、ことごとくが白水仙である。

白水仙の花言葉は自己愛で、かすかながら毒が秘められている。

席上、共通の知人の二人の青年の失踪（しっそう）が端緒となって、青年のひとりが月に一度、異界から送ってくる手紙が紹介される。この小説はたそがれどきの「百物語」の形式で、また、トランプのカード遊戯でもあって、ばば抜きゲームのように最後にジョーカーをつかんだ者が負けとなってペナルティに服する仕掛けがある。

森鷗外の『百物語』の怪談の趣向に似ている。藍沢邸を舞台に世代の異なる一族が再会する虚の家族合わせといった趣向で、失踪した青年から届いた手紙の封筒には切手も局の消印もない。これにより青年は現実から夢に飛翔し、いまなおこの悪魔の館に棲（す）みつづけている。青年をそそのかした犯人はだれか。

戦後へのノスタルジー

犯人捜しは回を追うにしたがって錯綜する。失踪した二人の青年がたぐい稀な美青年であって、生前に二人が令嬢の柚香さんを愛していたことから、柚香はじりじりと追いつめられ、痩せ衰えていく。犯人はそれを楽しむ仕打ちを考え出した、と推理される。

立ち尽くしていた柚香が、ふいに音もなく床に崩れ折れた。駆け寄る瑠璃夫人の手の中で、灰青色の服は季ならぬ水いろの紫陽花が花開いたようだった。

ここでくりひろげられる劇的シーンは鏡花の新派舞台のような甘美に包まれる。美の一撃が読む者の魂を揺り動かす。この小説の後半部からは中井氏の戦後へのノスタルジーが濃く語られる。

再開された両国の川開き、太宰治の自殺、オカマになぐられた警視総監、〝三十七歳の不仕合わせ〟と仇名されたダンサーは、白粉で固めた皺のうえに青いアイシャドウで隈取りし、けばけばしいドレスをひきずっている。

「ラク町のミチ子を知らねえか」と凄むパン（売春婦）、小肥りの闇屋、硫黄島の防空壕に生き埋めになり危うく掘り出された画家、もと「哈爾濱日々」の記者。奇体な風体の手相見が、瑠璃の掌を一眼みるなり、ひどく怯えた顔つきになり、

「貴女のお手は葉っぱの形、末はだんだん拡がる印し。末は輪廻の時間にまかせ…」

と、しどろもどろにつぶやいた。

1934（昭和9）年という中井氏の少年時代と、1949年の焼跡闇市風景が重層的にからみあい、

「戦後よ、眠れ」

と念じられる。

時間の砂嵐のなかで1970年に三島由紀夫が自決した。中井氏は青年時代に会った太宰治と三島由紀夫の自死を忘れることができない。

中井英夫の受賞によって、泉鏡花文学賞が独自にめざす道が示されることになった。

鷗外の溺愛受けた娘・茉莉の『甘い蜜の部屋』

1975（昭和50）年の第3回泉鏡花文学賞は、森茉莉『甘い蜜の部屋』（新潮社）で、森茉莉は還暦のころから12年かけて、この小説を書き続けた。

４００字詰め用紙９００枚におよぶ大作である。

森鷗外の長女として生まれた森茉莉は、20代で体験した山田珠樹（たまき）、佐藤彰との２度の結婚、離婚の不幸からたちなおって、50歳から文壇に登場して父鷗外を追憶した『父の帽子』（１９５７年）や『靴の音』（１９５８年）を書いて注目されていた。

小説『恋人たちの森』（１９６１年）は大胆不敵な言葉の贅（ぜい）を尽くした恋の物語で、田村俊子賞を受賞した。禁色の恋の光と傷をつづった『枯葉の寝床』（１９６２年）、黒猫と暮らす愉快な生活『贅沢貧乏』（１９６３年）などの私小説のあと、「甘い蜜の部屋」第１部が、雑誌「新潮」（１９６５年６月・７月号）に掲載された。鷗外に溺愛された芸術的生活を、耽美な筆致で書きあげた。

森茉莉『甘い蜜の部屋』（新潮社）

森茉莉が仮託された美少女モイラ（牟礼藻羅（むれモイラ））とその父林作（りんさく）（鷗外）のあいだでくりひろげられる尋常ならざる愛の物語である。父と息子の確執を書く小説はあるが、父と娘の偏愛の迷路を語る近代小説は、これが初めてであった。

モイラという少女には、不思議な心の中の部屋がある。

その部屋は不透明で曇り硝子（がらす）のような鈍い厚みのあるもので出来ていて、「現実の世界」を、薄（うす）ぼんやりとしたものとして見ている。

父親は「どこにもこんな上等の子供はいない」と賛美し、モイラの脚を西洋の女のように真っ直ぐな脚に育てるために正座させなかった。低い、錆（さび）のある声で囁（ささや）かれる呪文のような父の言葉により、自分は特別に可哀らしい子なのだ、と信じるようになった。

モイラが入浴する時の石鹸はオリーブ入りの外国製で、香（にお）いのないクリーム、オオ・ドゥ・コロオニュ以外のものは一切使わせない。父に連れられて宴会に行ったとき、父はスピーチを所望されると「今、子供に肉を切ってやっているので」といって断った。父は「泥棒してもモイラがやれば上等」と断じた。モイラは「自分の父親が他の子供の父兄の中で際だって一人立派に見えることや、広い西洋建ての家、外国から来た洋服や靴、すべてが特別な自分の持ちもの」という優越感を抱く。

茉莉は鷗外が41歳（1903年）のときに生まれた長女である。鷗外は最初の妻赤松登志子と離婚してから子連れ未亡人児玉せきを隠し妻としていたが、40歳のとき、

22歳の麗人・荒木志げと再婚した。茉莉が生まれた翌年、日露戦争が始まり、第二軍軍医部長として出征した鷗外は奉天戦で勝利を収め、東京に凱旋した。

侯爵西園寺公望首相が当代知名文士を私邸へ招いた雨声会には永井荷風、幸田露伴、徳田秋声、巖谷小波とともに鷗外と鏡花がいた。1911（明治44）年の雨声会のとき、茉莉は8歳であった。

第2部「甘い蜜の歓び」のモイラは「類ない美貌と、皮膚と、香気」が開花していく。自分は父の林作に、どれほど我儘をしてもいいのだ、と無意識のなかで信じ切っている。父親を、どうしようもなく自分に溺れさせてやりたい。その自分の確かめた幸福を、手で捉まえて、むさぼり食いたい。モイラの欲望は無限に膨らんでいく。林作の甘い蜜の愛情は濃密さを増して、舐めても舐めても、無くなることのない蜜の味であることを、モイラは知っている。

外房州の別荘へ行ったモイラは、ロシア人の若い「牧師のピータア」に見そめられるが、モイラが愛するのは自分だけだ。ピータアは帝国大学の医科を出ているが、モイラを満足させる経済力がない。林作はモイラを激しく愛するピータアを横目に見て微笑し、モイラが16歳にあと1カ月となったとき、銀座へ行き、金剛石（ダイヤモンド）の指環を買い与えて、「いい宝石が見つかったのは一週間前だが、モイラの指の大きさをどうやって知ったか、判るか?」

と訊く。モイラは判らない。

「モイラが睡っている間に、やよ(女中)に糸で計らせたのだ」

モイラの頭の中で、ピータアの指環が光を失っていく。

第2部を三島由紀夫が讃嘆

第2部「甘い蜜の歓び」は1967(昭和42)年、「新潮」2月号(茉莉64歳)に掲載された。鷗外は45年前に60歳で鬼籍に入っており、茉莉は父の歳を超えていた。追憶の彼岸で鷗外が「おい、それは嘘だろう」と微笑している。しかし、茉莉は「嘘をついていい子」として育てられたのだ。

第2部を読んだ三島由紀夫は「すべてが夢のような世界のなかで、肉慾だけが、どうしてこうも苛酷なリアリズムの相貌をあらわすのでしょう。愛する者の表面、ただ平面だけについての異性の執拗な関心を、その肉慾を、その色情を、貴女ほど正確に描破した女性はめずらしい。…どんな淫らな女よりも、貴方は男を知っておられます」と讃嘆した。

三島由紀夫は第3部「再び甘い蜜の部屋へ」を読まずに鬼籍へ入った。第3部は結婚篇で、じつはここが一番読みごたえがある。モイラは満16歳で、天上守安（あまがみマリウス）という30歳近い富豪と見合いをする。イギリス人のような容貌で、モイラの配偶者として遜色（そんしょく）がない。天上には許嫁（いいなずけ）がいたが、婚約を破棄してモイラと結婚した。

モイラの「やわらかい肌」を知って、天上は「天鵞（びろうど）の比ではない、なめした山羊の皮よりもしなやかだ」と虜（とりこ）になった。しかし、モイラが裏切って、ピータアと姦通したことを知り、天上は自殺する。

この小説の第1部に母露生犀川（もろふさいせん）（室生犀星）なる人物がちらりと出てくる。森茉莉はこの小説を書く前に14歳上の室生犀星と親しくなり、犀星が娘を愛する思いに、父鷗外と同質のものを感じ、犀星晩年の傑作『蜜のあはれ』と同じく「蜜」の字を使った。最初の夫、山田珠樹と1年半にわたってパリを中心としたフランス生活を送り、西欧の古典美を吸収した体験が生かされている。平凡社の科学図書部に森茉莉さんの御子息である山田亭さんがいた。小柄で気品がある編集者で、トオルさんの愛称で親しまれていた。

同書の後記―小説とお菓子―に「この小説を足かけ10年かかって書いた。……苦しい日々の中を歩いた。私という驢馬（ろば）を歩かせていたのは、私の小説の終るのを待って呉れていた室生犀星、三島由紀夫の二つの霊」と述懐している。

さらに仕事部屋にやってきた金井美恵子が、茉莉さん手づくりのチョコレエトを食べ、熱心なその目は〈森茉莉の美味とするものは、一体、どんな味のものだろう?〉と呟いていた、とつけ加えている。暗示的に登場した金井美恵子は、この4年後(1979年)に『プラトン的恋愛』で第7回泉鏡花文学賞を受賞することになる。

人間の暗部に目をむけた高橋たか子『誘惑者』

1976(昭和51)年の芥川賞は中上健次の『岬』と岡松和夫『志賀島』、村上龍『限りなく透明に近いブルー』、直木賞は佐木隆三の『復讐するは我にあり』で、ともに実力派が台頭した。

第4回泉鏡花文学賞は高橋たか子『誘惑者』(講談社)で、古井由吉、森万紀子とともに「内向の世代」と命名された時代の旗手であった。

39歳の時、澁澤龍彦(43歳)と『大理石』(人文書院)を共訳し、その年に夫の高橋和巳が死去した。高橋和巳は京都大学文学部に在学中、1学年下の仏文にいたたか子と知り合ってのちに結婚した。和巳は埴谷雄高や野間宏の戦後文学を受け、『我が心は石にあらず』や『日本の悪霊』をつぎつぎと発表し、1960年代の代表作家となった。

　和巳の死後、たか子は本格的な作家活動をはじめ、犯罪、背徳、自死など人間の意識の底によどんでいる暗部に目をむけた。

『誘惑者』の物語となる事件は、新聞報道の記事がヒントになっている。

高橋たか子『誘惑者』（講談社）

　三月十八日の夕刻、三原山の火山口へ投身自殺した織田薫（21歳）に同伴して自殺を見とどけた鳥居哲代（20歳）に関して、さらに別の驚くべき事実が出てきた。この自殺幇助をさかのぼること約一カ月前、鳥居哲代はもう一人の友達である砂川宮子（20歳）が全く同じ三原山の火口へ投身自殺するのに同伴し、自殺を見とどけたことが、本人の自供により明らかになった。

　自殺幇助という罪に問われる鳥居哲代は、京都大学文学部心理学科の一回生である。無意識のうちに自分の内部に巣くう暗い衝撃に気づき、怖れている。「私は死にたいわけではない。生きていたくないだけだ」。漠然とした生への不安が、他者への自殺幇助を駆りたてる。

最初の自殺志願者である砂川宮子は、同志社女専英文科を卒業した後、故郷へ帰らず、下宿で一人暮らしをしていた。もう一人の自殺志願者、同志社大学英文科一年の織田薫は、砂川宮子が鳥居哲代の幇助により自殺したことを知り、自分も二十一歳の誕生日に自殺することを決意する。

二人めの砂川宮子の自殺幇助をしたあと、鳥居哲代は、鎌倉の松澤龍介邸を訪ねていく。ひどくかすれた声を出し、少年のような繊細さで色白の高踏的人物。そう、松澤龍介とは澁澤龍彥である。

書斎にある「怪鳥が生みおとしたと思える卵」とは中西夏之のコンパクト・オブジェ。壁面の三方に錬金術の書棚、魔女、黒魔術の書籍がある。唇にパイプをくわえたまま、松澤龍介が言った。

三原山とおっしゃったが、火があると思って飛び込んでも、そうではないんだよ。あっという間に焼かれて昇天できると、みな思うが、火があがるのは噴火のときだけだ。火山壁からすとんと底まで落ちるんじゃなくて、自殺者は途中でひっかかって、火口内のガスを吸って、もがき苦しむ。むごいも、むごいも、緩慢なガス中毒死で、地獄の苦しみだ。

地下泉として「澁澤」がいる

中井英夫の藍沢邸も、高橋たか子の松澤邸もともに澁澤邸がモデルである。両作品の地下泉として澁澤龍彦の魔的水分が通底している。また、『誘惑者』を執筆中の1975（昭和50）年（43歳）8月5日、目黒の修道院で遠藤周作のみの在席で、井上神父からカトリックの洗礼を受けた。遠藤夫人が代母で、洗礼名はマリア・マグダレナ。洗礼によって、高橋たか子は生と死の深層へ入り、神秘なる精神的実体を模索していく。

加賀乙彦氏は『誘惑者』に関して「主人公が友だちを突き落とすところがある。あの行為の中に超越的なものがヒョッと顔を出す。たとえばカラマーゾフが、ゾシマ長老の足元に身を投げ出して祈るという瞬間みたいなもの、渇いた人間が、突如としてなにか聖なるものに触れるという瞬間が定着されていて、これには目が覚めるような思いがした」と高く評価している。

「家族」をテーマにした津島佑子『草の臥所』

1976(昭和51)年、上期芥川賞は村上龍『限りなく透明に近いブルー』で、時代の頽廃を描く新人の力作が出てきた。

1977年、第5回泉鏡花文学賞は2作あって、ひとつは津島佑子『草の臥所』(講談社)。時代閉塞と格闘する新人津島は、太宰治(津島修治)の次女(里子、30歳)である。『草の臥所』には3編の中編小説(「草の臥所」「花を撒く」「鬼火」)が収録され、共通したテーマは「家族」である。

太宰は1948年、38歳のとき、山崎富栄と玉川上水に入水自殺した。佑子はその前年3月30日、東京に生まれた。同年11月12日、太宰と太田静子との間に太田治子も生まれた。

「家族」という存在は「ややこしい永遠のテーマ」だが、なんといっても太宰治の娘である。森茉莉のように父の実像を仮託した夢見る私小説というわけにはいかない。津島佑子は父の虚像から離れて、父にとらわれない立場で自分の家族を軸とした跳躍を探ろうとした。

「草の臥所」（「群像」1977年2月号）には「私」と七年前に知りあって同棲し、生まれた子供を死なせた五年目に別れた貴（たか）という男が登場する。貴が同性愛のように可愛がっているタイから留学している少年スワン。「私」と同性愛の形で親しくなった七歳年下の久美とその娘なな。十六歳の兄が心臓麻痺（まひ）で死んだとき「私」は中学生だった。父は十年前に交通事故で死んでいる。それまでの人間関係のなかで欠落していたのは「父の意味」であった。

佑子が生まれた翌年、太宰が死に、父のイメージは空白のままだ。高校生になると、家では一言も口をきかなくなり、家の外では遊びつづけた。小説であるから、小説の「私」が佑子とは限らないが、家族の愛は底なし沼に陥ちこんでいる。

「私」は久美と二人で都市郊外にある立入り禁止の空地へ向かう。空地の雑草の茂った崖の底に「腐った沼」があり、それが「草の臥所」なのだ。「私」は死体をそこに沈めてみたい、と思う。古池には死と、再生のイメージがある。芭蕉の「古池や

津島佑子『草の臥所』（講談社）

蛙飛(かわずとび)こむ水の音」が、江戸大火で猫や人の死体が浮かぶ死のカオスであり、再生の祈りがこめられていることを想起させる。

「花を撒く」の「私」晶子は、二歳のときに母が離婚したため父親を「全く知らずに」育った。母の再婚相手になった男に父親の感情を抱こうとするが、その母が死ぬと、再婚相手はすぐに別の女と結婚してしまい、じつはそちらの女とのあいだに子供をもうけていた。

「お父さん」とは戯(たわむ)れにも呼べなくなった。「私」は、「父親」の妻に会いに行く。ラストシーンで、電車の窓から夕焼けの空を見ると「淡い桃色の雲が拡がっていた」。桃の色……。太宰が、酔った中原中也に「おまえはなんの花が好きなんだ」とからまれたとき、

「モモノハナ」

と答えたという話がある。そのシーンと「桃色の雲」が重なった。

「鬼火」は、心臓が反対側についていて死んだという隣家の老人に父への憧憬を感じる話である。主人公のまあちゃんは、やはり父親なしで育った。まあちゃんが七五○ccのオートバイの爆音に身を包まれるシーンが鮮烈だ。暴発する性への傾倒、愛の形をすさまじい生理感覚で書き示した。

太宰の机辺に遺された愛読書は鷗外全集であった。茉莉が父へのラブレターともいうべき『甘い蜜の部屋』を72歳で書きあげたのに対し、佑子は父への呪詛をはらませつつ、死と生が反復する家族の小説を30歳で書ききった。

河野多恵子は「個性と才能と努力と気力において並々なるものがある津島佑子さんが『草の臥所』によって、遂に自分の文学世界を掴まれた。津島さんの作品の魅力のひとつは、大器晩成型と早熟とが拮抗していることであるが、最近の20代作家の相次ぐ出現のはしりは、実はこの人かもしれない」と喝破した。

その予告通り、夫と別れて子供を育てる『寵児』で女流文学賞（1978年）、連作短篇集『光の領分』で野間文芸新人賞（79年）、幻想的リアリズムの短編「黙市」で川端康成文学賞（83年）、『夜の光に追われて』で読売文学賞（87年）をたてつづけに受賞していく。泉鏡花文学賞は新人作家を育てる起爆装置となっていく。

裏街道の狂気つづった色川武大『怪しい来客簿』

第5回（1977年）のもうひとつの受賞作は、色川武大『怪しい来客簿』（話の特集）。48歳の色川氏は翌年『離婚』で直木賞、その4年後に『百』で川端康成文学賞を受賞した。色川氏は阿佐田哲也（朝だ徹夜）の筆名で書いた『麻雀放浪記』（全4巻）などの麻雀小説で一家をなしていた。『怪しい来客簿』で本名の色川武大に復帰した。

色川氏の父は退役海軍軍人で、父の過大な期待に反抗し、生来の学業嫌いに輪をかけた。少年時代、スリの技術に感嘆して、本気でスリになろうとした。

中学もろくすっぽ出ずに無頼なる日々をすごしていたので、新聞の三行広告に応じて小さな業界新聞の見習いになった。面接のとき、「給料の望みは？」ときかれて「べつにありません」と答えた。それまでは、ばくち打ちをしていて「きのうまで稼いでいた額を要求したら、社長が腰を抜かすだろう」と推察して黙っていた。

業界新聞の1カ月の給料は、ばくち1回ぶんの収益にも足りなかった。そんなこともあって、長くとも3カ月で勤務先を移った。ばくちで覚えた教訓で「一カ所に淀（よど）まない」ことをモットーにした。「あせって一足飛びに飛ば

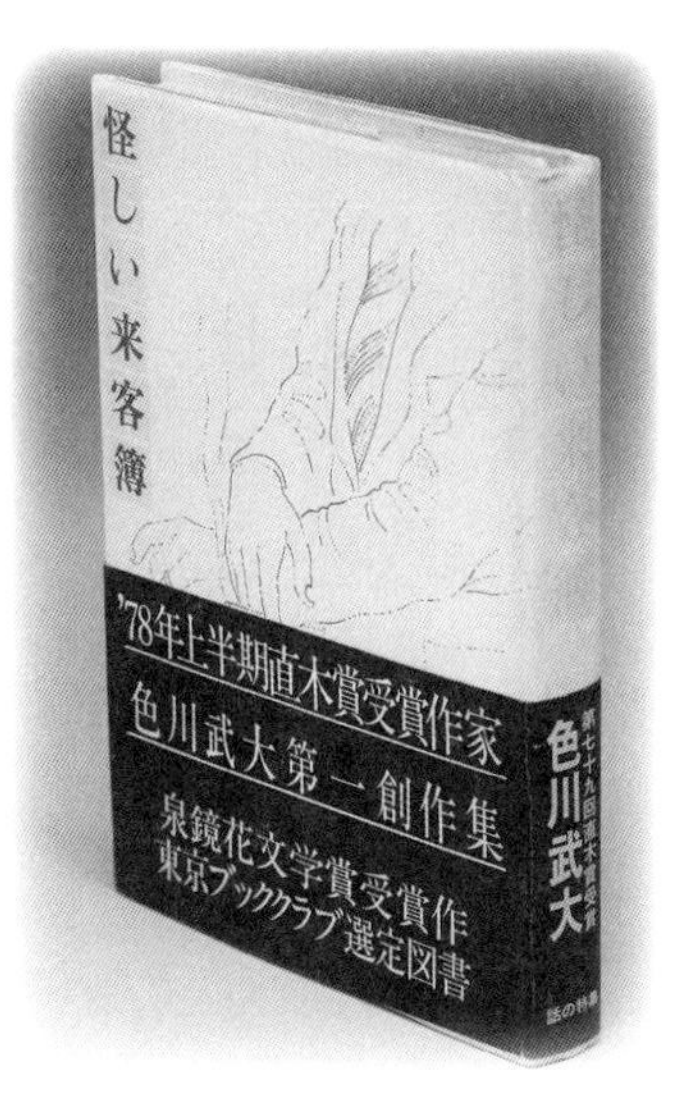

色川武大『怪しい来客簿』（話の特集）

ない」ことも肝に銘じた。

『怪しい来客簿』は17編からなる短篇連作で、第1話「空襲のあと」は「私」が中学を無期停学になって家の中に逼塞していた頃の記憶である。5月の東京大空襲で焼夷弾が落ち、昂奮が極に達し、死体を跨ぎ越して歩きまわった。

帰宅したとき、罹災者が家のなかに鈴なりにいる事情を知らぬまま、雨戸が閉めきられた部屋に入ると、足が万年床に触れた。そのつぎに出した足が、ぐにゃっと柔らかい、ごりごりしたものを踏んだ。ぎゃっという悲鳴があがり、それは老婆の顔であり、ぐにゃっと柔らかいものはその鼻であった。婆さんの素足は焼死体のようにまっ黒だったし、顔は青くむくんで、「私」が踏んづけた低い鼻はそのため、よけい目立たない。鼻孔の一方から鼻汁が白くたれていた。人間が生きていくぎりぎりの姿が容赦なく描かれている。

第2話では、ばくち渡世から離れて、新聞広告で見た娯楽雑誌の編集にたずさわる。第3話の「さば折り文ちゃん」は出羽ケ嶽という身長2メートル余の巨漢力士の悲惨な生涯。ひょろ高く、妖怪味がある筋骨質のヒールで、関脇まで昇進した。強烈なサバ折りで横綱西ノ海を倒し、大関太刀光は浴びせられて腰骨を折り、引退した。大関清瀬川をサバ折りで負傷させ引退に追い込むと、力士たちからクレームがつき、出羽ケ嶽に限りサバ折りを禁じ手とした。「文ちゃん時代」と新聞ではやしたてられたが、負け越し、休場がつづき、36歳の時、幕下三段目まで落ち、廃業して47歳で没した。

敗戦直後から裏街道を生きる男たちの狂気を、いとおしみつつ小説に仕上げた。

睡眠のリズム狂う難病

色川氏はナルコレプシーという難病にかかり、睡眠のリズムが狂ってしまうため、ベッドできちんと眠ろうとしても、30分、長くて1時間しか眠ることができない。そのかわり一定の間隔をおいて5分か10分ぐらいずつ、眠りの発作が襲ってくる。六本木の舗道を、色川さんをまん中にして3人で歩いた。すると明治屋の前で、突然、失神したように、がくっと膝（ひざ）が崩れ落ちたことがあった。

両側から脇を抱え込んだ。発作がくると、電圧器がショートしたように軀（からだ）が硬直してしまう。眠いのに眠れず、起きようとして気を張ると発作がくる。じっとしていると幻視幻覚が現れる。最後の傑作『狂人日記』は、死と隣りあわせの切実な小説である。アウトローの壮絶な日々を書き、60歳で他界された。

色川氏にきちんと会ったのは『怪しい来客簿』を書いた直後、深沢七郎さんのラブミー農場だった。48歳の色川氏は、容貌魁偉（ようぼうかいい）の視線を発し、巨軀を丸めていたが、おどろくほど気を遣う人だった。修羅場をかいくぐってきた果てに、空漠の荒野を見る目に優しさがあった。立川競輪場でも何回か会ったが、第7レースあたりからやってきて、第6レースまでの連単の勝ち車券のデメ（出た目）を見て判断していた。

『怪しい来客簿』第12話の「見えない来客」は、競輪A級選手の追っかけ愛人が出てくる。その選手は八百長の常連で、それもかなり根の深い八百長選手。八百長レースを知った愛人は大金を儲ける。八百長の確証があがって指名手配されたとき、選手は愛人を連れて逃げ、パトカーに追われる。

色川氏は競輪、麻雀、非合法の地下賭場の実態に詳しい。

かくいう私も38歳のとき、経営危機に陥った平凡社を希望退職に応じてやめ、東急池上線長原の八百屋の2階倉庫に青人社という出版社を作り、娯楽誌「ドリブ」の創刊編集長となった。日々、酒と喧嘩（けんか）と自棄（やけ）の綱渡りとなり、さてどうしたらいいかと悩み、色川氏に相談に行った。

四谷3丁目の居酒屋で色川氏にインタビューした。それを「博打も人生も九勝六敗のやつが一番強い」というタイトルで掲載した。インタビューにかこつけて、色川氏に教えを乞うたのであった。

色川氏が博打のみならず、娯楽雑誌を編集していたことを知っていたので、窮地に追いこまれたときの心得を知りたかった。色川氏は「負けが大事だ。連勝しているときこそ、気をつけなければならない」と語った。「一番始末におえないのは、いま、自分に必要でない幸運が来たときだ」。ぼそりと「しのぐ時間だよ」と唸るようにいった。

人生は勝負の連続である。長い勝負のうち、勝ちでも負けでもない「しのぐ時間」が重要なんだ。子供のころは夢うつつだが、大人になると、目標の限界が見えてくる。勝ちつづける人生は、じつは破滅につながっている。勝ちと負けのバランスを見る。

そのため一日単位で「勝ち」と「負け」の一覧表をつける。いいことが多ければ勝ち、いやなことが多ければ負け、で、運の流れをグラフにしておく。3連勝したときは、怖くて外へ出ずに、ひたすら「いい負け」を待つ。逆に3連敗したときは、つぎがチャンスだ。そのバランスだよ。

この言葉は稲妻のようにずきんと私の胸に突き刺さった。このインタビュー記事は、対談という形となって色川武大短編集『友は野末に―九つの短篇』（新潮社、2015年刊）の巻末に収録されている。

第2章 スケールが大きくなっていく文学賞

結論持ち越しの末、唐十郎『海星・河童』に

1978（昭和53）年の第6回泉鏡花文学賞は唐十郎『海星・河童―少年小説』（大和書房）に決定したが、別の候補作とどちらにするかで結論が1日持ち越された。選考委員が2作を読み返して、2日目の選考会で、唐十郎の作品がより泉鏡花文学賞にふさわしいとして受賞が決まった。選考評での吉行淳之介氏は「最初の短編がいい。鏡花賞にぴったりだ」、奥野健男氏は「少年の目を通じて描いており、幻想的、叙情的、詩的である」と推薦した。

唐十郎の作品は第4回（1976年）、第5回（77年）の2回つづけて候補作に上っていて、3回目で受賞したことになる。

唐十郎が新宿の花園神社境内に紅テントをたてて「腰巻お仙―義理人情いろはにほ

第6～12回の泉鏡花文学賞

回	年度	作品名	著者	選考委員
6	1978年（昭和53）	海星・河童 —少年小説	唐　十郎	井上　靖 奥野　健男 尾崎　秀樹 瀬戸内寂聴 三浦　哲郎 森山　啓 吉行淳之介 五木　寛之
7	1979年（昭和54）	消滅の光輪	眉村　卓	
		プラトン的恋愛	金井美恵子	
8	1980年（昭和55）	わが魂は輝く水なり —源平北越流誌	清水　邦夫	
		雪女	森　万紀子	
9	1981年（昭和56）	唐草物語	澁澤　龍彥	
		虚人たち	筒井　康隆	
10	1982年（昭和57）	抱擁	日野　啓三	
11	1983年（昭和58）	鬼どもの夜は深い	三枝　和子	
		光る女	小檜山　博	
12	1984年（昭和59）	海峡 八雲が殺した	赤江　瀑	

へと篇」を上演したのは１９６７年（27歳）だった。

１９６７年から68年にかけては「昭和元禄」といわれ、日本中が復興の熱にうなされていた。ＧＮＰは世界第３位になったし、アングラ酒場が大盛況、ツイッギーがやってくる、ミノベは都知事になる。「ブルーシャトウ」「帰ってきたヨッパライ」「小指の想い出」が酒場に流れ、赤塚不二夫の「天才バカボン」が大人気になった。

新宿花園神社にたった紅テントの客席を見渡せば、澁澤龍彥、土方巽、寺山修司、山下洋輔、横尾忠則、細江英公、瀧口修造、檀一雄、吉増剛造、中上健次、柄谷行人、巖谷國士、種村季弘、大島渚、扇田昭彦、村松友視、若松孝二、赤瀬川原平ら、あとまだ凄い客がゴロゴロいた。

1969年1月、東京都が使用許可しなかった新宿西口中央公園に紅テントを張り、機動隊包囲のなかで「腰巻お仙—振袖火事の巻」を上演して世間を騒がせ、ソウル公演、バングラデシュ公演、パレスチナ公演を決行した。77年4月、九州の田川市にある炭坑ボタ山に紅テントをたてて「蛇姫様—我が心の奈蛇」公演をした。

ボタ山の90メートルほどのところに紅テント（赤塚不二夫氏より贈られた新テント）を張ったが、地面はボタだから泥のかたまりで、強風にあおられテントが飛びそうになった。公演にさきだち、五木寛之氏、若松孝二氏、平岡正明氏らがメッセージを用意した。風の音が強く、雨が叩きつけ、客の怒号がうずまいた。マイクがないので五木氏が話しても全然聞こえない。とうとう五木氏が「もう、芝居始めちゃったほうが

唐十郎『海星・河童—少年小説』（大和書房）

いい」と言って、三上寛の歌につづいて芝居の幕が切っておとされた。根津甚八、小林薫という看板役者にまじって大女優の清川虹子が泥まみれで熱演した。夜10時40分に終了したが、テントに入れない客600名が待っていたので、深夜11時より第2ステージを上演して、終了したのが午前3時50分であった。

その翌年、1978年（昭和53年・唐十郎38歳）の受賞であった。

少年の奇妙な心理つづる

「少年小説・人情篇」と銘打たれた「海星」は「机を開けると、そこに銀色の海星（ヒトデ）がいるように思える。」

と始まる。男子校中学二年の「僕」が煙草のピースの銀紙を張りあわせた五角形の灰皿で、内側がヒトデ型に彫り込まれている。放課後、ベートーヴェンと仇名された先生に「思い出にもらっていいかな?」とせがまれる。先生は故郷の野辺山に帰るので、その記念に欲しいという。少年愛の教師と「僕」の奇妙な関係は、五角形の図版とその中にある星形のヒトデの図版によって示される。紅テントの暴力的活劇の裏側にある、少年の内面にくりひろげられるゆれ動く心理をつづった幻想的短編小説である。

「少年小説・政治篇」の「河童」、「少年小説・夢想篇」の「糸姫」ほか「少年への変身」「恐るべき少女」の評論が収められ、巻末に「澁澤龍彦との往復書簡・過去へのゴンドラ」が護符のように掲載されている。

唐十郎が「水中幻想」に関して書くと、澁澤龍彦は「貴兄は水の詩人なのですよ」と応じ「泉鏡花の小説によく出てくるヒロインも、すべて水の女の一種…」と答える。「海星」や「少年への変身」の初出はいずれも文芸誌「海」であった。唐氏は「この『河童』という芝居のもとになった小説を、中央公論『海』編集者の村松友視の勧めで書いた」という経過を述べ、「『海星』という小説と一冊にまとめて単行本化した」と語っている。その本が泉鏡花文学賞を受賞した。

という次第で劇団員全員、金沢での授賞式に、こぞって出かけた。それで50万円の賞金は全部、二十何人分の電車賃とホテル代に使ってしまった。「…とても楽しい駅馬車旅行みたいな気持ちで、金沢旅行を過ごしました」(『唐十郎血風録』文藝春秋)と回想している。

授賞式に参加したのは、NHK大河ドラマ「黄金の日日」に石川五右衛門の役で出演した根津甚八をはじめ、小林薫、不破万作、李礼仙、ポスターを描いた篠原勝之、音楽担当の安保由夫などそうそうたるメンバーで、さながら東洋怪奇手品団の様相であった。版元は大和書房だが、引率責任者として中央公論社に在職中の村松友視が同行した。東京から金沢への移動は寝台列車であった。根津甚八の人気がすさまじく、唐氏よりも目立つのが気になった、と村松氏は述懐している。

泉鏡花文学賞授賞式は、いまなお語りつがれるドラマティックな会となった。唐氏はこの4年後、『佐川君からの手紙』で第88回芥川賞（1982年下期）を受賞した。

眉村SF『消滅の光輪』はインサイダー文学

1979（昭和54）年の第7回泉鏡花文学賞は眉村卓『消滅の光輪』（早川書房）と、金井美恵子『プラトン的恋愛』（講談社）の2作。

眉村卓は1934年大阪市生まれ。1961年に『下級アイデアマン』で第1回空想科学小説コンテストに入選したSF作家である。

『消滅の光輪』は煉瓦のように厚く重い600ページの本で、400字詰め用紙1567枚。「SFマガジン」の創刊16周年記念号の1976年2月号から78年10月号まで33回にわたって連載された。

眉村氏は「当初はもっと少ない枚数で仕上がるだろう」と考えていたが、構想が広がり、「行け行け、ずんずんずんずん、あっちを覗き、こっちで喋り、広がれ広がれ、しんどいけれども書くものが面白ければいいではないか」と書きつづけたという。

巻頭に「アイザック・アシモフ氏へ」と献辞がある。アシモフ作『宇宙気流』は、住民を別の惑星へ避難させる話である。アシモフの『宇宙気流』にヒントを得て眉村SFを書いた。主人公は司政官マセ（マセ・PPKA4・ユキオ）で、赴任した惑星で行政を司る。宇宙開拓にあたって、植民世界の調整者の任務を遂行する。眉村SFは「インサイダー文学」で、組織の内部にいる人間の視点で書かれる。管理者の立場を書く。従来の文学は加害者より被害者の立場、支配者より被支配者、強者より弱者の視点で書かれたが、現実に社会生活を営む人間は、なにものかへの支配によって生かされている。この立場は「社会と人間の問題」として提唱されてきた。組織の中のインサイダーとして書く。選考委員の尾

眉村卓『消滅の光輪』（早川書房）

崎秀樹（ほつき）は「眉村卓の世界」と題して講演した。

「司政官ものの結晶である『消滅の光輪』は、遠未来の話でありながら、きわめて今日的な問題点を内包している。主人公の立場を管理社会における中間管理職の立場に置いたことと、さらにはインサイダー文学論を生んだ眉村氏の生活体験が裏付けになっているため、共感を呼ぶ。そして、鏡花賞の持つ幅の広さ、その今日的意味から考えて、眉村氏の仕事が無縁なものではなく、鏡花の今日的読みなおしという視点に立って、氏の仕事を評価していきたい」

巻頭のページに植民星となるラクザーン星五大陸の地図（植民人口九八八万）と、ツラツリット市街地図、ラクザーンにおける主要ロボット官僚任務分担一覧がある。ややこしい登場ロボット名を見ただけで気が遠くなり、読みはじめは手ごわいものの、読み進めると面白くなってはまる。この本1冊を読みきるのに、私は5日間を要した。選考委員はさぞ大変だったろう。五木氏は「文学賞を出すのは簡単だが、その賞にふさわしい受賞者を得るのは難しい。その意味で鏡花文学賞は受賞者に恵まれている」と贈呈式で挨拶（あいさつ）した。このとき眉村氏は45歳、『プラトン的恋愛』で受賞した金井美恵子さんは32歳であった。

早熟の文学少女・金井美恵子『プラトン的恋愛』

金井美恵子さんは19歳で書いた『愛の生活』が太宰治賞の佳作となり、「早熟の文学少女」として注目された。『愛の生活』を読んだ秋山駿は「まるでパックリ口を開いた柘榴の果実のように、早熟というものが生なましく露呈されているので、痛ましい印象を受けた。この作者は不幸な人だな、と思った。もっともその不幸とは、19歳で処女作を書いてしまった人が、その後20年も小説を書きづつけることができるか、という危惧、の意味ではない。なにか微妙な不幸がなければ、人が、こんなふうに自己の早熟を露呈させるといった危険なサーカスを演じるわけがない、と私は思ったからである」と評している。

デビューしたての金井さんは吉行淳之介氏や奥野健男氏に認められ、野坂昭如氏とのラジオ番組にレギュラー出

金井美恵子『プラトン的恋愛』(講談社)

演するなど、ひっぱりだこの人気作家となった。姉の金井久美子さん（画家）とふたり暮らしの目白御殿は、人気詩人や映画評論家、写真家、翻訳家、小説家が集まる文芸サロンとなり、嵐山も出入り業者（編集者）のひとりであった。

1970（昭和45）年（金井さん23歳）の『夢の時間』に登場するジグソーパズルのような知的きらめきに感動した私は「金沢から蟹（かに）3匹を買って目白御殿へお届けします」と約束したのだが、市場で蟹が手に入らず、かに飯弁当3箱を届けて、「なーんだ」と失望させた記憶がある。

『プラトン的恋愛』は11編の短編小説集で、巻頭の表題作は「わたし」へ手紙が届いて「あなたの名前で発表された小説を書いたのはわたしです」と書いてあった。そんな奇妙な手紙が小説を書くたびにたまっていく。いささかうんざりしながらも、住所も氏名も書いてない女性との関係がはじまる。「わたし」は、『プラトン的恋愛』という題名だけ決まっている小説を書く計画があり、これは、いったい誰が書くのだろう。彼女なのか、「わたし」なのか。

「わたし」は花巻へ旅して、貧相な素人経営風の旅館に泊まり、ひとりで惨（みじ）めに黙々と酒を飲む。昼食のあと、宿の近くの渓流沿いの道を散歩していると、見知らぬ女に話しかけられる。おずおずとした態度にもかかわらず押しつけがましい女で、直感的にこの女こそ〈本当の作者〉だと悟った。近くの軽食レストランで女と向かいあって坐(すわ)り、女は一番値段が高いローストビーフのサンドイッチと蟹サラダとコーヒーを注文し、「わたし」はコーヒーだけを注文した。〈本当の作者〉は「プラトン的恋愛」についで語り、その代金も払わされて、旅館に戻った。家へ帰ると案の定、〈本当の作者〉から、「プラトン的恋愛」の原稿が届いていた。「わたし」はその原稿を燃やそうとする。

　この寓話的小説をどう解釈するか。小説家は「他者のなかの自分」に語りかけるから、〈本当の作者〉は他者であると言える。「他者のなかの自分」は、「私のなかの他者」でもある。才気あふれる言葉が金井小説のなかできらりきらりと輝き、暗喩の遊びにひきずりこまれる。

「…ある春の日に、ピンクの花を咲かせた黄桃の実のなかに、甘い蜜が湧いて、熟して、したたるように、…」（深沢七郎）の前書をつけた「桃の園」は、歯科医院の話で、桃色の服の美少女が、虫歯を抜いたあと医者がくれた止血剤を飲むふりをして、流しに捨ててしまった。それは血の流れを止めてしまうのが、おしいような気がしたからだった。

「…この世に生き、同時に物語の中に生きている男女…」（武田泰淳）の前書きをつけた「才子佳人」は、学校のクラスへ転校してきた十五歳の少女の話である。その少女が女子大の仏文科の学生となって訪ねてきて身の上話をするのだが、それは武田泰淳の「才子佳人」の一節が使われていた。だれもが一生のうち一度くらいは小説を書けると思い込み、フィクションの告白をひそかに書きつづる。

「才子佳人」は「プラトン的恋愛」の続編といえる佳作で、金井さんの自解によると、「作品を読む者は、ある部分を読みとばすことによって削り取り、ある部分は書かれていない言葉を読むことで、何かを書き足している。作者だけが作品を書くわけではなく、読者もまた作品を作ることになる。ここに収められた小説の作者は《わたし》ではない。」となる。

金井美恵子は、非現実的な事件をちらりとのぞき見して、軽やかなステップで残酷物語に仕上げる。残酷なる話には、甘い蜜と幻想にまぶされ、光沢を帯びる。読者を挑発する悪意と、ちょっとちょっとこういうことなんだからさ、と疾走する語り口が持ち味である。

戯曲が受賞、清水邦夫の『わが魂は輝く水なり』

1980（昭和55）年は新雑誌ブームで「BRUTUS」ほか235誌が創刊され

た。80年下期の芥川賞は尾辻克彦（赤瀬川原平）『父が消えた』、80年上期の直木賞は志茂田景樹『黄色い牙』、向田邦子「花の名前」「かわうそ」「犬小屋」の短編連作。泉鏡花文学賞は清水邦夫『わが魂は輝く水なり―源平北越流誌』（講談社）と森万紀子『雪女』（新潮社）と決まった。

清水氏（43歳）は早稲田大学在学中の22歳のとき戯曲「署名人」を書いて劇団青俳で上演された。以後『真情あふるる軽薄さ』（現代人劇場・演出は蜷川幸雄）など、話題作をたてつづけに書き、演出家の蜷川幸雄と組んで活躍してきた。唐十郎が受賞したことにつづいて演劇人が鏡花文学賞になるところに、選考委員のなみなみならぬ眼力があった。しかも、小説ではなく戯曲である。

「平家物語巻七　倶利伽羅落（くりからおとし）」の「親落とせば子も落し、兄が落せば弟も落し…」の前書きがある。御存知、倶利伽羅峠での源平合戦で、義仲軍に夜襲をかけられて十万の平家軍は大敗した。話は戦死した斎藤五郎の亡霊の独白から始まる。2幕は倶利伽羅

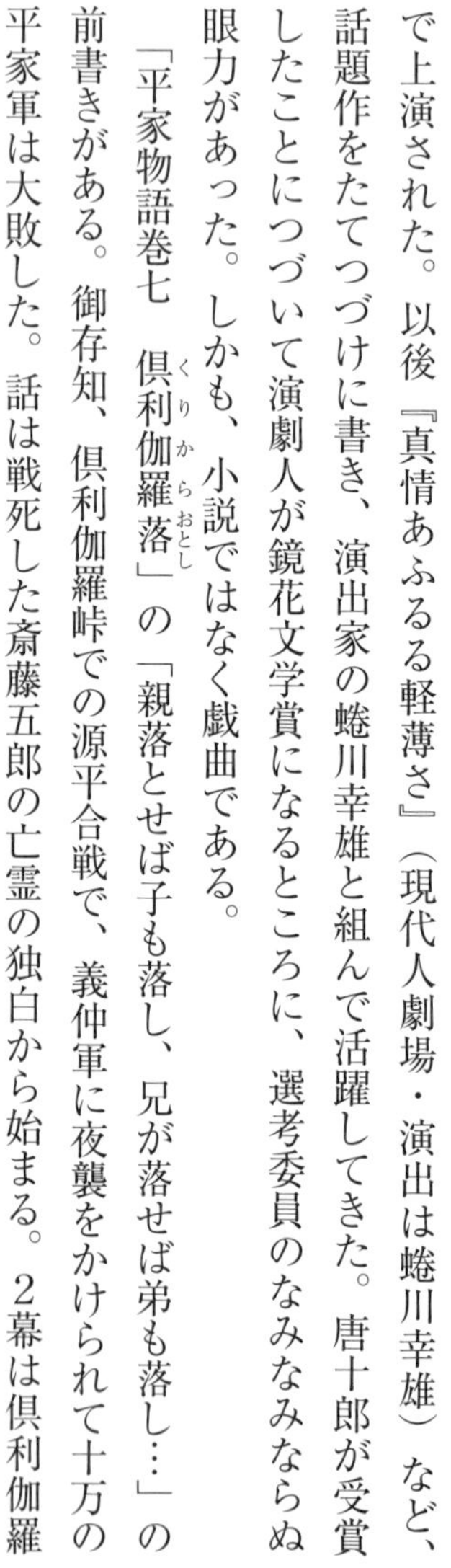

清水邦夫『わが魂は輝く水なり―源平北越流誌』（講談社）

合戦の二日後、斎藤五郎の父（斎藤実盛(さねもり)）が登場する。実盛は源義仲と戦ったとき、白髪を黒く染めて奮戦して討たれた悲劇の武将。平家物語を清水バージョンで再構成した。

この戯曲は1980年、劇団民芸で公演された。演出は宇野重吉。出演は宇野重吉、奈良岡朋子、真野響子など。選考委員のうち何人かは2月から3月にかけて、東京、金沢、鯖江、福井、名古屋の巡回興行で観(み)ていた、と思われる。倶利伽羅峠は金沢のご当地モノである。

清水邦夫と同時代の劇作家別役実は、この作品に関して「1960年代の後半、今はない新宿文化劇場の深夜劇場で、演者たちを疾走させ、絶叫させせた、そして我々を躍動させた氏の情念は、その時はじめて水面から姿を現し、我々に働きかけた」と評している。清水氏は全共闘運動世代で「暗く屈折した情念」を内蔵しつつ70〜80年代の演劇の旗手となった。

井上靖氏が推した森万紀子『雪女』

森万紀子さん（当時45歳）は山形県酒田市生まれで『単独者』（1965年）が文學界新人賞佳作となった。不屈の女性が単独者として生きる姿を描いた。『雪女』は昔話に託した「時間の物語」で420枚の長編。書きあげるのに6年の歳月をかけた。

　主人公は羽藤（はとう）家の次女17歳累子（るいこ）。医者をしていた父が死に、母は死の床にある。兄はK市でアルバイトをしながら学業を続け、姉は嫁ぎ先が決まっている。石灯籠や庭木は植木屋が持っていき、庭には穴があいている。三カ月後に家は人手に渡る。累子は幼いころから親愛感を抱いていた叔母が住んでいるはずの水宮の水晶屋敷へ一人旅立つことを決意した。しかし叔母は発狂して、つきまとわれていた男に殺されたとか、男を追って河に落ちたとかという噂ばかり。

　母が死ぬと、家は壊され、累子は馬そりに乗って山奥の水宮に向かう。水宮はどこか。吹雪のなかを歩き、いつのまにか雪女になっていく。森万紀子の心象風景の内実は、6歳のときに父親が亡くなったことにはじまる。その後、家もなくなった。この二つの事件が精神的に深い傷となって、いつまでも消えない。小説では、全編にわた

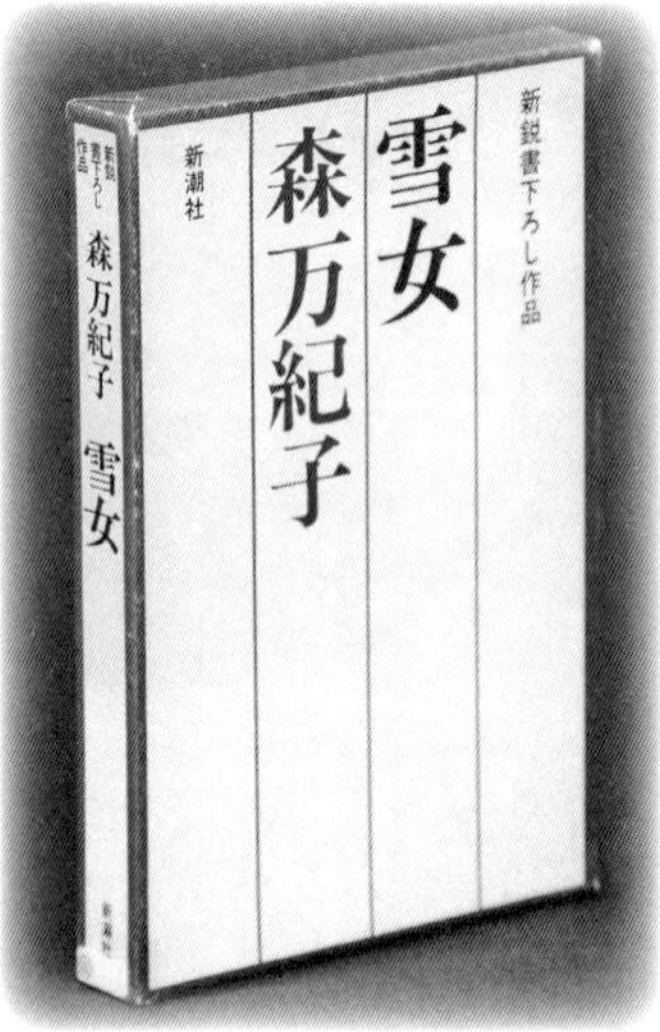

森万紀子『雪女』（新潮社）

って地吹雪が吹き、暴れる。ことに住んでいた家が、人手に渡って破壊されるシーンは、はっと息がとまるほどの迫力がある。かつて羽藤の家の者は、幌のついた大きな箱ぞりに乗って、何人もの提灯の明かりに守られていた。それが無残に落ちぶれた。

羽藤の家へ古道具屋のトラックがやってきて家具をあらいざらい持っていく。古道具屋が立ち去ったあと、雪が吹きこむ部屋に入ると、タオルが氷板のように固くなり、鴨居に掛かっていた。タオルを外すと、

……ルイコ……

赤糸で縫った名前が読めた。話の細部が鮮烈でぶ厚い。文學界新人賞のときは大岡昇平が強く推した。

森万紀子さんと親しくしていた作家の高橋光子さんが『謎の作家・森万紀子・雪女伝説』という本を出している。森万紀子さんは小鳥を飼っていて、おどおどしたところがあり、人嫌いでずっと一人暮らしだった。極端に寡作で、作品を書くのは2年か3年に一度だった。森さんは、芥川賞候補に4回なったが、賞は貰えないままだった。森さんの小説を強く評価したのは井上靖氏であった。森万紀子はアパートを転々と渡り歩き、44歳のとき、ペットのセキセイインコと埼玉県の三郷(みさと)団地に移った。連絡をとれなくなった姉が三郷団地を訪ねて死亡を確認した。享年57。

澁澤龍彦20年ぶりの小説『唐草物語』

第9回泉鏡花文学賞は澁澤龍彦『唐草物語』（河出書房新社）と筒井康隆『虚人たち』（中央公論社）であった。いままでの鏡花文学賞受賞者は、中井英夫（第2回）、高橋たか子（第4回）、唐十郎（第6回）が澁澤氏の影響をうけ、深いつながりがあった。三島由紀夫は師の川端康成邸へ表敬訪問したあとは、同じく鎌倉に住む澁澤龍彦邸へ立ち寄って歓談したという。寡黙で人見知りする川端康成氏のぎょろ目の前に端座して緊張したあとは、澁澤邸でくつろいだ。澁澤氏は三島氏がうちとけて話ができる友人だった。三島氏より3歳若い澁澤氏は、東大仏文科卒で卒業論文がサド論。サド、コクトーなどを翻訳するかたわら、人間精神や文明の暗黒面に光をあてる多彩な評論を発表した。シュルレアリスムやブルトンの

澁澤龍彦『唐草物語』（河出書房新社）

『黒いユーモア集』で18世紀のマルキ・ド・サドを知り、1959（昭和34）年、サド『悪徳の栄え』を翻訳出版して、これがワイセツ罪で告訴され、いわゆるサド裁判となった。その後、文学史で軽視されている作家を評論し、エロティシズムや幻想文学に関する独創的な考察を展開した。単なる紹介でなく、状況に対する鋭い文明評論になっているところに澁澤氏の真価があり、唐十郎や嵐山が兄事する異端作家であった。『唐草物語』は1962年刊の『犬狼都市（キュノポリス）』以来20年ぶりの小説である。

「鳥と少女」「空飛ぶ大納言」「火山に死す」「女体消滅」「三つの髑髏（どくろ）」「金色堂異聞」「六道の辻」「盤上遊戯」「閹人（えんじん）あるいは無実のあかし」「蜃気楼」「遠隔操作」「避雷針屋」という12編の短編は、いずれもエッセイの体裁だが、読みすすむうちに小説の罠にはまってしまう。

「空飛ぶ大納言」は蹴鞠（けまり）の達人として知られた大納言成通が宙に浮揚したという故事にもとづき、成通をジャン・コクトーに見立てている。「火山に死す」は、博物誌の著者プリニウスが温泉好きで噴火する火山の麓の風呂場で死ぬ話である。「女体消滅」に登場する菅原道真と同時代の文章博士紀長谷雄（きのはせを）の「はせを」とは「マラ」のことである。はせをの男根が女房装束の朱門を通りぬけても女の実体はあらわれず、女体は消滅してすべてが水になってしまう。

「三つの髑髏」は平安の秘密警察だった陰陽博士安倍晴明にまつわる怪談、「金色堂異聞」は中尊寺の金色堂で会った異界からきた老人の話、とどれもこれも怪談めいた奇譚である。

「盤上遊戯」にはペルシア王の一族が支配していたイスパハーン（イスファハン）がでてくる。イスパハーンはさしずめ日本の京都といった美しい古都で、イスラム教寺院のドームやミナレットがいたるところで目につく。私は、それより10年前、1971（昭和46）年9月に雑誌「太陽」の特集「千夜一夜物語」の取材で澁澤氏とイランのイスパハーンを訪れた。古いモスクを改造したシャー・アッバス・ホテルに投宿して、薔薇庭園のカフェでコーヒーを飲んでいると、ウエーターが澁澤氏に「マダーム」と声をかけた。小柄で、サングラスをかけていた澁澤氏はかすれた声で「おい、おれのことを男だと言えよ！」と怒った。私は「その声を聞けば男だとわかりますよ」と答えた。

17世紀サファビ朝の黄金時代には、「イスパハーンは世界の半分」と謳われていた。澁澤氏はイスパハーンの骨董品店で、直径30センチの青銅製のアストララーブ（天体観測儀）を買った。この地は占星術の本場である。その翌日、タクシーで5時間かけて海抜1500メートルのシラーズを目ざした。タクシーは猛スピードでムリな追い越しに失敗して、急停車とともに方向を90度回転して、目前の大型トラックを避けるため、道路脇の傾斜を滑落した。大型トラックと正面衝突して事故死するところだった。そのシラーズの話もでてくる。

「あらゆる模様のうちで、アラベスクはもっとも観念的なものだ」とボードレールが『火箭（ひせん）』のなかに書いている。アラベスクとは唐草のことにほかならぬ。「コント・アラベスク、すなわち唐草物語という総題名はボードレールに由来している」（澁澤氏「あとがき」）

妄想の森へ引き込む筒井康隆のSF『虚人たち』

筒井康隆は大阪生まれ、弟3人とSF同人誌「NULL（ヌル）」を出し、「30歳までに作家になれなかったら死んでやる」と公言していたが、ちょうど30歳で「お紺昇天」が「SFマガジン」に掲載された。『東海道戦争』（1965年）でどたばた・ナンセンススタイルを確立して、コアな読者を得た。『だばだば杉』（72年）でブラック・ユーモア路線を書いてさらに読者を増し、反小説ともいえる『虚人たち』で鏡花文学賞を受賞した。

小説の話の筋は、あるようで不明確だ。はじまりは「今のところまだ何でもない。彼は何もしていない。何もしていないことをしているという言い回しを除いて何もしていない」。

いきなり本筋に入る小説になれている読者はとまどうが、作家はごくあたりまえの日常を呈示し、それはとどまることを知らぬ妄想の森へ侵入していく。誘拐されたかもしれない美貌の妻と、娘の悲鳴が聞こえてくるが、それも確定されたものではない。電気釜の中では五合ほどの米がまだ水に浸かったままだし鍋も出ていない。妻の名を知らぬ自分がみじめになるだけだ。家のドアには貼り紙があり、マジック・インキで書かれたその字はひどく稚拙である。

筒井康隆『虚人たち』(中央公論社)

入室厳禁・目下虚構中

これを貼った同居人のひとりはあきらかに子供だ。男の子だろう。自分の息子がもし高校生か大学生で、この字の稚拙さに相応しい人格を持っていたらと想像し、寂莫感に襲われる。小説はすべて虚構なのだから、小説家はつねに虚構のなかを旅し、つまりは「虚構中」なのである。小説は途中で2ページが余白となり、3ページめの中央に「落ちた。下水道の水を呑んで。苦み。突っ走る火ねずみ。はげしい嘔吐感と灼熱の頭蓋の中の何か」と、暗号あるいは創作ノートのメモのような2行があり、9ページの余白。巻末に「おことわり」として「本文中、空白及び活字欠落のページがあるのは作者の意図によるものです。著者」とある。

小説に登場する人物が虚（夢まぼろし）の人すなわち「虚人」であり、作者も読者も「虚人」であるというメッセージである。

二人ともサングラスで出席

選考したものの、はたして「受賞を承諾してくれるだろうか」という一抹の不安が選考委員にあったという。とくに澁澤龍彦氏は異端の作家として知られている。結果は二人とも受賞を承諾した。贈呈式に現われた両氏はともにサングラスをかけていたが、挨拶にたった澁澤氏は「こんなところに立つのは生まれて初めて。受賞の知らせがあったとき、鏡花賞なら喜んでお受けする」と答えた。

「……かつて鏡花論を書いたことがあるが、鏡花が若い人に読まれているのを見て、今昔の感を覚える。賞をくださった金沢のみなさんに感謝します」と述べた。

筒井氏は「栄誉ある賞をいただき、何かの間違いではないかという感じがする。私は文学賞にふさわしい作家ではないが、鏡花賞がクリーンな感じのする賞なのでお受けした。金沢は私が新婚第一夜を過ごしたところで、懐かしい。お招きいただいてありがとう」と挨拶した。

両氏の受賞により鏡花文学賞の価値が、またひとまわり大きく全国にとどくこととなった。

波乱ぶくみの1982年

1982（昭和57）年は唐十郎『佐川君からの手紙』、加藤幸子『夢の壁』が芥川賞（いずれも下期）、村松友視『時代屋の女房』、深田祐介『炎熱商人』が直木賞を受賞した。糸井重里の「おいしい生活」（西武百貨店・ウディー・アレン出演）のコピーが一世を風靡（ふうび）して話題となった。嵐山が勤務していた平凡社は百科事典が売れず、経営危機となり、3分の1の社員80名が希望退職に応じた。

嵐山は赤坂4丁目の貧相なアパートに逼塞(ひっそく)していたが、2月8日、すぐ近くにあるホテル・ニュージャパンで火事がおこり33人が死亡した。その翌日、福岡発羽田行きの日本航空機が羽田沖で墜落して、死者24人、重軽傷者149人。なにかと波乱ぶくみの一年であった。

文壇の貴公子日野啓三の『抱擁』

第10回泉鏡花文学賞は日野啓三『抱擁』(集英社)。日野氏は1974(昭和49)年『此岸の家』で平林たい子文学賞、75年『あの夕陽』で芥川賞を受賞した文壇のエースであった。

中学4年のとき敗戦を京城で迎えた。東大社会学科に在学中、大岡信らと「現代文学」を創刊し、奥野健男(泉鏡花文学賞選考委員)らと「現代評論」を刊行した。卒業後は読売新聞外報部に勤務して動乱のソウル・サイゴンへ行き、戦争の追体験をした。

芥川賞作品『あの夕陽』は戦争による故郷喪失と、韓国人の妻とのしばしばの危機、家族のあやうさを描く私小説的作品であったが、『抱擁』は東京の中心にある広大な洋館で繰り広げられる都市神話である。日野氏は一作ごとに小説手法を変えて読者に衝撃を与えた。

江戸時代からある古い屋敷町に霧子(きりこ)という歌謡曲に出てくるような名前の娘が住んでいる。霧子は魂がそのまま裸で歩きまわるような少女。

「私」がその洋館を見ていると、荒尾という不動産会社の主任があらわれ、「この館には老人と孫娘が住んでいる」という。第1章「洋館」から「不吉な気分と淡く白い影のようなもの」がゆらめき、荒尾の案内で家の中へ入る。

洋館には「濃密な森の生気と甘美な腐爛(ふらん)」がある。庭に彫像や神像が無造作に並べられて、家のなかへ入ると、「間もなく三十になります」という官能的な若夫人に会う。夫人は「あなたが部屋に入ってきたとき、まるで主人が帰ってきたのか、と思って心臓がとまりそうになりました」とつぶやき、「あすの夜、家でパーティーを致します

日野啓三『抱擁』(集英社)

ので、ぜひいらして下さい」と誘われる。たまたま洋館を見ていた「私」は、荒尾という男に家の中まで案内され、パーティーに参加することになる。

第2章「少女」で霧子に会い、若夫人と老人、家政婦の小田さんが繰り広げる陰々とした物語の迷宮へ入り、第3章「白夜」で、老人が体験してきた80年の「自分勝手な不思議な時間」を知り、第4章「洪水」で老人の遺言の封筒が開けられる。

「わが洋館をただひとりの血筋、霧子に遺贈する」

その遺言を聞いて若夫人から悲鳴のような叫びが洩れる。東京のどまん中にある不吉な洋館で繰り広げられる怨念と荒廃は、ポーの小説『アッシャー家の崩壊』を思わせる。屋敷は生い茂った木々や黒ずんだ蔦(つた)に囲まれている。屋敷のなかに並べられた奇怪な土偶や仮面が、ほの暗い世界へゆっくりと吸い込まれる。

第4章で、老人（祖父）が死んでから、霧子は地下室にこもったまま出てこない。家政婦が運んでくる食事にも手をつけない。淀(よど)んだ埃(ほこり)と黴(かび)の地下室は、天井からクモの巣がたれさがっている。霧子はベッドの上に坐り込んだまま、両手を前に差し出し、目を一杯に見開き、肩が小刻みに震えている。「私」が近づくと、十六歳の少女は老狂女の形相になる。霧子は三日も熱にうなされた。

いつのまにか「私」は胎児となって、霧子の胎児と小さな水中に浮かび、小さな手足で抱き合った格好になっていく。ふたつがふたつのままのひとつの私だ、という気がしてくる。『抱擁』というタイトルはここからつけたのであろう。硬質ガラスのような輝きのある文体が、大都市ファンタジーとなって語られ、屋敷は激しい勢いで崩れ落ち、1982年版『アッシャー家の崩壊』といった気配だ。

（この小説では登場人物の実像が、あとで知らされる。少女の父は、じつはベトナムで行方不明になった）

1990年ごろ、私は読売新聞の書評委員を2年間つとめた。月に1度、読売新聞本社会議室に集まると、書評用の本が山と積まれていた。養老孟司、川村二郎、川上弘美、松原隆一郎といった錚錚（そうそう）たる書評委員が書評したい本を申告すると、書評委員会を睥睨（へいげい）するように日野啓三氏がいた。日野氏は読売新聞社書評委員会の領袖のように君臨し、私が選んだ大村彦次郎氏の本を示すと、「編集者が書いた本なんぞはろくなもんじゃない」と言った。すかさず書評委員の高橋源一郎氏が「そんなことはないです」と反論してくれた。

書評委員会は終了後に近くのパレスホテルのバーラウンジで酒を飲むのだが、読売文化部が気を遣って、そのあとは私と日野氏を社のクルマで一緒に帰した。世田谷区代田にあった日野氏の自宅までのあいだ、小説『抱擁』の感想を話して、いささかうちとけたことを思い出す。

戦争の影宿す三枝和子『鬼どもの夜は深い』

1983（昭和58）年、第11回泉鏡花文学賞は2作であった。三枝和子『鬼どもの夜は深い』（新潮社）は、特攻隊員の落とし子で、「日佐子狐」と呼ばれる女を中心にした4章からなる。4部構成は日野啓三『抱擁』と同じで、生まれた年も同じく1929年の戦中派である。『抱擁』に登場する家族は父親が失踪して絆が崩れ、血族幻想の剝げ落ちた現代社会を彷徨する。

それに対し、『鬼どもの夜は深い』は、黒田ノ庄という丹波と播磨の境の3村が舞台で、山峡にある駅は単線2両連結のディーゼルエンジンカーが止まる。

戦前は蒸気機関車が走り、出征する兵隊さんを見送るプラットホームは村人で満員だったが、いまは客が一人も

三枝和子『鬼どもの夜は深い』（新潮社）

降りないときもある。さびれた駅で、爺さんがひびき（かってひびきという商標の安煙草があった）を吸っている。

１９４５年正月、駅のプラットホームで特攻服に白いマフラーというでたちの男が立っていた。それが日佐子の父である。その後、母の満子は日佐子を産んで3カ月後に、列車に飛び込み自殺した。日佐子は祖父母の手で育てられて数えの33歳になった。と、ここから第1章「黒田ノ庄駅・夏」が始まる。

日佐子は国道沿いのドライブ・インに、夜はスナックになる小さな店「久」を開いた。カウンター七席、ボックス席が三テーブル十二人の店である。商業高校一年で、十六歳の印一はスナック「久」に通う。印一の妹アヤ子は、印一の友人の辻夫と、夜九時ごろ「久」へやってきて、喧嘩となり、辻夫のオートバイに乗って帰る途中、最終列車に衝突して死んだ。

第2章「杉原谷川・秋」では、定時制高校生の十八歳仙子が登場する。気が強くて不良の仙子にもいろいろな事情があって杉原谷川で死体となって発見される。

第3章「丹波街道・冬」は崎子という女が出てくる。崎子は加藤という学校の先生とのあいだに出来た子を中絶手術するため、日佐子に相談する。日佐子は崎子にむかって、「うちはスナック開いて、この死んだような村を、ぱあっと明るうするん」という。崎子の弟省吾は、加藤先生の仕打ちに腹をたて、バイクで暴走して死ぬ。

第4章「不来坂峠・春」では印一の父親と世津子という女が心中する。鬼ケ坂トンネル脇の細い道に停めた車のなかで排気ガス自殺だった。印一は父の葬式の翌朝、骨あげをしてから姿を消した。残された婆さんは「鬼の酒盛りに出会うたんじゃなかろうか」という。

スナック「久」では、常連が恒例の花見に繰り出す予定だが、印一の消息は依然として分からない。

各章で登場人物がバタバタ死んでいく事件の背後には、戦争の影が霧のようにたちこめる。観念小説昭和版で、読んでいると息づまるが、鏡花の作品にも暗くよどんだ冥異奇譚がある。戦後の山奥でくりひろげられる鬼たちの饗宴。

三枝和子は神戸市生まれ、1969（昭和44）年『処刑が行なわれている』で田村俊子賞を受賞。反リアリズム小説で出発し、『乱反射』では日本の風土に根ざした血縁共同体を扱った。『鬼どもの夜は深い』は女性を中心にすえているところが読みどころ。

読んで楽しい小檜山博『光る女』

もう一作は小檜山博『光る女』（集英社）で、この小説も4部構成である。北海道オホーツク沿いの海から十里入った滝上の村に生まれ育った仙作という野性の男が主人公。十五年前に七十軒あった村の家は十一軒に減っている。これまた重苦しい土俗的小説という気になるが、小檜山氏は一種独特の文章のリズムがあり、読みやすい語り口だ。北海道生まれで道立苫小牧工業高校を卒業し、北海道新聞社に勤務していた。厳しい自然のなかで生きる男の内面を描いた『出刃』（1976年）で北方文芸賞を受賞。

泉鏡花文学賞が決まった翌日、横路北海道知事から祝電を受けとったほど、地元の人が喜んでくれて、授賞式のインタビューで「私も極度の緊張と興奮でやせてしまった」と語った。野性の

小檜山博『光る女』（集英社）

男の登場で、「泉鏡花文学賞が津軽海峡を越えた」と新聞記事になり、評判になった。

主人公の仙作は滝上の青年団長をして、村の再建に加わっていたが、恋心を寄せていた純情な娘栗子が、経理を勉強するため東京へ行くことになった。送別会の夜、栗子は「白い花の咲く頃」をうたって涙を流し、送別会が終わったあと、空き家になっていた馬小屋で肉体関係をむすぶ。東京から栗子の葉書が届き、「仙ちゃん、お元気ですか。送別会ありがとう、あの日のこと一生忘れません。わたしもやっとレジスタアの仕事に慣れました。夜の学校はつらいけど、がんばります。わたしがこっちにいるあいだ、一度、遊びにきて下さい」と書いてあった。

二十一歳になった仙作は、百九十センチ近い大男で、髪も髭（ひげ）も無精に伸ばし、乗馬ズボンと熊皮のチョッキを身に着け、リュックサックをしょって、裸足で東京の街へやってくる。栗子を北海道滝上に連れ戻し、結婚するつもりだ。リュックのなかには、ナタと山稼ぎで貯めた現金二百四十万円が入っている。映画「真夜中のカウボーイ」でニューヨークへ行くテキサス男のイメージである。

信号を無視して道路を渡り、タクシーの運転手にケンカを売られると蹴り飛ばす。そこに小檜山博の像が重なり、アクション映画の痛快さがある。栗子から来た葉書の住所をたよりに捜すと一年前に引っ越していた。仙ちゃんの栗子捜しがはじまる。

人づてに栗子を捜し歩いて、新宿西口にあるスナックで働いていることがわかった。スナックの扉を開けると、薄暗い店のカウンターのなかに二人の女がいて、ひとりが栗子だった。栗子へ、村のドングリと松ボックリを渡すが、客が入って来てカラオケで歌いつづけてうるさい。仙作は栗子に「今夜、アパートへ泊めてくれ」と頼むが、同じ学校へ行っている女の子と一緒に住んでいるから、と断られる。

仙作は毎晩、栗子の店に通うが、栗子が風邪で休んだ日に、栗子が住んでいるマンションを捜しあてて、部屋の扉を引くと鎖がかかっていた。十センチほど開いて、中で栗子が店の常連客と全裸でからみあっていた。

「栗子が仰向けに寝て、脚を男の頭のほうへ伸ばしていた。栗子が頭を浮かせて男の腰をかかえ、顔を男の脚の間へ押しつけていた。髪がゆるゆると動いた。時おり丸めている舌が見えた」

仙作は音をたてないように扉を閉めた。足が震えた。リュックのなかのビニール袋から五、六枚の札を残して、あとの二百万円ほどの札を栗子の部屋に放り込んだ。仙作が失意のうちに第1章は終わる。

第2章「けもの雪」で、仙作は札幌に出て土木工事で稼ぐうち、父が死んだので、滝上の村に帰る。父の死体の毛布をはぐと、下着が食いちぎられたように両脇に開いていた。猫に食われた跡だった。猫もけだものだから、食べ物がないと人を襲う。野良猫八匹は猟銃で殺したが、一匹だけ前の山へ逃げ込んだ。栗子のところの猫だった。

第3章「骨の音」は、札幌へ出て、新聞の求人欄で仕事を探し、建設作業員となり、汚い三畳間で暮らす。タクシーの運転手に「田舎もんめ」と罵倒(ばとう)されて、裸足のつまさきで男の股の睾丸(こうがん)を蹴った。リュックサックのなかには父の骨と母の位牌が入っており、ケンカをするとカタカタと鳴る。工事監督が行きつけのスナックへ通い、東京の出版社から雑誌の取材にきた火砂子(ひさこ)を紹介された。火砂子という名は『鬼どもの夜は深い』の「日佐子」と同じ音韻。

第4章「光る女」で、仙作は髭(ひげ)剃りで髪をそぐ。乳のあたりまであった髪を肩くらいまでにした。生まれて初めて床屋へ行き、リーゼントにした。髭も全部剃ると十歳ほど若く見え、ちゃんと二十四歳の顔になった。ワイシャツと靴下と革靴を買い、背広もあつらえて、東京の火砂子の勤め先に行った。

火砂子に頼って、栗子にもう一度会いに行く。栗子はトルコ風呂で働いていた。「トルコ風呂」はソープランドと改められたが、ソープもいまや死語である。栗子に暴力団のヒモがついていて、一日六人から七人の客をとる。覚醒剤もやっている、という噂であった。ひと昔前のフーゾクです。

火砂子は、妻子ある男の愛人で、子を堕ろされて失意のどん底にあった。とまあ、みなさんなにかと事情があるわけですが、仙作は火砂子と結婚して村へ帰る。よかったねえ、と仙作と火砂子の幸せを祈りつつ物語は終わる。鏡花文学賞選考委員の奥野健男は「野性の男を東京に登場させると痛快な文明批判が生まれてきて溜飲がさがる。しかしこのインテリで美女の花嫁が田舎で暮らせるかどうか。そういう不安の通奏低音がたえず鳴り続けている。ときにはこのような破天荒の物語も純文学の世界にあってもよい」と評した。

北海道のすたれいく村と、金銭がうごめく東京の魔力が仙作というエネルギーある快男児によって両極の引力を示す。さびれた寒村には人間を蘇生させる磁場がある。この小説は相米慎二監督によって映画化され、仙作役をプロレスラーの武藤敬司が演じて評判となった。

2作『海峽』『八雲が殺した』が受賞した赤江瀑（あかえばく）

1984（昭和59）年第12回泉鏡花文学賞は、赤江瀑『海峽』（白水社）と『八雲が殺した』（文藝春秋）の2作に決まった。このうち『海峽』は前回、候補作とされたものの、選考対象期限に間に合わなかったため今回に繰り延べられ、同賞では初めて1人2作の受賞となった。『海峡』は「日本風景論」として書き下ろした8章のエッセイである。能や歌舞伎、スペインの闘牛場までが「無明の水」によって生じた「美の巣窟」として描かれ、人生論・芸能論と秀れた感性の刃がきらめく。

『八雲が殺した』は小泉八雲の怪談「茶碗の中」に憑かれた未亡人村迫乙子の話である。八雲の『怪談』には「耳無し芳一の話」や「雪女」と並んで「茶碗の中」という短編小説がある。それは、おおよそ、つぎのような物語である。

正月の挨拶まわりで関内という武士が休憩所で水を飲もうとすると、茶碗の中に眉目秀麗な若者の顔がうつっていた。

びっくりしてその水を捨て、新しく汲みかえるが、何度汲みかえても若者が水のなかに現われる。気味悪く思いながらも、その水を一息に飲んでしまった。すると、そ

赤江瀑『海峡』(白水社)

の夜、見知らぬ若衆が関内の部屋を訪ね「昼間にお目にかかった式部平内という者です」と名乗る。茶わんのなかで飲んだ男の幽霊だった。関内が、小刀で男の吭笛目（のどぶえ）がけて烈しく突くと、刃先には手応えがなく、壁を抜けてさっと消えた。

そして翌晩、三人の武士がくる。三人は式部平内の家来だった。――昨夜、主人がまかり出たとき、貴殿は小刀をもって討ってかかった。主人は深傷（ふかで）を負わされて、これから湯治に行かれる。しかし、来月十六日には帰還するので、そのおりはきっとこの恨みを晴らすぞ。関内は太刀を抜いて三人に斬りかかり、三人は見るまにさっと姿を消した。

ここで八雲の話は切れ、1行あけて、

――これからさきの話は切れている。それは百年このかた、だれも知らない。

村迫乙子は、「未完のままになっている話の切れはし」に興味を持ち、原典となった『新著聞集』にあたり、原典から八雲が抹殺した二十四、二十五の文字を見つけた。

赤江瀑『八雲が殺した』(文藝春秋)

それは、

――思ひよりてまいりしものを、いたはるまでこそなくとも、手を負はせるはいかがぞや（恋しく思っておうかがいした者を、いたわるどころか斬りつけるとはいかがなものか）」

という一節の傍点部分であった。この一文があるからこそ、茶わんのなかにうつった顔の謎が解け、この物語の怪奇さが生まれるのに、なぜ、八雲は抹殺したのだろうか。

とここまではエッセイ風に書かれ、乙子の話になる。五十歳になる乙子は一昨年、夫に先立たれ、昨年一人息子を手放した。そして毎晩、夢の中で夫と逢っている。

結婚して地方へ行った息子がふいに訪ねて来て、乙子を食事に誘う。レストランで赤ワインを飲むと、グラスに白い光がうつった。うしろを振り返ると、純白のスーツを着た男が一人すわっていた。

その晩、夢の中にその男が出てきた。それまでは、夢のなかで夫と逢っていたのに、夫は消え、ワイングラスにうつったすがすがしい若者が出てきた。乙子は八雲が消した二十四、二十五の文字「思ひよりてまいりしものを……」を思い浮かべた。その一途な恋慕のいじらしさを、いたわることもせずに「化け物、幽霊め！」と切りかかり、手傷を負わせるのは、乙子にはできない。

夢のなかの青年は、乙子が心を許すと、獰猛で淫蕩の限りをつくした。乙子は青年の裸体に組み敷かれ、思いつく限りの痴態を強いられた。つぎの夜もそのつぎの夜も青年に凌辱され、殺意を抱く。一杯の赤い液体をたたえたグラスが乙子の目の前で揺れる。あのワインのなかに、この肉体の悪魔がひそんでいた。あの美しい酒が、わたしの体のなかで、悪魔の肉に変わり始めている。

乙子は町なかで、その若い男を見かける。乙子の体は異様にふるえ、車がびゅんびゅん走る横断歩道の前で日傘を放つ。そして
「青年の真後で彼女は立っていた」

と、この話は終わる。乙子が青年を車が走る道路へ突き飛ばす予感。

井上氏「華やかな才能」

赤江瀑は1933(昭和8)年、山口県下関に生まれ、放送ライターを経て70年に『ニジンスキーの手』で小説現代新人賞、74年に『オイディプスの刃』で角川小説賞。デビュー以来、200編に及ぶ小説を書いた。生まれ育って住む町下関は平家滅亡の

舞台となった壇ノ浦の海がある。『八雲が殺した』には、表題作のほか、「葡萄果の藍暴き昼」「象の夜」「破魔弓と黒帝」「ジュラ紀の波」「艶刀忌」「春撃ちて」「フロリダの鰭」計8編の短編小説が収録され、いずれも鏡花の影を追い、幻影をたぐりよせている。しかし、ずばぬけているのは表題作『八雲が殺した』で、いささかも古びず、新鮮な傑作である。

赤江瀑の作品を強く推したのは井上靖選考委員で「赤江氏の華やかな才能」を評価した。

授賞式に出席した赤江氏は「鏡花文学賞は第1回から知っていて、チャンスがあればいただきたいと思っていた。泉鏡花は名前の字面そのものも好きで、とくに戯曲に好きな作品がある」と語った。

第3章 吉本ばななのまぶしいデビュー

宮脇俊三『殺意の風景』

1985（昭和60）年の第13回泉鏡花文学賞は、宮脇俊三『殺意の風景』（新潮社）。宮脇氏は東大西洋史学科を卒業後、中央公論社へ入社し、「中央公論」編集長、常務取締役をつとめ、1978年、52歳で退社した。小学生のころより愛読書は鉄道の時刻表で、中央公論社に在社した激務の合間に国鉄全線を踏破し、『時刻表2万キロ』（河出書房新社）で日本ノンフィクション賞を受賞した。平明な文章と、緻密（ちみつ）な好奇心で書きつづった国鉄全線完乗の記録である。

中央公論社を退職したときに「編集者としてさんざん人さまの出版を断ってきた手前、自分の作品を自分の社から出すわけにはいかない」と言った。編集者と作家は似たように見える職業だが、プロデューサー（編集者）が役者（作家）になるようなも

第13~22回の泉鏡花文学賞

回	年度	作品名	著者	選考委員
13	1985年 (昭和60)	殺意の風景	宮脇　俊三	井上　　靖 奥野　健男 尾崎　秀樹 瀬戸内寂聴 三浦　哲郎 森山　　啓 吉行淳之介 五木　寛之
14	1986年 (昭和61)	シングル・セル	増田みず子	
15	1987年 (昭和62)	アマノン国往還記	倉橋由美子	
		シュージの放浪	朝稲日出夫	
16	1988年 (昭和63)	折鶴	泡坂　妻夫	井上　　靖 奥野　健男 尾崎　秀樹 三浦　哲郎 森山　　啓 吉行淳之介 五木　寛之
		ムーンライト・シャドウ (『キッチン』に所収)	吉本ばなな	
17	1989年 (平成元)	野分酒場	石和　　鷹	
		深川澪通り木戸番小屋	北原亞以子	
18	1990年 (平成2)	泥汽車	日影　丈吉	
19	1991年 (平成3)	踊ろう、マヤ	有爲エンジェル	奥野　健男 尾崎　秀樹 三浦　哲郎 吉行淳之介 五木　寛之
20	1992年 (平成4)	彼岸先生	島田　雅彦	奥野　健男 尾崎　秀樹 三浦　哲郎 吉行淳之介 五木　寛之 半村　　良 泉　　名月
		駆ける少年	鷺沢　　萠	
21	1993年 (平成5)	喪服の子	山本　道子	
22	1994年 (平成6)	(該当作なし)		奥野　健男 尾崎　秀樹 三浦　哲郎 五木　寛之 半村　　良 泉　　名月

ので、実際には正反対の立場である。まして名の知れた編集者が、作品を他社から刊行するのは至難の技である。中央公論社は明治時代の滝田樗陰以来村松友視に至るまで数多の作家を輩出した名門である。

以後、『最長片道切符の旅』『終着駅は始発駅』『時刻表昭和史』などを書く「鉄道旅行作家」として活躍してきた。

『殺意の風景』は58歳になった宮脇氏が新潮社の「波」に連載した短編小説集で、謎ときを暗示して寸止めするアンチ・ミステリー。全篇を通じて、主役は「風景」である。

第1話「青木ケ原」、第2話「鬼ケ城」、第3話「シラルトロ沼」、あとは「平尾台」「御三戸」「高千穂峡」「北軽井沢」「奥大井川」「余部」「松之山温泉」「鵜ノ巣断崖」「徳山」「姫川」「鹿島灘」「日和佐」「摩天崖」「十勝岳」そして第18話「須磨」である。すべて実在の地で、旅行ライターとなった宮脇氏の記憶のなかにある風景の事件簿。

宮脇俊三『殺意の風景』(新潮社)

各章が短編読み切り小説でタイトルがつけられている。新潮社の「波」編集部から鉄道関係の推理小説を連載するよう頼まれた。松本清張の小説『点と線』を手はじめに、時刻表を使った推理小説が花ざかりで、その向こうをはって、専門家の宮脇氏に注文がきた。小説という注文が嬉しくてつい引き受けたが、始めてみて苦吟した。

そこで福井県の東尋坊（とうじんぼう）の断崖を思い出した。断崖の上に立つと体の平衡が失われそうな気がして「横に立っている友人の背中を押してみたい衝動にかられてゾッとした」ことがある。それが「殺意の風景」である。

第1話「樹海の巻」（青木ケ原）は、手紙の形式で書かれている。高校時代のギター部の先輩に誘われた「私」は中央自動車道で、彼の別荘へ行き、結婚を申し込まれ受諾した。向かった先は樹海に囲まれている青木ケ原。彼は樹海へ植物採集へ行き、そのあと食事をして、ビキニ姿の写真を撮られる。青木ケ原は自殺者の多いところで、彼が植物採集をしているとき、別荘にある暗室へしのびこむと、女の人の写真がたくさんあった。どれもこの別荘で写した写真ばかり。ビキニ姿の子もいた。そのなかに、高校のギター部で一緒だったT子の写真があった。T子は二年前から行方不明になっている。彼の恐ろしい正体が見えてくる。

「私」が樹海へ向かう彼のあとをつけていくと、木の枝に水色のリボンが結んであった。結びつけたばかりの新しいリボンを十五ぐらい見つけた。彼が白骨化したT子を探していると気がつくとぞっとした。「私」は、枝に結んであった目印のリボンを一つ一つほどいて持ち帰る（おそらく彼は目印を失って樹海から出られなくなるだろう）。……すっかり日が暮れて、岩が崩れる音が風に乗ってかすかに聞こえてきます。

第2話「潮汐の巻」（鬼ケ城）は、東京の本社から名古屋へ向かった「私」（営業課長）に、有能なB係長がついてくる。B係長は仕事が抜群にでき、昇進も早く十歳も年が違う「私」の後任とされている。しかし有能な社員にありがちな性急さがあり、独断で取引をしたため、「私」は伝票を改竄し、事件を隠蔽した。B係長は名古屋から東京へ新幹線で帰ったふりをして、勝浦温泉へ向かう「私」を追いかけてきて、言葉たくみに鬼ケ城へ誘う。鬼ケ城の海蝕棚へ連れて行かれると、潮が満ちてきた。満潮の時間を見はからっての陰謀。B係長は巧妙にアリバイ工作をしている。山男のB係長は岩をのぼり、「私」を見下ろして「登れませんか」と、笑みを浮かべた。

怖いですよ。第3話『湿原の巻』（シラルトロ沼）は北海道の霧多布湿原を撮影するカメラマンの話。「私」が撮影を終えて釧路へ戻ると先輩カメラマンのCさんに会った。Cさんは風景写真家として一家をなしていたが、いまは「私」のほうが人気がある。「私」が七月にSフィルムのギャラリーで個展をする、と知ったCさんは「おめでとう」と言ったが、その言葉と裏腹な翳があった。Cさんは、シラルトロ沼の秘密の撮影ポイントを教えてくれた。

「私」は予定を変更して、Cさんが言った撮影ポイントを目ざした。もとより道はないので湿原を進むと、シラルトロ沼はその神秘的な美しさを現すが、足がずぶずぶと沈んでいく。岸辺のヤチノハンノキの細い枝を左手で握りしめ、右手一本でカメラを構えて、幾度もシャッターを切った。その瞬間、左手がヤチノハンノキから離れ、泥沼に沈んでいく。六月というのに、全身が痺れ、意識が霞んできた。Cさんの計略どおりに事がはこんだ。

けれども「私」が九死に一生を得たのは、通りかかった貨物列車の車掌が水しぶきを偶然見つけて、列車を急停車させてくれたからだ。

Sフィルムのギャラリーでの個展は好評でとくに「シラルトロ沼の岸を行く貨物列車」が注目を集めた。会場にやってきたCさんの背中を叩き、私は「あの節はお世話になりました」と礼を言う。

というような怪談めいた話が18話収録されている。読みはじめると止まらなくなる。第4話「カルスト台地の巻」（平尾台）は「文芸之友」の編集部から電話がかかり、編集部のDさんの案内で北九州へ旅し、地下水の吸入口へ突きおとされる。Dという名の編集者は偽者で「私」の原稿を盗作しようとしていた。

宮脇俊三という鉄道ライターに蓄積された風景へのファンタジーが満載される力作で、新潮文庫のあとがきに、「波」編集長徳田義昭氏への感謝の辞を述べている。徳田氏の名を目にした私は「うっ」と喉がつまった。徳田さんは、私が住んでいる国立市の住人で、若くして他界された。

山口瞳さんの『居酒屋兆治』は国立市の西にある谷保（南武線）駅裏通りにあった小さな赤提灯焼き鳥屋「文蔵」の話で、徳田氏は毎月、文蔵で山口瞳さんの原稿を受けとっていた。この小説は映画化されて主人公・英治を高倉健さんが演じた。

徳田氏は山口瞳さん宅と私の家（約３００メートル）の中間に住んでいて、山口さんは「国立で一番小さな家」の人と評して、私も何度か「文蔵」で飲んだ仲であった。

東京農工大卒の小説家・増田みず子『シングル・セル』

第14回泉鏡花文学賞は増田みず子『シングル・セル』（福武書店）。「シングル・セル」とは孤細胞のことで、植物や動物の体組織をばらばらにほぐしていくと、1個ずつの細胞になる。この地球に初めて出現した生物は単細胞で、クローン植物になる。といささか理屈っぽいのだが、増田さんは東京農工大学植物防疫学科を卒業した理系の小説家である。「シングル・セル」は「みなし子」あるいは「迷い子」の恋物語。

大学院に籍を置く学生（椎葉幹央（しいばみきお））は五歳のとき母を亡くし、十六歳のとき父と死別して家庭教師のアルバイトをしながら、一人で生活している。学位論文を書くために山の宿に籠るが、そこで奇妙な女子大生に会う。夜明け近い午前四時、女（リョウコ）が宿の外の暗がりに隠れて煙草を吸っていた。学生は女に強い反感を持ちつつも、頭の奥に、煙草の赤い火がともり、小さく固まった赤い火の輝きに魅せられた。椎葉が書いている論文が「シングル・セル」であった。リョウコは椎葉に「細胞は一個ずつバラバラになっても、生きているのでしょう。人間も別々の生き物だとも言えるわけ?」と訊く。椎葉は自分が「シングル・セル」になった気分になり、その女が「ロンリー・セル」に思えてきた。と、いくつかの奇妙な問答があり、リョウコが椎葉のアパートまでついてきて、なんとなく同棲が始まった。

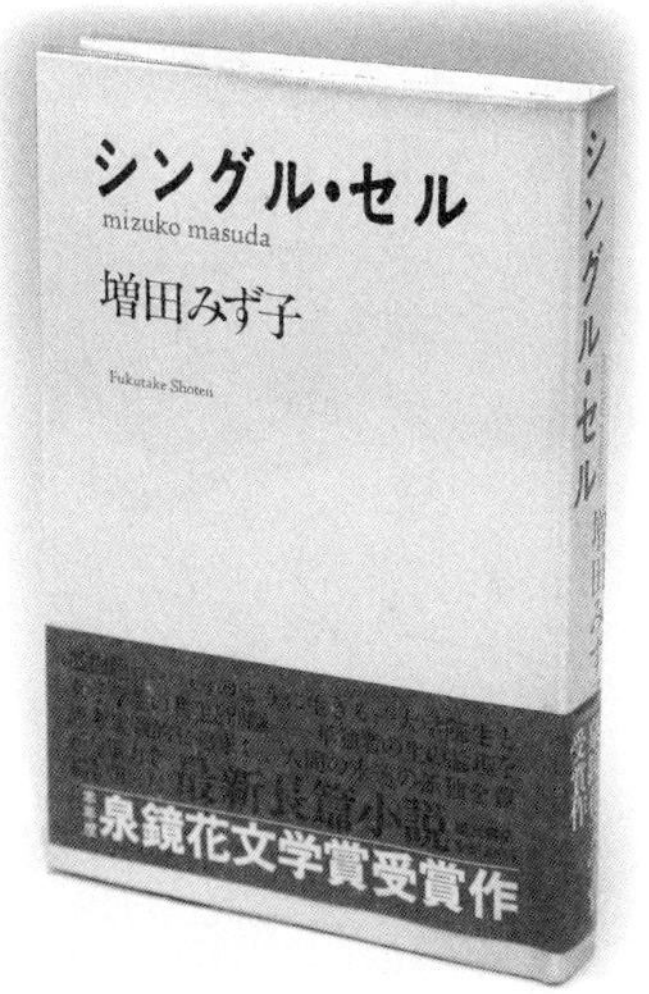

増田みず子『シングル・セル』（福武書店）

リョウコは気まぐれである。

喋らない。世話を焼かない。

それでいて椎葉の関心をとらえて離さない。

リョウコは椎葉の部屋でしか存在しない「ロンリー・セル」になった。

「言葉なんか問題にならないって、私は言ってるのよ。喋れば喋るほど、意味が通じなくなる」

リョウコはヒステリーを起こす。

「あなたがイヤがっているのがわかったら、その時は黙って出て行くから、心配しないで。それだけは約束するわ」

勝手にアパートに入りこんだリョウコは、やがてアパートを出ていく。しばらくすると帰ってきて「私もいくところがないの」と言う。わけがわからない。リョウコは女子大の寮に暮らしていたが一年間休学をしていた。椎葉に家族がいないことを知って、急に好きになってしばらく暮らしたのであった。リョウコはふいに泣き出し、「抱いて」と命令口調で言い、椎葉の腕の中へもぐりこんできた。そして翌朝いなくなった。

リョウコの身の上話は半分は本当で、半分は嘘。椎葉は、リョウコが好きになる。

「雨宿りのための一本の木でさえあれば、お互いさまだと、リョウコは思っていたのかもしれない。そういう女ではなかったのか」と椎葉は自分を納得させようとした。

1986（昭和61）年は、エイズ感染者が家庭内まで蔓延し、いじめで中学生が首つり自殺、チェルノブイリ原発事故で放射能が拡散し、ベンチャー企業が次々と倒産して、時代閉塞感が漂っていた。

「愛の不毛」という言葉が流行して同棲して別れる男女のカップルが増えた。「シングル・セル」がそこらじゅうにいた。

増田みず子さんは、東京足立区に生まれ、父親が勤務する千住製紙の社宅に住み、中学1年のとき、制服としてあてがわれたスカートに最初の挫折感を味わった。

自分が女子であるはずがない、と思い込んでいた。大学生のころ倉橋由美子、大庭みな子、高橋たか子といった女性作家が現れ「化粧していない女の素顔」を描き出した。それらを続けざまに読んで、自分の文学の導火線に火がついた。

『シングル・セル』は大学の農学部にいた4年間の経験をもとにして書いた。男を主人公とした作品はこれが初めてであった。この小説の全体に、植物の気配が漂うのは「人間もまた植物の一種ではないか、と読者が錯覚したくなるように仕立てたかった」と文庫本あとがき「著者から読者へ」にある。

倉橋由美子のホラー・ファンタジー『アマノン国往還記』

1987（昭和62）年の第15回泉鏡花文学賞は、倉橋由美子『アマノン国往還記』（新潮社）と朝稲日出夫（あさいねひでお）『シュージの放浪』（筑摩書房）の2作であった。

倉橋由美子は1960年、明大大学院生のときに書いた『パルタイ』で一躍注目されて人気作家になった。『パルタイ』は安保反対闘争のころの鬱屈（うっくつ）した青春を、乾いた文体で綴った感受性が新鮮だった。『パルタイ』以降、カフカの影響が色濃い作品を書き、男が妊娠する『蛇』、架空の国の政治を風刺した『人間のない神』など、話題作をつぎつぎと発表した。人名を記号で示したり、親子相姦の異常性欲など、女でなければ書けない淫乱な生理的表現を挑発的に駆使して自在だった。1963年にそれまでの業績が認められて田村俊子賞を受賞した。

倉橋由美子『アマノン国往還記』（新潮社）

『アマノン国往還記』は幻の国アマノンに布教のため派遣された宣教師Pの往還記（生きて還ったものがたり）である。アマノン国はおそろしく遠方にある孤立した国で、ここ数百年に何人かの渡航者があったが、情報は入ってこない。Pは一人乗りの遠距離航行船に乗り、海亀の体内に入った気分で、アマノン国の浜辺に打ちあげられた。これは『ガリバー旅行記』を連想させる。あるいは、助けた亀に連れられて龍宮城へ行った浦島太郎の気配もある。

アマノン国は遠い宇宙空間の彼方にあり、女たちに囲まれて、尋問を受ける。宣教師Pを待っていたのは、一切の思想や観念を受け入れない女性国だった。男は性器切除手術を受けてラオタンという宦官になっている。生殖は人工受精によって行われる。

スペゲス（重要な賓客）となった宣教師Pは美少女ヒメコと会い、首相と会見する。Pは「男」と「女」を復活させるオッス革命に遂行尽力する。登場するのはバスコン（産児制限）、イモタル人間（不死人間）、アブⒶ（変態）、レンタル子宮（貸し子宮）、アブⒷ（成人男女の性交）、など奇態なる風習で、Pはテレビ番組「モノパラ」に出演して、モノカミ信仰（観念病原菌）を感染させようとした。

ここまでで14章ある。14章で秘境探訪してエンペラ（皇帝）と会う。15章でPはテレビスタジオで番組一回につきタイプの違う素人女性三人と、ゲストの人気芸能人一人と、セックスを実演することになった。

Ｐはモノカミの教父らしい風貌を強調するため、頭を剃ってカツラを着用した。番組の冒頭でタイプの異なる素人女性三人と、人気コメディアンのトンコと掛け合いで、客を笑わせながらセックスを実演して、最後に次の日のゲストの人気芸能人と、優雅で陶酔的なセックスをしてみせる。

番組が始まって三カ月目に、一般出演者から数人の妊娠が出たので、出産の場面を実況中継することに決まった。

と話は奇想天外のホラー・ファンタジーとなり、第20章「タイザン鳴動」で、Ｐは、かつて漂着した海岸から船に乗ってアマノン国から脱出する。

全篇、パロディーとエロと変態事件が連鎖し、Ｐは船に乗る。倉橋由美子の想像力がはばたいた書きおろし長編。

倉橋さんは「怪奇掌編」を書き出したころから鏡花の短編を読みかえして、神技としか思えない文章で虚空に投げ出された。能でいうワキの旅の僧のふりをして妖怪を出没させ、その仕掛けが『アマノン国往還記』につながった、と授賞式で挨拶した。ワキに当たる人物が「どこにもない場所」へと旅をして、そこで奇怪なシテたちと出会い、さまざまな経験をして、そこから脱出する。

今回の受賞は、それを知った妖怪世界の鏡花から触手が差しのべられたということかもしれない、と喜びを語った。

ヨーロッパ各地を放浪する朝稲日出夫『シュージの放浪』

さて、もう1作『シュージの放浪』の筆者朝稲日出夫氏は、単行本のオビに「読者は私を知らないだろう。ずっと水面下に隠れていたから。それから九年、見たまえ！若者は旅をつづけ、三たび死に触れて越え、なお放浪する」とメッセージを書いている。朝稲氏（当時42歳）は1978（昭和53）年『あしたのジョーは死んだのか』が太宰治賞の優秀作に選ばれたが、以後作品を書かず、ワープロで打ったヨーロッパ放浪記を筑摩書房に持ちこんだ。まる9年の間、こ

朝稲日出夫『シュージの放浪』（筑摩書房）

の1作を書きつづけ、ヨガ教室を開いて失敗し、チリ紙交換、トラックの運転手をしていた。チリ紙交換で本好きらしい家を訪ねると「家の主たちに私の小説を読ませたい」と思った。折り紙を折って売りながらヨーロッパ各地を放浪した旅行記で、これまた「旅日記」である。

かたや人気絶頂の倉橋由美子さんの『往還記』で、ほとんど無名の朝稲氏を同時受賞としたところに選考委員の意志が感じられる。

この回をもって瀬戸内寂聴さんは選考委員を辞退した。「選者をやめたのは、選者をしていると泉鏡花賞がもらえないからだ。泉鏡花賞は作家ならみんなが欲しがる賞で、鏡花のような美しい文学を私も目指していきたい」と語った。

泡坂妻夫(あわさかつまお)『折鶴』の主人公は縫箔屋(ぬいはくや)の職人

1988(昭和63)年の第16回泉鏡花文学賞は、泡坂妻夫『折鶴』(文藝春秋)と吉本ばなな『キッチン』(福武書店)所収の「ムーンライト・シャドウ」の2作。

泡坂氏(当時55歳)は紋章上絵師(もんしょううわえし)で、家紋の図柄(天地文、動植物、器物などにかたどった図案)を描くのが本職。『折鶴』の主人公、田毎敏(たごとびん)も同じ和装に関わる業種で、手縫いの紋を描く縫箔屋の職人である。

プリント印刷のワッペンが量産される時代にあって、昔ながらの手縫い仕事をしている。田毎の家は、代々、縫箔屋を営み、四代目の田毎は、父が建てた小さいビルの五階を住居としている。

一階は「都のむら」という小料理屋、二階は美容院、三階は会計事務所、四階を歯科医に貸し、その家賃で生計をたてている。妻の加代子は年甲斐もなく、厚化粧をしてデパートの派遣店員（マネキン）をしている（一昔前はマネキンガールという仕事があった）。

田毎に仕事を出している松本屋という反物屋がやってきて「田毎さん、先週、池袋のデパートにいたでしょう」と訊く。「台東区の田毎敏さま」とアナウンスがあったというが、田毎はデパートに行った記憶がない。

一階の「都のむら」の女将が、伊豆の洋洋荘という民宿へ泊まって大学ノートの宿帳を出されたとき、その前に「台東区池の端、田毎ビル、田毎敏」の名を見つけた。田毎の顔を見たわけではないが、連れは三十七、三十八歳の官能的な美人で、ノースリーブの赤いワンピースに、金のブレスレットをつけていた。

「見掛けによらない発展家ですね」と女将に冷やかされたが、田毎はそんな民宿に泊まった記憶はなかった。と話はいきなりミステリーになる。

　そんな折、業界の長老の叙勲祝賀パーティーがあり、田毎が受付で署名して会場に入ろうとすると、頭が禿げあがって、目が小さく鼻が陰険そうに曲がっている客に「きみ、内の花輪があんなところじゃ、困るじゃないか」とけちをつけられた。それは丸孫という店を経営していた横倉という男で、いまは装芸という会社の部長をしている。「なんだ、丸孫か」と田毎が言うと、「横倉部長、申し訳ありません。すぐ、直します」と若月鶴子が仲に入った。田毎が鶴子と会うのは十数年ぶりであった。鶴子は若月服装という反物屋業界大手の娘で、昔は人の前に出ると顔を赤らめるような内気な娘だったが、いまは貫禄がつき、人中でマイクを持って挨拶したり、ゴルフ場へ通ったりしながら、弟子を養成させる堂々たる「先生」になっていた。

　若月家に婿入りして鶴子の夫になった隆司は、敏腕家で弟子を統治している。鶴子はクリーム色の乗用車を運転して田毎を、六本木の和風フランス料理店「ちどり」へ誘う。

泡坂妻夫『折鶴』（文藝春秋）

田毎の父と若月鶴子の父は、昔の職人だから、依怙地(いこじ)で、仲がよかったのに喧嘩別れをした。鶴子はかつては田毎の恋人で、潤子という弟子を田毎の弟子にして育てて欲しいと申し出る。もうひとつ、昔、作った色留袖(いろとめそで)が地味なので、なにかをあしらって、派手に刺繍しなおしてくれと頼む。商売品ではなくて、「わたしの個人的な着物に」と言われたので引きうける。

昔の恋が再燃する予感で、田毎は鶴子の柔らかな唇の味を思い出す。

田毎は鶴の色留袖を作り始める。そんなとき、伊豆川奈温泉の東ホテルから四角い茶封筒が送られてきた。「毎度ご利用いただき、有難うございます。お客様が泊った部屋のドレッサーの隅からブレスレットを見つけたのでお送りいたします」と手紙があり、ブレスレットが同封されていた。金の鎖が蛇の鱗(うろこ)のように指にからまった。何者かが田毎の名を語って鶴子と逢引をしている。

田毎ビル一階の小料理屋「都の村」に鶴子の夫若月隆司が訪ねてくる。そして「私から鶴子を奪わないでくれ」と泣いて頼まれる。田毎は鶴子とホテルに泊まったことはない。若月は興信所に頼んで、鶴子の行状を調べて川奈温泉ホテルへ男と泊まったという事実をつかんだ。田毎は、いま郵便受けから取り出した茶封筒を隆司に渡した。隆司はブレスレットを田毎の前に置き、「これは田毎さんから鶴子へ返して下さい」

と言って封筒だけ借りた。だれが鶴子と逢っているのか。

話の展開は、当時はやりのテレビドラマ「温泉旅館殺人事件」のような様相を呈してくる。金のブレスレットは、装芸の禿げ男横倉部長のものだった。それを知った田毎は腹をたてて鶴子に会いに行く。鶴子は狼狽して「わたしを……抱いて下さい」と言って嗚咽した。田毎は断る。鶴子から手紙がくる。「最初は死ぬほど嫌だった横倉でしたのに、どうしてなのか自分でもわかりません。今、安心して甘えられるのは横倉しかこの世にいません。この手紙は誰にも見られないよう、田毎さんの手で破り捨てて下さいね」

つぎの朝、鶴子は自動車の運転席の隣に倒れ、横倉のネクタイを首に巻かれて絞殺されていた。鶴子の死に顔は驚くほど穏やかで、鶴の色留袖を死に装束にしていた。タイトルの『折鶴』はここからくる。乗用車の近くを夢遊病者のように歩く横倉が緊急逮捕された。

手品のような仕掛けの職人ミステリーで、泡坂氏のもうひとつの顔は手品師である。泡坂氏には大勢の奇術界の仲間がいた。『折鶴』は直木賞候補作でもあったが惜しくも涙を呑んで、第16回泉鏡花文学賞を受賞し、2年後の1990年に『蔭桔梗』で直木賞を受賞した。こちらは新内語りの痛ましい愛の物語だが、東京会館の記者会見のとき、赤いスポンジボールを手にしてマジックを披露し、居並ぶ記者やカメラマンを驚嘆させた。

吉本ばななの卒業制作「ムーンライト・シャドウ」

吉本ばななが「ムーンライト・シャドウ」(『キッチン』所収)で泉鏡花文学賞を受賞したのは24歳のときであった。『キッチン』には「キッチン」と「満月―キッチン2」と日大芸術学部の卒業制作「ムーンライト・シャドウ」の3作が収録されている。3作のうち「ムーンライト・シャドウ」がとくに高く評価された。

「キッチン」は「私がこの世でいちばん好きな場所は台所だと思う。」と始まる。

――どこのでも、どんなのでも、それが台所であれば食事を作る場所であれば私はつらくない。……ものすごくきたない台所だって、たまらなく好きだ。床に野菜くずが散らかっていて、スリッパの裏が真っ黒になるくらいきたないそこは、異様に広いといい。……いつか死ぬ時がきたら、台所で息絶えたい。

というキッチン偏愛の私(桜井みかげ)の両親はそろって若死にしている。祖父母が私を育ててくれたが、中学に上がる頃、祖父が死んで、先日、祖母が死んでしまった。「絶望してごろごろ寝ていたら、奇跡がボタもちのように訪ねてきた」(なんとステキな表現だろう!)。

葬式の手伝いをしてくれた田辺雄一という一つ歳下の同級生が「うちへ来て下さい」と言って地図を渡してくれた。雄一の家は高くそびえるマンションの十階で、家中よく見ると花だらけだった。

雄一の母えり子は肩までのさらさらの髪、切れ長の瞳の深い輝き、形のよい唇、すっと高い鼻すじ――そして、その全体からかもし出される生命力のゆれみたいな鮮やかな光――人間じゃないみたいだった。こんな人見たことない。さっさと仕事場へ戻ったえり子さんのことを「あんまり、きれい」と正直につげると雄一は「整形してるんだもの」と言った。「しかもさあ、わかった?」と雄一が続けた。「あの人、男なんだよ」

えり子さんは若いころ結婚していて、その相手の女性が雄一の本当の母親だった。と、まあ、びっくり仰天、あらあらあら、というふうに話が進むのだが、発想の斬

吉本ばなな『キッチン』(福武書店)

新さと軽やかな語り口が魅力的だ。

それからいろいろあって、「私」は、この実力派のお母さんと雄一と別れて、家を出る。もっともっと大きくなり、何度も底まで沈み込み、何度でもカムバックする。負けはしない。力は抜かない。夢のキッチン。

「ムーンライト・シャドウ」は、私が高校2年のとき修学旅行で別のクラスの旅行委員だった等との恋の思い出。等は、まだ恋でなかった頃に、私がなんの気なしにあげた鈴をパス入れにつけて、肌身離さず持ち歩いていた。鈴は心を通わせた。

それからおおよそ四年の間、あらゆる昼と夜、あらゆる出来事をその鈴は私たちと共に過ごした。初めてのキス、大げんか、晴れや雨や雪、初めての夜、あらゆる笑いと涙、好きだった音楽やTV——二人でいたすべての時間を共有した。いつもちりちりとかすかに澄んだ音が聞こえた。

その等が、交通事故で死んだ。神様のバカヤロウ。私は、私は等を死ぬほど愛していました。

等にはすごく変わった弟、柊がいた。まるで異次元で育てられ、物心ついたときから、ぽんと放り出された場所で生きている十八歳だった。柊の恋人は、同じ歳で、ゆみこさんといって、テニスが上手な背の小さい美人だった。等の家で、四人で徹夜でゲームをしたことも数え切れない。

その夜、等は柊のところに来ていたゆみこさんを、出かけるついでに車で駅まで乗せてゆく途中、事故にあった。二人ともあっさりと死んでしまった。私は恋人を亡くしたが、柊は兄と恋人をいっぺんに亡くしてしまった。私は夜眠ることがこわくなり、夜明けのジョギングを始め、川にかかる橋の欄干(らんかん)にもたれて、水筒に入れた熱いお茶を飲んだ。川向こうに住む等と待ち合わせをしたのが、その場所だった。

すると「あたしも飲みたい」という笑顔の女うららの声がして、びっくりして川に水筒の本体を落としてしまった。私は持っていたお茶をひと口だけ飲んで、あとをあげた。「近々、また会いましょう」と手を振って別れた。

柊が着ているセーラー服は、死んだゆみこさんの形見だった。私服の高校だというのに、柊はそれを着て登校する。双方の親が、そんなことをしてもゆみこさんは喜ばないと、泣いて止めたが、柊は笑ってとりあわなかった。柊は自分のことをワタシと言う。「ワタシね、同情票がすごくて、女の子にもててもてて。やはりスカートをはくと、女の気持ちがわかる気がするからだろうか」。

私は柊にさそわれて、天ぷら屋で天ぷらを食べた。木の匂いがする店でカウンターにすわって食べたかきあげ丼は、生きててよかったと思うくらいおいしかった。

突然、うららから電話がかかってきて、駅前百貨店の五階の水筒売場で会うことになった。うららは小さい白い魔法ビンを買ってくれ、屋上にある店で紅茶を飲みながらポケットからハーブ茶や中国茶や紅茶の包を出して、私にくれた。風邪をひいた私は、いつも等の夢を見て目覚めた。熱をおして川原へ走って行くと等が立っていて「なにやってんの、風邪なのに」と笑う夢だった。

夜明け前。しんしんと凍りつくような夜明けに、私が橋まで走るとうららが立っていた。うららの声ははりつめ「川の向こうに、見える」と言った。

それはぞっとするくらい美しい光景だった。川音は激しく空気は澄んでいる。木々が、窓にざわざわと揺れるシルエットが淡く映る。ゆっくりと天空は動く。月の光が薄闇に射してくる。

川音だけがごうごう響く中で、向こう岸を見つめると、空の青がみず色に変わり、鳥の声がくりかえしやってくる。私は耳の底にかすかにある音が聞こえる気がした。川と私と空と、そして風や川の音にまぎれて、聞き慣れたなつかしい音がした。鈴。間違いなく、それは等の鈴の音だった。ちりちり、とかすかな音を立てて誰もいないその空間に鈴は鳴った。私は目を閉じて風の中の音を確かめた。そして、目を開けて川向こうを見た時、この二カ月のいつよりも自分は気が狂ったのだと感じた。

叫び出すのをやっとのことでこらえた。

等がいた。

青い夜明けのかすみの中で、こちらを見ていた。心配そうな瞳をして、ポケットに手を入れて、まっすぐに見ていた。私たちはただ見つめ合った。


この圧倒的にまぶしく悲しく美しいシーンを読みながら、思わず「ああ……」と声を出してしまった。

だれもが胸を貫かれるだろう。

物語からちりちりと、鈴の音が聞こえる。吉本ばななという才能が一気に花開いた。

吉本ばななさんは、詩人で思想家、吉本隆明さんの次女であることはよく知られているが、母親の吉本和子さんは70歳から俳句を始めてミルミル上達して76歳で第2句集『七耀』を刊行し、２０１２（平成24）年10月に夫のあとを追うように85歳で他界された。

和子さんの句。

静電気身体に溜めて冬ごもり

は、吉本家の歳時記をあざやかに発信した宇宙である。

吉本ばななさんの姉、ハルノ宵子さんは壮大な長編劇画作家で、エッセイストとしても活躍している。吉本家は一家揃って、表現者であり、過日、私はハルノ宵子さんが猫たちと住む吉本家へ訪問して、吉本隆明、和子夫妻の霊前に手をあわせた。

『キッチン』が刊行された翌年（1989年）に『TUGUMI』（中央公論新社、第2回山本周五郎賞）が刊行されて、89年の年間ベストセラー1位となった。『キッチン』は2位。吉本ばななの周囲には死を予知する超能力を持つ人がたくさんいるらしい。『キッチン』をはじめ吉本ばななの小説は、海外30カ国以上で翻訳され、イタリアの文学賞をいくつも受賞して、いまや世界の吉本ばななとなった。

ばななというペンネームは、おそらく松尾芭蕉からの連想で、バナナは芭蕉科の多年草である。芭蕉は俳句の巨匠として世界中の人に知られるが、吉本ばななは二代目芭蕉としてその名が知られるようになった。と推察したが、『パイナツプリン』という著作で、バナナの花が好きだから、と述べている。「ばなな」という筆名の由来を訊かれるので、「バナナの花」にしたのだろう。

1989（昭和64）年1月7日、昭和天皇が崩御されて翌8日、元号が平成となった。激動の昭和が終わり、文学界にも新しい波が押しよせ、村上春樹著『ノルウェイの森』がベストセラーになった。

第17回泉鏡花文学賞は石和鷹『野分酒場』（福武書店）と北原亞以子『深川澪通り木戸番小屋』（講談社）の2作。

石和鷹氏（本名水城顕）は集英社の文芸誌「すばる」編集長を9年間勤めた俊英で、深沢七郎に傾倒していた。深沢さんの子分の私は電車を乗りついで、埼玉県菖蒲町にあった深沢ラブミー農場へ通っていたが、水城さんはいつも大型ハイヤーに乗ってきた。花形編集長であった。

1987年、深沢さんが心不全で没した（73歳）日、真っ先に私に電話で知らせてくれた人が水城さんだった。ざんざん降りの雨の中、深沢さんの遺体の前で、私は水城さんと一晩中酒を飲みつづけ、駆けつけた篠原勝之（クマさん）が小型トランペットを吹いた。この話は嵐山著『桃仙人―小説深沢七郎』（中公文庫）に書いた。

水城氏は早稲田大学仏文科に入学して「新早稲田文学」の同人となり、同人には森内俊雄氏（冬樹社編集者・『翔ぶ影』で第1回鏡花文学賞を受賞）がいた。「新早稲田文学」後輩の立松和平氏も『道元禅師』で第35回鏡花文学賞を受賞することになる。

「烏」から「鷹」に変更

石和鷹という筆名は山梨県石和出身の深沢さんにつけて貰って、最初は石和烏だった。「もう少しさまになる筆名にしてくれ」と頼みこんで「鷹」と変更された。そのあと、「ギリシヤ系プリマドンナにマリア・カラスがいるから、石和烏のほうがいいのに」と石和氏に言った覚えがある。日焼けして、目が鷹のようにランランと輝く精悍な人で、気っぷがよく、女にもてた。1日に煙草を70本吸い、酒が強く「鋭腕ボトル」と自称していた。ラブミー農場ではいくら飲んでも乱れることはなかったが、巷間伝え聞くところによれば、酔うとだれかれということなく抱きつき、ペロペロと顔をなめてキスをする「壮烈な編集長」として知られ、開高健氏が被害者のひとりだった。

深沢さんの傑作『秘戯』は、博多人形の秘密を見るためにムスコと友人二人を連れて旅する奇譚で、この小説には「祐乗坊」（嵐山の本名）と水代（水城）という編集者が登場する。そして博多で世にも奇怪な博多人形を見る（半分実話である）。

小説『秘戯』への思い入れが強かった深沢さんはアコーディオン式の折込お経本を限定自費制作して、人気ストリッパー、ヒロセ元美さんの口紅をそこらじゅうにつけた（印刷）。マッカな口紅に彩られたお経本『秘戯』を、深沢さんは「冥土の道の土産」と言って1冊1000円で通信販売していた。

深沢さんが没した1年余り後に、石和氏は集英社を55歳で退職し、その年に刊行された短篇小説集『野分酒場』が鏡花文学賞を受賞したのだった。選考委員会には、自身の選考意見を届けて欠席した森山啓委員を除き、井上靖、吉行淳之介、奥野健男、尾崎秀樹、三浦哲郎、五木寛之の6委員が出席して、全員一致で、石和氏と北原亞以子さんの小説が選ばれた。

諦感と無情がある石和鷹『野分酒場』

野分とは台風のことで、いささか物騒な名だが、小説の書き出しはこうである。

――「野分」という妙な名前のその居酒屋は、団子坂下から谷中の墓地のほうへ向う三崎坂の通りを、何とかいう寺の先で、右へ、つまり上野桜木方向へひょいと入りこんだ路地のごく目立たぬ一画にあって、「野分」と紺地に白く店名を染め抜いた暖簾をちゃんと出してはいるのだけれど、戦災をまぬがれた古い家屋や、商店や、マッチ箱を積みかさねたようなアパートなどがひしめいている中に、いかにもひっそりと息づいているといったふうで、通いなれたものでも、うかうかしているとつい通り過ぎてしまうことがある。

女主人の菊さんは四十をちょっと越えた年齢で、白い割烹着を着てふっくらとした魅力がある。品書のタンザクにはおでん、湯豆腐、いわしだんご、えいのひれ、おひたし、自家製塩辛と書いてある。

どうです、ちょっと入ってみたくなる店でしょう。

この野分酒場に作務衣(さむえ)を着た望月龍淵(りゅうえん)という異形の修行僧が飛びこんできて、その話術に常連客も菊さんも呑まれてしまった。

しかし「僕」(出版社で単行本の校正を請け負っている)は何かインチキくささを感じてひとり孤立する。その不安はあたり、一年後に龍淵は菊さんやハイミスの百合さんから数百万円をだましとって、山へ行方をくらましてしまった。ところが龍淵にだまされたおかげで菊さんは別れたクリーニング

石和鷹『野分酒場』(福武書店)

屋の夫とヨリを戻した。菊さんは店を閉め、なごりを惜しむお別れ会が開かれた。「僕」は、風に吹かれるようにめぐり逢い、散り散りになっていく店の客との縁をほろ苦く反芻（はんすう）する。

気がつけば「蛍の光」のメロディがゆるやかに流れ、菊さんが拍手に送られて帰ってゆき、「僕」はいずこかへ逃げた龍淵というインチキ坊主をほとんど愛し始めたのだった。

やるせない吹き溜まりの人生をぶちこわされることによって、新しい道が開かれていく不思議。

この淋しさは、56歳の石和氏の再生を予感させる諦観（ていかん）と無常がある。表題作の「野分酒場」のほか「貸借対照表」「鎮墓獣の話」「絵馬の寺」の4作が収録されているが、「絵馬の寺」は深沢さんの小説『みちのくの人形たち』に通じる怖ろしい作品で、選考会ではこの小説が高く評価された。話はこうだ。

妻の米子をガンで亡くした庫田（くらた）は、近所の将棋仲間の吉野のじいさんと東北旅行に出る。吉野じいさんの息子は戦闘機乗りで、戦争末期、米軍機B29に体当たりして死んだ。戦後十年たっても、息子が毎夜不満顔で夢に出てくる。息子の恋人だった娘を捜し出してその家を訪ねると、娘は高校を出るころ結核で死んでいたことがわかった。

相思相愛だった二人の親のあいだに縁談が調い、吉野じいさんは一年かけて二人の顔を絵馬に描き、山形県天童市の寺に奉納した。しかし、奉納と記された美しい新婚夫婦の絵馬は、美しければ美しいほど、深い怨念がにじみ出てくる。

この絵馬を「むさか絵馬」――向こうへ去る絵馬という。鏡花の怪談に通じる怪異小説である。

石和氏はこの後『地獄は一定すみかぞかし―小説 暁烏敏』(伊藤整文学賞)など、つぎつぎと恐怖怨念小説を書いた。いずれも壮絶な私小説で、妻、愛人、知人の人妻との愛欲生活を暴露し、家庭崩壊する日常を開陳する内容だった。

修羅を重ねる生活のなかで喉頭癌になり、肺切除、糖尿病におかされた。なにかのパーティーで、喉頭を摘出後の石和氏に会い、ホワイトボードに「おひさしぶり、オレはこのザマ」と書いて挨拶された。その2年後、石和氏は63歳で他界された。

北原亞以子が描いた人情譚『深川澪通り木戸番小屋』

北原亞以子さんの連作『深川澪通り木戸番小屋』(講談社)は江戸の深川・中島町、通称木戸番小屋に住む笑兵衛(しょうべえ)・お捨(すて)の夫婦と、この木戸番小屋を訪れる人々との交流を描いた人情譚である。

笑兵衛は五十三歳、お捨は四十九歳。木戸番夫婦は、夜と昼のすれちがいで暮らしており、夫は夜、町木戸を閉めてから医者や産婆など緊急の用事がある者のためにくぐり戸を開けたり、夜廻りに出る。女房は内職で草鞋（わらじ）、蠟燭（ろうそく）、手拭いなどを売っている。

全8話、いずれもほろりと泣かされるいい話だが、巻頭を飾る「深川澪通り木戸番小屋」は世を拗（す）ねた火消しの勝次が主人公である。

勝次は火事場で負った火傷（やけど）のため、纏（まとい）を持つことが出来なくなった。火消しの見せ場を奪われてしまった勝次は、金貸しの家に放火をして、「火事だ」と叫んで消火した。それを用水路の陰に蹲（うずくま）っていた娘（おけい）が見ていた。

放火がばれれば磔柱（はりつけばしら）にくくりつけられた足もとに薪が積まれ、火炙（あぶ）りの刑になる。火を消したあと、勝次は酔いつぶれて、木戸番小屋へ逃げこんできた。勝次のところ

北原亞以子『深川澪通り木戸番小屋』（講談社）

へ付近の住人たちから酒や料理が届けられた。延焼を免れた礼であった。布団をかぶって寝ている勝次に深々と頭をさげにくる者もいた。
勝次はふたたび火消しの英雄となったが、火附けを見ていた娘おけいが「お礼をいいたい」と訪ねてくる。勝次は「脅迫される」と怯(おび)えるが、おけいは、父親がこの金貸しに借りた金の身の代として新地へ売られようとしていた。それで、火をつけようとすると、勝次が先に火をつけて消したという事情が判明する。
木戸番小屋の夫婦は、おけいの話を聞いて勝次の附け火を知っていた。知っていながら、黙って勝次を見逃し、火消しの頭を通じて勝次に賑(にぎわ)い屋の仕事を斡旋(あっせん)する。勝次は火消しをやめ、おけいとともに新しい生活をめざす。胸にぽっと火が灯る人情話だ。
第2話「両国橋から」(花火職人の夫婦がわだかまりを捨てて仲直りする)
第3話「坂道の冬」(異った境遇を生きる従妹が幸せをつかむ)
第4話「深川しぐれ」(越中富山へ行ったきり便りのない絵師の夫を待つ女)
第5話「ともだち」。五十歳をすぎたおすまは髪が黒々としていて、目尻の皺(しわ)も少ないが、ひとりぼっちで、同年配のおもんと親しくなる。身の上話をするが、嘘でかためた自慢話ばかり。寂しい年寄りは話し合ううちにお互いが嘘をついていたことに気がつく。

せつなくてつらいが、いいじゃないか、ともだちなんだから。エスプリがきいた人間劇場に涙ぼろぼろ。

第6話「名人かたぎ」はおくまという年期の入った姐御(あねご)の掏摸(すり)が出てくる。おくまはお捨(すて)の財布を抜きとろうとして失敗した。掏摸の名人として知られていたおくまは、年齢のせいで、腕が鈍った。ふてくされたおくまは神社の賽銭(さいせん)箱に小さな穴を開けて、竹箆(たけべら)で銭をかき出そうとして見つかってしまう。

そこを通りかかったお捨に「巾着切(きんちゃくきり)をおやめになったんですか」と訊かれた。お捨は次の神田明神の祭りに「ありったけの金を財布に入れていくから、見事に掏りとったら、おくまさんのものだけど、もししくじりなすったら、巾着切りはやめていただきますよ」と念を押す。病みあがりの女掏摸おくまは最後の意地をかけてお捨にいどむ。

第7話「梅雨の晴れ間」は梅雨が晴れたころ、髪結いのおたけが木戸番小屋へ駆けこんできて、笑兵衛に「居酒屋のおくめさんが大暴れをしている」と告げる。

おくめさんは、笑顔を見せたことがない幽霊のような女だから店には客が来ない。店で包丁を握っているおくめの実父は、無愛想な男で、料理はどれもこれもまずい。おくめはやけになって店の皿や小鉢を叩き割っていた。じつのところ、触れればひやりと冷たそうなおくめを抱きにくる男がいるのだった。下総屋という干鰯問屋の主人で、女房が七年間寝たきりだった。

笑兵衛がひとこと「よく見ると、おくめさんは陽気な顔だちだね」と言うと、おくめは一変する。笑兵衛は言葉の魔術師である。と、いろいろありまして、おくめさんは下総屋主人から二十五両の手切金を貰って、めでたしめでたし。

第8話「わすれもの」で笑兵衛とお捨夫婦の過去が明らかになる。お捨は江戸京橋にある呉服問屋兼両替商の末娘で、七歳のとき京の本店亀万（金貸し屋）へ貰われていった。笑兵衛は関東雄藩の上士の嫡男だった。

藩主が京都所司代のとき、亀万から多額の借金をした。亀万は笑兵衛の父にも五両を貸し、二年間の利子で二十両になった。笑兵衛の父は逆上して、お捨の伯母を斬って即死させ、番頭一人が重傷を負った。笑兵衛の父はその場で切腹した。敵どうしの笑兵衛とお捨は駆け落ちして深川澪通りの木戸番小屋へ来たのだった。

『深川澪通り木戸番小屋』は泣いて笑ってほだされる。人情話だが甘ったるくない。喜怒哀楽は、人間が生きていく力になり、世の中には理不尽なことや不運はつきものだが、大島川沿いの澪通りの木戸番小屋夫婦は人に言えない苦労の末に、深川に流れてきた。暮らしに苦しむ人々はこの二人を訪れて知恵を借り、生きる力をとりもどしていく。北原さんは、この作品で一気に波に乗り、１９９３（平成５）年には『恋忘れ草』で直木賞を射とめた。

北原さんは１９３８（昭和13）年、東京下町の生まれで、父親は椅子づくり専門の職人だった。江戸の名残りが漂う下町で、職人である父の背中を見てきた経験が作品に反映されている。

82歳で受賞した日影丈吉の『泥汽車』

１９９０（平成２）年第18回鏡花文学賞は、日影丈吉の『泥汽車』（白水社）。日影氏（本名片岡十一）は１９０８（明治41）年生まれで、82歳での受賞だった。

東京深川木場に生まれ、魚河岸でマグロを扱う魚問屋を営む父のもとで育った。15歳のとき関東大震災により家屋が焼失して、深川の家が再建後に東京へ戻り、語学教室「アテネ・フランセ」で、フランス語、ラテン語、ギリシャ語を学んだ。卒業後はフランス語教師となり、フランス料理の研究指導をした。25歳のとき丸の内東洋軒でコックをした。

アテネ・フランセで学んでいた坂口安吾らと同人誌「言葉」を創刊し、戦争中は台湾の基隆（キールン）に召集された。東京大空襲により吾妻町の家が焼失して蔵書のすべてと、草稿を失った。戦後は教育映画を手がけ、41歳から推理小説作家となる。「ハイカラ右京シリーズ」ほか、ガストン・ルルー『黄色い部屋の秘密』（早川書房）の翻訳がある。異端ダンディズム作家として澁澤龍彦や種村季弘が賛美して短編選集『恐怖博物誌』『幻想博物誌』が刊行された。

『泥汽車』は、白水社が企画した全作品書きおろしシリーズ「物語の王国」のうちの1冊であった。表題作の「泥列車」ほか「じゃけっと物語」「石の山」「屋根の下の気象」「かぜひき第一話・火山灰の下で」「かぜひき第二話・珍客」「媽祖（まそ）の贈り物」の7編の短篇小説で構成されている。

「泥汽車」は「私」が住んでいた東京のはしっこにある豊壌な町への鎮魂歌である。

学校や原っぱや養魚場や神社や森が造成工事でみるみる壊されていく。小さな蒸気機関車が、四角い蓋のない貸車をたくさんつないでやってきて、ど

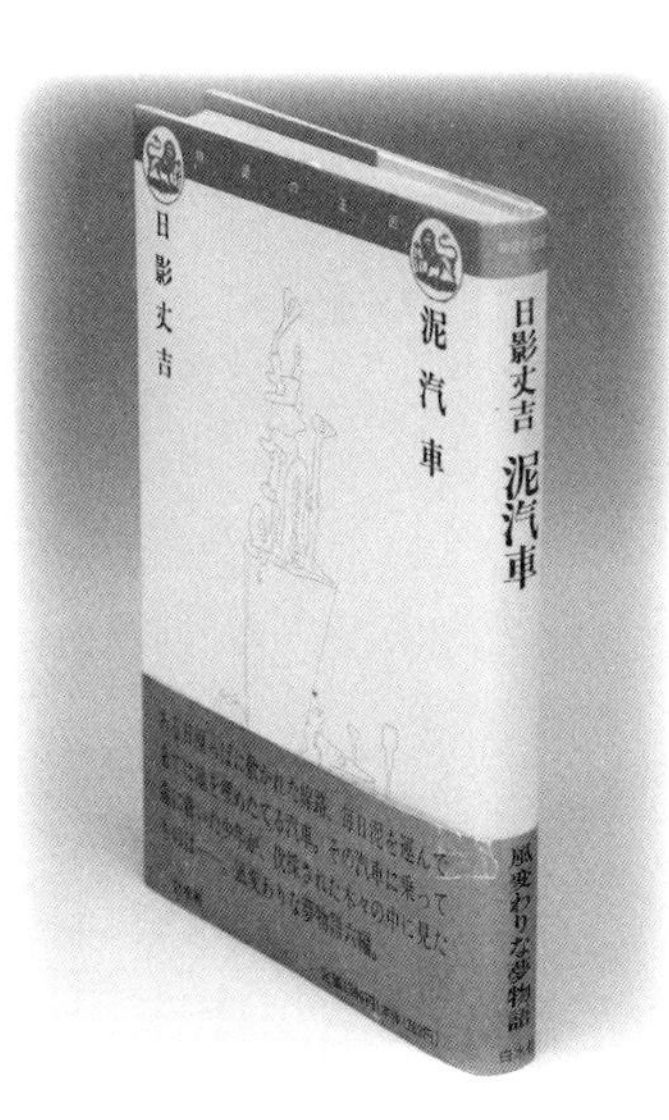

日影丈吉『泥汽車』（白水社）

の貨車にもやわらかい泥がこぼれそうになるほど詰まっていた。「私」は泥汽車に乗せてもらって、近くの島へ向かう。大名屋敷があった島は蛇でうずまっていると聞いていたが、コンクリートの土手が造られていた。遊び場だった神社には青い顔をした神馬がいて、腹の毛を光らせて空を飛んでいくのを見た記憶があり、雨が変形させた土の下から天球のひびきのような鈴の音がして、酔ったように聞き惚れていた。

そういった風景は思い出として残っているだけだ。原っぱもなくなって、海の泥がその上いちめんに乾いた甲羅をはるようになった。

古い町の神秘が乱開発で消えていく悲しみを幻想的に描いた。少年の「私」がスダマやモノノケの巡礼を想像して、水の音に聞き惚れる情景が美しい文章で描かれている。日影氏は20代のころから鏡花文学に親しんできて、失われた自然や人情への回顧があり、墓碑としてこの小説を書いた。

受賞の連絡を受けたときは「もっと若い人にあげたほうがいいのではないか」としながらも、「鏡花には若いころ相当影響を受け、東京の麹町(こうじまち)に鏡花がいたころは会いに行こうと思ったこともある」と喜びを語った。

82歳での鏡花文学賞受賞は最高齢で、受賞作が1作になったのも4年ぶりであった。日影氏は75歳のときに大病で入院し、余命幾許(いくばく)もないなかでこの小説を書いた。

これ以前に、1975（昭和50）年の第3回鏡花文学賞では小説『暗黒回帰』が有力候補にあがっていた。

足が不自由になっていた日影氏は授賞式には妻と姪を伴って金沢を訪れ、「恐れ多い賞をいただき感謝している」と喜びを表した。

その翌年9月、日影丈吉氏は83年の生涯を終えた。

実話をもとにした有爲（うい）エンジェル『踊ろう、マヤ』

選考委員の井上靖氏が1991（平成3）年1月、森山啓氏が同年7月に逝去され、第19回選考会は、奥野健男、尾崎秀樹、三浦哲郎、吉行淳之介、五木寛之の5委員で行われた。白熱の議論の結果、有爲エンジェル『踊ろう、マヤ』（講談社）に決定した。

有爲さんは美術展の企画やテレビレポーターを経て、1982（昭和57）年に『前奏曲』で群像新人長編小説賞を受賞し、著書に『奇跡』『ロンドンの夏は素敵』などがある。

実話をもとにした小説で、単行本の表紙にマヤの遺影が印刷されている。おかっぱ頭の童女マヤが揺れる瞳でこちらを見つめている。

英国のミュージシャンのFとの結婚生活が破局したウイは、4歳の娘マヤを伴って帰国し、その2年後にマヤは交通事故で死んだ。四十九日の法事に出席した父親のFは、日本式法事の陽気さが不謹慎に感じられて、ウイに怒りをぶつける。

ウイはマヤとの日々を回想しながら、Fとはもはやマヤの死という悲しみすら共有できなくなったことに気づく。

授賞式の記者会見で、有爲さんは「娘の死の直後から執筆を思い立った。輝ける存在の子供ということを、多くの人に知らせたかった。小説を書くという行為が、私にとって娘の供養であり『やっとここまで来れたね』と娘と一緒に受賞を喜びたい」と語った。

重い小説でページをめくる指が止まりそうになったが、「不幸」を見つめる母の視線は、祈りに昇華していく。すべてが終わってから思い出のなかで人はもう一度生きる。

五木寛之氏は「日本の文学で忘れ去られがちの暗愁を宿している作家」と賛辞を呈

有爲エンジェル『踊ろう、マヤ』(講談社)

した。日本にはかつて「暗愁」という言葉があり、人間が不条理を感じるとき、心の底から湧きあがる苦しみを表現した言葉で、鷗外、漱石ら数多くの文人が好んで使った。

人間が背負わねばならぬ業の深さの記憶は、生を受けた人間であれば例外なく持っている。それが人生のある局面でふっと顔をのぞかせる。人間が暗愁の感情におそわれたときは、じつは自己認識ができるすばらしい瞬間だと思う。アサガオが花を咲かせるためには、夜の冷たさと闇の濃さが必要なのです。

島田雅彦『彼岸(ひがん)先生』は1992年版漱石『こころ』

第20回鏡花文学賞から選考委員に半村良氏(第1回受賞者)と泉名月(なつき)さん(鏡花の姪)の2名が加わった。

鏡花文学賞は、節目の20回を迎え、「金沢市が制定する画期的な文学賞だ」と全国に認められてきた。五木氏は「初心に戻って嵐のなかでよろめきながらスタートしたことを思い返そう」と檄(げき)を飛ばした。

第20回の受賞者は新人2名となった。鷺沢萠は上智大学外国語学部中退。高校3年生のときの処女作「川べりの道」で文學界新人賞を最年少で受賞し、「果実の舟を川に流して」「帰れぬ人びと」などの作品がある。

島田雅彦は東京外国語大学ロシア語科卒。大学在学中に書いた『優しいサヨクのための嬉遊曲』が芥川賞候補になった。「左翼」という硬質な言葉を、こともなげにサヨクと書いてしまう軽やかなフットワークがある。１９８４（昭和59）年には『夢遊王国のための音楽』で野間文芸新人賞を受賞した。『僕は模造人間』という小説が評判となり、私が出演していたテレビ番組にお呼びして、本の販売に協力した。が、あとで「本が売れると思って出演したのに、さほど売れなかった」と言われて、申し訳ない思いをした。

鷺沢さんは麗人で、島田氏は美青年で、顔がいいと本が売れる。明治時代は尾崎紅葉や山田美妙による「言文一致」（口語体の文芸）が盛んになったが、平成時代は「顔文一致」（顔が文章と一致する作家が売れる）と吹聴する人がいて、だれが言ったのかというと私が言ったのであった。

第20回の受賞者は、ともに大学の外国語学部で学んだことが共通している。島田雅彦『彼岸先生』（福武書店）は、１９９２年版の漱石の『こゝろ』ともいうべき傑作で、川の向こう側（彼岸）に住む三十七歳の小説家をこう呼んでいる。漱石の『彼岸過迄(まで)』が頭に浮かぶ。漱石の小説『こゝろ』は、親友Kを裏切って恋人を得たが、Kが自殺したために罪悪感に苦しめられ、ついに自らも死を選ぶ先生の話である。そこには明治時代の知識人の苦悩が描かれているが、平成時代にあってはそんな実直な小説家がいるはずもない。島田氏は、軽やかにはずむ文章で、平成の小説家（そこには自己が投影されている）を書いた。

「少年時代から師弟関係のようなものに憧れていた」という「ぼく」（菊人(きくひと)）は先生の住まいから自転車で二十分ぐらいほどのところに姉とふたりで暮らしている。両親は仕事の関係で外国へ行っている。「ぼく」には砂糖子という恋人がいるが、キスをしたところまでで、まだ肉体関係までにはなっていない。

彼岸先生には美しい奥様がいるのに、いつのまにかオペラ歌手をめざす「ぼく」の姉の恋人になった。「ぼく」は、河川敷にある公園のベンチで二人が抱きあっているのを目撃する。

姉は先生と肉体関係を持っていたが、

島田雅彦『彼岸先生』（福武書店）

ウィーンに留学するとき、「先生が自殺しないように見張って」と「ぼく」に言う。「ぼく」が先生に会うと、先生は姉と「ウィーンで会うだろう」と言い、「それまでに姉さんが素敵な恋人を見つければいいと思っている」とつけ加えた。「先生は姉が別の男とつき合っても嫉妬しないいんですか？」ときくと「私には嫉妬する権利はないよ。私は妻を愛しています。それより菊人君、時々、姉さんの消息を報告してくれないか」と頼まれる。

先生は典型的な夜行性人間で、昼の一時ごろベッドから這い出てくる。「ぼく」は、「先生」とつきあいがある響子と知りあう。「先生」には女性のファンがいて、けっこうモテる。響子は三年前にバーで先生と知りあったが「まだ恋人にまでは格上げしてもらってない」という。

「先生」が気まぐれに響子のことを思い出したときに泊まりに行く仲となるらしい。「ぼく」は響子と食事をして、響子のマンションに泊まった。響子の乳房の揺れがセクシーで、打てば響くような勘のいい女だった。セックスを終えて、いよいよ眠りに落ちるとき、響子は「あなたとは一緒に眠れない。ごめんなさいね」といった。響子さんは「ぼく」の体の侵入を受けながら、先生と愛しあっていたのだった、とわかる。

砂糖子はイタリアへ行き、「おみやげはアイスクリーム」と頼んで笑いあった。先生はかつてニューヨークで生活したことがあったが、東京にいるときのように女性にはモテなかった。それで夜な夜なゲイバーに集うこととなる。同年代のゲイと知りあい、フィットネス・ジムへ連れて行かれて汗をかかされた。――要するに私は愛に飢えていたというわけだよ。相手とセックスをする気はないのに、ほんのひとときでも私を愛してくれる相手なら、男でも女でもよかったのさ。

と、先生は回顧する。先生にはいろいろの悩みがあり、「ぼく」にも恋の葛藤がある。やがて「詮索(せんさく)するな」という一言を残して、先生は自殺未遂を演じ、精神病院へ逃げる。最終章は漱石の作品にちなんで「それから」である。先生が自殺するか、精神異常に陥ってくれれば「彼岸」の事件として納得して「ぼく」は再生できたのに、宙ぶらりんのまま空漠の地平へ放り出され、そこに島田雅彦という小説家がたたずむのである。

鷺沢萠『駆ける少年』からもれる苦渋に満ちた吐息

島田雅彦の才気あふれる息づかいに対して、鷺沢萠の思いつめて薄暗くひんやりとした文体は苦渋に満ちている。小説『駆ける少年』（文藝春秋）は冒頭から不安定な心理が描かれ、少年のゆく手はコンクリートの壁に阻まれる。どこから来て、こんなに急いでどこへ向かうのか、少年はわからない。謎にみちた亡父を理解しようとして少年は過去帳からさぐっていく。父龍之介がリウ出版という教育出版社を設立したのは二十代のことであった。順調に成長した会社は、大手スーパーと提携した全国規模の塾経営に乗り出して、傾きはじめた。

社員がいなくなった空っぽの部屋の窓辺に立ち、父は「ああ、ご苦労さん」と笑っていた。行くさきも知らず、いつ沈んでしまうかもわからぬ水の上の道。父は何にせかされていたのだろうか。ならば自分は、何にせかされているのだろう、と自問して話は終わる。

鷺沢萠『駆ける少年』(文藝春秋)

文庫本の「あとがき」で、筆者は「今読み返してみると、父のことをちっとも書ききれていないという感覚が強くする。それは書いていたときにも強く感じていたことだった」と自戒している。自分の作品に激しく対峙する小説家の葛藤は鬼気迫るものがある。鷺沢さんは、2004(平成16)年4月、東京目黒の自宅で首をつって自殺をとげた。享年35歳。

20年余かけて育った山本道子『喪服の子』

1993(平成5)年、第21回鏡花文学賞は芥川賞作家の山本道子さんの『喪服の子』(講談社)が選ばれた。芥川賞作家の受賞は日野啓三氏(第10回『抱擁』)につづき2人目だったが、芥川賞『ベティさんの庭』を受賞してから20年がたっていた。その期間はアメリカで駐在員の妻として4年間過ごしていたが、『喪服の子』の背景は22年前にさかのぼって、オーストラリアのダーウィンという北方都市が舞台となっている。ダーウィンで3年間すごした山本さんは3度目の出産をした。『喪服の子』は20年余の歳月をかけて山本さんのなかで育った。

「わたし」はマングローブの樹林に囲まれ産院で出産した。隣家に、パープルという五歳の女の子がいた。パープルとは「わたし」がつけた名でほんとうの名はセシル。パープルは来る日も来る日も紫色の服を着せられていた。その子の母はフランス人で「あの子の服は喪服なの」といった。フランスでは喪服は黒か紫なのだ。

話によると、セシルは双生児として生まれた。死んだ児と抱きあって誕生した。「死んだ子は栄養を吸いとられたのか人間らしい姿もしていなかった。セシルは生涯喪に服さなければならない」。

そのうち、パープルの母が流産がもとで死に、パープルは喪服を着なくなった。ほかの女の子たちのようにビキニになったり、おさがりの服をぞろりと着ていたりした。遊んでいるこどもたちの群れにまぎれて、ほかの子と見分けがつかなくなった。喪服のパープルは、母親の死により、みごとといっていいほどの素早さで亜熱帯のこどもの群れに溶けこんでいく。まるで母親の死から喪を逃れたとでもいうように。

山本道子『喪服の子』（講談社）

同書には、他に駐在員の家族としてアメリカやオーストラリアで暮らしていたときの「アニマル・ホスピタル」や、「自転車に乗る女」（公団住宅と隣接した場所に造成された墓地にまつわる異界）、「ブリキの顔」（記憶のなかで生きながらえている死者）、

「異郷の人」(アルコール依存症の男)の5編の短編小説が収録され、人間のひそやかな誕生と死が、静謐(せいひつ)な文体でつづられている。

選考委員の奥野健男氏は「変化に富んだ優れた短編集で、鏡花賞にふさわしい」と講評した。山本さんは「若いころから鏡花に親しんできた。鏡花賞は文学賞のなかでも一味違って重みのある賞で、思いがけない受賞に興奮している。人は常に死を背負って生きている、ということを書きたかった」と喜びを語った。

第22回は該当作なし

さて、1994(平成6)年第22回鏡花文学賞は、初めて「該当作なし」となった。選考委員会には奥野健男、尾崎秀樹、三浦哲郎、五木寛之、半村良、泉名月の6委員が出席し、地元の推薦委員会が取りあげた73作品のうち5作品を選考したが、どの委員からも熱意を込めて推す作品はなかった。

長老格である奥野氏は「この際『なし』とすることの方が鏡花賞の水準が高いことを主張することができる。鏡花賞は変な新人に渡す文学賞ではない」と言い切り、賞のレベルを下げてまで受賞作を出すことを戒めた。

三浦氏は「候補作を挙げる段階で間違いがあったのではないか」と強い口調で受賞作なしの理由を説明した。五木氏は「20年を経過し、鏡花賞の在り方というか、初期の熱気が薄らいでいる。『なし』ということをターニングポイントにして根本から考え直すことで主催者側と一致した。賞への警鐘である」と述べた。

21年間にわたり、鏡花文学賞は、埋もれた異才を発掘してきた。実力があるのに認められない作家はもとより、意図的に文学賞受賞を拒もうとする偏屈な作家をあえて選んだ。その結果、他の文学賞では無視されがちな作家が誕生した。俗ないい方をすれば、「文芸の打出の小槌」で、見識の高い選考委員が、小槌をぽんと叩くと、凄味のある作家が、夕闇のなかからぬっと姿を見せた。それは泉鏡花という金沢が生んだ小説家が、天上から送る霊媒の作用でもあり、その結果、多才な逸材がつぎつぎと発掘された。

それが22回にして受賞作なし、となった。風雲急をつげつつ鏡花文学賞はいずこへ向かうか。

第4章

村松友視、おば恋いの記『鎌倉のおばさん』

心象風景彫り込む辻章『夢の方位』

1995(平成7)年の第23回泉鏡花文学賞は、三浦哲郎委員は体調不良で欠席した。奥野健男、尾崎秀樹、五木寛之、半村良、泉名月の計5人で選考会が行われた。地元の選考委員が推した69作品のうち7作品が残り、船戸与一『蝦夷地別件(えぞちべっけん)』はスケールが大きく、構成がダイナミックな作品として高く評価されたが、「泉鏡花賞の性格とは質的に違う」(奥野委員)として除外され、瀬戸内寂聴『愛死』も有力候補であったが「選考委員を務めていた人の作品は選考の対象外」(奥野委員)として除外された。この2作品に対し、辻章(つじあきら)『夢の方位』(河出書房新社)は「心象風景を彫り込み、生を全うしようという気持ちを描き切って、他の作品とは別格なくらい質が高い」(奥野委員)として、受賞が決まった。

第23〜29回の泉鏡花文学賞

回	年度	作品名	著者	選考委員
23	1995年 （平成7）	夢の方位	辻　章	奥野　健男 尾崎　秀樹 三浦　哲郎 五木　寛之 半村　良 泉　名月
24	1996年 （平成8）	フルハウス	柳　美里	
		アニマル・ロジック	山田　詠美	
25	1997年 （平成9）	鎌倉のおばさん	村松　友視	奥野　健男 尾崎　秀樹 五木　寛之 半村　良 泉　名月
		嗤う伊右衛門	京極　夏彦	
26	1998年 （平成10）	道頓堀の雨に別れて以来なり ―川柳作家・岸本水府とその時代	田辺　聖子	尾崎　秀樹 五木　寛之 半村　良 泉　名月 村田喜代子
27	1999年 （平成11）	箱の夫	吉田　知子	五木　寛之 半村　良 泉　名月 村田喜代子
		種村季弘のネオ・ラビリントス「幻想のエロス」ほか	種村　季弘	
28	2000年 （平成12）	ヒナギクのお茶の場合	多和田葉子	五木　寛之 半村　良 泉　名月 村田喜代子 金井美恵子 村松　友視
29	2001年 （平成13）	幽界森娘異聞	笙野　頼子	
		蕭々館日録	久世　光彦	

辻章氏（当時50歳）は、講談社の文芸雑誌「群像」の元編集長で、『夢の方位』の初出は「三田文学」（1992年冬季号〜94年春季号）。

扉ページに「猫を飼いはじめたあの頃、僕は世界から許されていた。」という謎めいた一行が示される。第1章は「人生は苦しむことに値するのだろうか」と始まり、読者はいきなり胸倉をつかまれる。どっぷりと純文学している私小説だ。

「僕」が幼年時代を過ごした町の日暮し坂で体験する夢と現実の境界に柔術道場の老人が登場する。空気投げの達人三船十段。第2章は高校時代の友人に会う。「死に方研究会」の仲間だった。第3章は「僕」より二つ歳上の恋人で、足が不自由なきょう子とスシを食べる。第4章は、掟のように母を殴りつける父の暴力。第5章は、「勤めていた万年筆工場が火事になった」と嘘をついて夜店で万年筆を売る男。第6章は飼っていた雑種犬チロの死。第7章は坂道の路地を入ったところにある古本屋で詩集

辻章『夢の方位』（河出書房新社）

を手にすると、白い帽子の客に「ボウヤ」と声をかけられる。その男に誘われて小箱のような部屋へ連れこまれて「きみが好きなんだ」と告白され、胸や腹をさわられる。

第8章はジェームス・ディーン主演の映画「エデンの東」のレコードを母に買ってもらった記憶。第9章は猫殺しの少女。少女は「僕」が拾った小猫にチビという名をつけて、地面に穴を掘って埋めてしまった。「土に埋めてやるのがクドクなんだ」と、埋めた土の上をとんとんと足で踏んだ。「僕」にむかって「あんたも、踏んでおきなよ」と言う。

全編を通じて、話の急所にアウシュビッツから生還したジャン・アメリー「拷問」(池内紀訳)からの引用が示される。第9章で、妻はめまいのように子供を脇にかかえて車道に飛び出し、トラックの運転手が軽くよけていく。「僕」は妻を蹴って半狂乱になる。割り箸で筏(いかだ)を作って、子を乗せて、一寸法師のお椀の舟のように流し、そのまま滝壺に落ちる夢を見る。暗くよどんだ日々。そして「僕」は政治の組織を脱けた。

第10章で、「僕」はジャン・アメリーの「拷問」という文章をやぶってポケットに入れて持ち歩く。

——最初の一撃ですでに何かを失うのだ。何かとは何であるか。……世界への信頼……。

——最初の一撃が私を未知の世界へと締め出したのである。……

——拷問された者は二度とふたたびこの世にはなじめない。屈辱の消えることはない。

——拷問された者は裸で不安にさらされている。不安こそ以後の彼の人生に猛威を振るうはずのものだ。不安、さらにはルサンチマンと呼ばれるものが残る。ただ残るだけだ……。密度をまして報復に燃え、報復のはての浄化の機会をもつこともなく。


辻章の祖父は著名な画家で、父は東京教育大学教授だった。麻布高校→横浜国立大学→講談社と進んだ秀才であったが、激しい学生運動で挫折し、結婚生活もうまくいかなかったという。警察の取り調べ室で一度殴られたことがある。2015年4月23日に逝去され、「三田文学」の坂上弘氏や故大庭みな子さんの夫らが集まった。各章でくりかえし引用されるジャン・アメリー「拷問」に関して、翻訳者の池内紀氏に問いあわせると、アメリーの著作は『罪と罰の彼岸』というタイトルで、「拷問」はそのなかの1章ということであった。池内氏は辻氏と面識はなく、ジャン・アメリーの「拷問」がこの小説に引用されていることを知らなかったという。同書の最終ページに、「参考文献……『拷問』ジャン・アメリー著　池内紀訳」と示されている。全編を通じて池内訳の原文がくりかえし引用されているのだから、正確な著書名『罪と罰の彼岸』が明記されるべきであった。

壊れる家族リアルに描いた柳美里『フルハウス』

1996(平成8)年の第24回泉鏡花文学賞は柳美里『フルハウス』(文藝春秋)と山田詠美『アニマル・ロジック』(新潮社)の2作品。2作品受賞は1992年以来4年ぶりで、実力のある人気の作家がそろった。

柳美里さんは茨城県生まれ、横浜市育ちで、東京キッドブラザーズを経て1987年に劇団青春五月党を結成した。93年に『魚の祭』で岸田國士戯曲賞を受賞。演劇界の新星として注目された。小説『フルハウス』は「文學界」(95年5月号)に掲載され、この年は第18回野間文芸新人賞も受賞した。

『フルハウス』は新築の住宅で暮らそうとする父の計画が無残に崩壊していく話である。二十数年前、横浜の西区に引っ越した直後、父は母にそそのかされて百坪の土地を買い、「家を建てる」と口ぐせのように言っていた。私と妹は、母が家族を棄てて家を出た十六年前からその計画を聞かせられつづけた。その家が建ち、父に連れられて妹と私が新築の家を見に行くと、郵便ポストのプレートに家族四人の名前が記されていた。父はこの家を建てたことで母といっしょに暮らせると思っているのだろうか。応接間とダイニングキッチンを合わせて二十畳はある。暗い色の木の床、ピンクとブルーのカーテンの柄は母の好みだ。台所の床には新聞紙に包まれている茶碗や丼や湯呑やグラス、俎や鍋釜やタッパーやステンレスのボウル、醤油やソースや味醂や酢などの調味料が置かれていて足の踏み場もない。大型冷蔵庫、電子レンジ、米櫃、コーヒーメーカー、かき氷機、ジューサー、電気炊飯器は二つもあり、すべて新品だ。想像を超えるほどりっぱなこの二階家の十畳は妹の部屋、六畳は書斎、そして奥の角には私の部屋。

父は支店を十数店舗持つパチンコ屋の支配人で、当時でさえ八十万円の給料をもらっていたが、競馬や競輪で金を使い果たし、月に数万円しか生活費を渡さなかった。

脱衣所のシャワードレッサーとキャビネットはオフホワイトで統一されている。大きな全自動洗濯機、トイレは

柳美里『フルハウス』（文藝春秋）

便座のあたたまるウォシュレット、床には会社重役が腰かけるような回転式の革張の椅子、六段もある作りつけ本棚には一冊の本もない。雨戸を開けると白いレースのカーテンが風をはらんで舞いあがり、父の顔をつつむようにおりてきた。建築費に五千万円かかった、という。

「早く死んで保険がおりなきゃ借金は返せない」

と父が言う。

「わたしが死んだあとに売ろうがどうしようがきみたちの勝手だがね」

電気とガスはまだ通ってない。「明日電話してガス屋と電気屋を呼ぶよ」。扉を閉めると目を刺す塗料のせいで、なにも見えない。

父が頼んだ特上の寿司を頬ばっているうちに、家のなかはみるみる暗くなっていく。懐中電灯で寿司を照らし、一階の和室に敷かれた蒲団で、私と妹は寝た。ふたりとも、この新築の家に住む気はない。

父は、この家を建てようと決心したとき、妻や娘たちともう一度暮らしてみたいと考えたが、その話をすると妻にせせら笑われた。

その後、しばらくたってから、父が建てた家へ行くと、見知らぬ四人家族が住んでいた。横浜駅の構内でホームレスをしていた一家で、両親のほか、かおるちゃんと吉春くんというきょうだい。

「深夜一時ごろ、あなたのお父さんが、うちにいらっしゃい、だれも棲んでいないから」

といって入れてくれた。ホームレスの一家は、父の申し出を受けて生活をはじめている。父は私に四人家族を紹介し、カレーを食べはじめた。父のとなりに座った少年吉春は二年前からしゃべらなくなったという。「あたしと主人とふたりでね、連れて行ったの。精神病院、児童カウンセラー、新興宗教にまで。三十万も払ってお祓いしたのにだめだった」と奥さんが言う。少年はカレーをのせたスプーンを落とした。テーブルがかすかに振動している。少年がテーブルの下でこぶしを固めて膝をたたいていた。この一家はいつまでここに住むつもりなのだろうか。そのうち一家の父親は庭を掘ってセメントで池をつくり、「大きな錦鯉を飼う」と言いだした。私は二階の自分の部屋へ行き、「どんな決着を望んでいるのか」と考えた。窓から庭を見おろすと父が縮んでしまったように見えた。

池ができたころ、妹がやってきて、不快な表情を男に投げつけ、あいさつひとつしないで二階にあがり、

「お父さん、どうして追い出さないの」

となじった。窓を開けると、男が少年の頭を池につっこんだりしている。ふざけているのか折檻（せっかん）しているのかわからない。少年が縁側で靴を脱ぎ、姿を消した。しばらくすると消防車のサイレンがした。家の前に消防車が停まり、銀色の服を着た消防士たちが土足で家の中へ踏みこんできた。

「家が燃えているからきて下さい、と一一九番があったんだ」

と消防士が怒鳴った。

「お宅の住所をいったよ」

逃げようとした少年吉春の腕を男がつかみ、ひねりあげた。

「吉春、おまえが電話したのか」

男は吉春を背負い投げで地面にたたきつけ、蹴りあげた。少年は激しく泣いた。消防士は男に、「今夜中に始末書を書いて貰う」と一喝して去っていった。男は少年を思いきり蹴飛ばして気絶させた。それを見た少女は音もたてず部屋のなかへ入り、テーブルの上のマッチをつかんで擦（す）り、カーテンに近づいた。炎をかざして火を放った。机の上の新聞、台所のゴミ箱に火をつけたとき、はじめてみんなが気がついた。男がシャツを脱いで火をたたいた。私が部屋に入ろうとすると、父が首をふって止めた。

「保険」――父は口のすみで笑っていた。父と私は燃えあがる炎を眺めながら半狂乱で消火する夫婦を見ていた。

火は消え、焦げた化学繊維の臭気が部屋を満たした。「かおる、おまえ！」男が右腕を大きく引くと、少女の視線が男の視線に食い込んだ。

「だから、これで、うそじゃない！」

少女の叫び声が私の耳をつらぬいた。

柳美里さんの小説は現代社会のなかで壊れていく家族がリアルに描かれる。登場する人物がそれぞれの傷と闇を背負い、その痛みがぶつかって、奈落へ墜ちる。残酷なシーンがドラマティックに描かれるのは、演劇が出発点となっているからだろう。怖い小説は、日常的な平明な語り口のなかから生まれる。柳美里さんはこの翌年（1997年）、『家族シネマ』で芥川賞を受賞した。

凶暴と無垢が流浪する山田詠美『アニマル・ロジック』

山田詠美さんは、1987年に『ソウル・ミュージック・ラバーズ・オンリー』で直木賞を受賞した作家で、デビュー以来11年間にわたって話題作を書きつづけてきた。

『アニマル・ロジック』の主人公ヤスミンは黒い肌の美しい野獣で、ニューヨーク・マンハッタンに棲息する。長く伸ばした髪、体の線のくっきりと出るドレス。伸びた背筋と盛り上がった尻にセクシーなくぼみを作る。あらゆる本能を手にして快楽をむさぼっている女である。

主人公の「私」はヤスミンの血液のなかに棲みつく利己的本能である。意志であり、感情であり、自尊心もある。憎しみや愛情が人の心に棲むように、ヤスミンの血液に宿って、罪を食べ、罰を排泄（はいせつ）する。

ヤスミンは白人の恋人トラビスと抱き合い、口づけを交わして見つめあい、コルトレーンのレコードをかけながらセックスにふけった。そのまっ最中に、トラビスの婚約者である白人女キャシーが部屋に入ってきて「何なの⁉　黒人じゃないの‼」と叫ぶ。「この女は猿以下よ‼」といって、トラビスの顔に爪（つめ）をたてた。

私は命令した。殺せ。トラビスはキ

山田詠美『アニマル・ロジック』（新潮社）

ャシーの首に両手を当てて絞め上げ、キャシーの顔が赤黒く染まり、息絶えた。

トラビスが刑務所に行ってしまったあと、ヤスミンはジェインという女の部屋を訪れる。ジェインの夫ローレンスはＨＩＶに感染して、病院で死んだ。埋葬のあいだ、私がローレンスの血液と交信すると、エイズウイルスは全員が頭をたれて死を待っていた。人間が死ねばエイズウイルスも自滅する。そのとき、ジェインはハイチ移民の浮浪者ブルーと関係を持ち、妊娠していた。

ヤスミンは暴力的な男フレディに首ったけになる。大きな骨格、盛り上がった筋肉。ヤスミンはフレディに組みしだかれて、奴隷の恍惚に身をゆだねる。フレディの白人嫌いは徹底していて、白人と仲良くする黒人を軽蔑している。それでもヤスミンは、自分の中にこの男の精液を注ぎこませることに全力を傾ける。

フレディの運転する車が赤信号でブレーキをかけると、後ろから走ってきた車に追突された。激しい衝突ではなかったが、フレディは車のドアをあけて外へ出た。すまなそうに降りてきたのは黒人と白人のゲイのカップルだった。フレディは白人の男を殴り倒し、黒人も蹴とばした。興奮したフレディはヤスミンの服を剝ぎとって犯しはじめた。私はフレディの性器による摩擦で、あまりの熱さに我慢出来ずに、フレディの性器に思いきり噛みついた。フレディは獣のような叫び声をあげて、うずくまった。フレディの性器は血だらけで、永遠に使いものにならなくなる。

と、ここまでで、話の十分の一である。このあとヤスミンは東洋系の人妻スージーの体内に棲む利己的本能ブラッディ（女系）と邂逅する。ヤスミンはつぎからつぎへと恋の遍歴を重ねていく。なにしろ一千枚の大作ですからね。

ヤスミンの体内に棲む私（ブラッド＝男系）のところへ移ってきたブラッディ（女系）のあいだにブラッド・ジュニアという利己的本能が誕生する。ヤスミンは、違う人種とどんどんセックスして、ミックスの子を作ることを考えている。ミックスの世代が生まれていくうちに、元奴隷は死に絶え、元奴隷の主人も死んでいく。何千年かたてば人種差別がなくなる。

ヤスミンに棲みついた利己的本能は、人間の凶暴と無垢を自覚して流浪する。そこが山田詠美という小説家に通じる。

授賞式の記者会見で、山田詠美さんは「一昨年、昨年と、この作品を仕上げるのに集中しただけに格別の思い入れがある」と語り、柳美里さんは「演劇でいえば、カーテンコールや花束をもらったような感慨」と述べた。

文豪を祖父に持つ村松友視の『鎌倉のおばさん』

1997（平成9）年の第25回泉鏡花文学賞は村松友視『鎌倉のおばさん』（新潮社）、京極夏彦『嗤う伊右衛門』（中央公論社）の2作であった。

唐十郎氏が『海星・河童―少年小説』で第6回泉鏡花文学賞を受賞したとき、村松氏は中央公論社の文芸誌「海」の編集者であった。唐氏の小説『海星・河童―少年小説』は別の出版社から童話を依頼されて書いた作品だが、これは童話ではないと返されたものだった。村松氏はその作品を「海」の短篇小説特集号に組みこんだ。『海星』というタイトルは村松氏がつけた。

他社（大和書房）の作品が受賞したにもかかわらず、俳優の根津甚八ら状況劇場の面々15名とともに金沢の授賞式へ訪れた。村松氏の役目は、とりあえず状況劇場の猛者たちの監視人、付添者だった。それから19年の月日がたっていた。

村松友視氏は1982（昭和57）年、『時代屋の女房』で直木賞を受賞していた。

『鎌倉のおばさん』は、村松氏の祖父村松梢風（1889～1961）の道連れ（お妾さん）となり、梢風を看取った絹江さんの話である。梢風といえば、けたはずれに女関係が多く、生きているほとんどを女と縺(もつ)れあった文豪である。なかでも上海事変のとき「男装の麗人」として名をなした川島芳子の伝記が知られる。『男装の麗人』は「婦人公論」に1年間連載したあと、単行本となった。カーキ色の服を着て金モールのついた帽子を冠(かぶ)った「美少年」川島芳子。2カ月も川島芳子の家に同居して、話を聞き、寝室が一緒で、ベッドが二つあったが、芳子とT中佐（宇垣大将の子分）の関係は世間周知であったから、さしもの梢風でも手を出さなかった。一朝まじわりを結べばもう取り返しはつかない。梢風はこの女傑の恐ろしさを知っていた。

村松友視『鎌倉のおばさん』（新潮社）

　村松氏と私は編集者時代、東京成城の水上勉氏邸でしばしば顔をあわせた。私が、別室で待っているとき、村松氏は「ベンさん」（編集者は年上の文豪をこう呼んでいた）の原稿にいろいろと感想を述べているようだった。村松氏が帰ったあと、ベンさんは村松氏のことを「あいつはなあ、ショウフウの妾の子や」と言ってから、親しみをこめて、ホッホッホッと笑った。それは水上氏推測のジョークで、村松氏は梢風の孫である。

梢風には妻そうとのあいだに4人の子がいた。長男友吾(ゆうご)は上海毎日新聞社に勤務していたが、1938年チフスにかかって27歳で没した。梢風は骨になった友吾と、数え年20歳で妊娠中の喜美子夫人をつれて帰国した。その翌年、生まれたのが友視である。梢風は、若い喜美子さんの将来を思って実家へ帰し、友視を自分の末子として籍に入れた。

次男の道平は松竹から東映へ移り、妻子とも京都へ引っ越し、3男の喬は毎日新聞の学芸部に籍をおき、梢風没後に開かれた「梢風忌」という集いでは、村松家を代表して挨拶をした。第1回に友視は学生服で出席したが、高見順、久保田万太郎、尾崎一雄、木村義雄、林家正蔵という人々の顔に圧倒されたという。

会場である丸の内の中華料理店「山水楼」へ出かけて準備をしていたのは喬と、絹江(「鎌倉のおばさん」)で、喬は「鎌倉の母でございます」と一座の人に紹介した。正妻である祖母そうに育てられた友視は、複雑な気持ちでこの紹介を聞いていた。

4男暎(えい)は、鎌倉に住んでのち〝村松梢風の生涯〟と銘打った『色機嫌 女・おんな、また女─村松梢風の生涯』(彩古書房)を書いた。「鎌倉のおばさんが、ゆうべ亡くなったよ」と電話をかけてくれたのは、この暎叔父であった。絹江は、三百余坪ある鎌倉の梢風邸に住み、梢風の最期を看取ってからは、ずっとひとり暮らしだった。

これぞ梢風の愛人、ほがらかなお妾さん

絹江さんの正体はよくわからない。年齢を実際よりも十歳上にしてサバを読んでいた。生まれは九州の龍造寺男爵家だとか、学習院卒とか、週刊新潮で毎週コラムを書いているヤン・デンマンというのは私のことだとか、虚言癖があり、平気で口から出まかせの嘘をつく。田舎へ一週間帰って、ベルリンの高等数学学会に出席してきたと喧伝し、人前に出るときは金ピカの帯を胸高に締めてのし歩いた。それは梢風という「半端でない女色の文豪」に立ちむかう武装であり、矜持（きょうじ）であり、もともと備えられていた度胸が花開いたおおらかさがあるのだ。

これでこそ梢風の愛人であり、情人であり、ほがらかなお妾さんというものだ。

友視は、父も母もこの世にいないと言い聞かされて育った。梢風は何度も、本妻のそうと友視が住む静岡県の清水市にある家にやってきたが、ふらりとあらわれてはどこかへ帰っていく祖父という感じだった。友視が小学校四年の冬休みにやってきた梢

風が、

「どうだ、鎌倉の家へ行ってみるか……」

と帰りぎわにさりげなく言った。鎌倉の家が世間に対する梢風の表玄関となり、そこからの仕送りでそうと友視の暮らしがなりたっていた。

友視には、鎌倉の家は城のように見えた。家に着いたとき、陽は暮れかけていて、外門から中門をくぐり、砂利を踏んで玄関に向かうと、うしろにある山が巨大な影のように見えた。玄関で靴を脱いでいると、薄暗い廊下の向こうから人影が近づいてきた。何と長い廊下だろうか……廊下の向こうからやってくる人影が女性の姿だと分ったとき、強い力でわしづかみにされた頭を無理やりに下げさせられた。

「おばさんだよ、挨拶しなさい」

梢風のこわばった顔が上から降ってきた。それが、鎌倉のおばさんとの初対面だった。

梢風の没後、鎌倉の屋敷にひとり住んでいる「おばさん」はいつも電気掃除機で部屋の掃除をしていた。梢風好みの贅沢（ぜいたく）な家具や調度品で飾られ、広い庭には乱れ咲く花々の上を春風が渡っていた。しかし、おばさんの死後、友視が叔父と入ってみると、そこは見事な廃跡だった。手入れをしないために庭木が伸びていた。玄関のガラス戸越しに見える内側は、奥から押し出されたゴミが玄関のガラスに押しつけられて、かろうじてそこに止まっていた。台所の網戸はやぶれ、把手を手前に引くと鍵がかかったまま外れた。ドアにはさまれていた新聞紙の屑が内側に押されて崩れていた。

懐中電灯を構えて足へ重心をかけると、湿り気をおびた新聞紙がぬかるみのごとく沈んだ。床一面の新聞紙の群れが深夜の海のように波打っている。

ひとり暮らしになったおばさんは、懇意にしているお寺に貰い湯に行って、新湯の浴槽に寝そべったまま、沈んで死んでいった。それは「鎌倉のおばさん」らしい理想的な自殺ではなかったのか、という思いがわきあがる。梢風というフィクションと互角に勝負するフィクションを駆使して、絹江は生きつづけた。

受賞の連絡を受けた村松氏は「内面をストレートに出すよう軌道修正した百冊目の作品であり、物書きとしての第二幕が開いた気持ち」と感想を述べた。

京極夏彦版四谷怪談『嗤う伊右衛門』

京極夏彦『嗤う伊右衛門』は鶴屋南北の歌舞伎狂言『東海道四谷怪談』（1825年＝文政8年）を原拠としている。俗に『四谷怪談』で知られる怖い話で、民谷伊右衛門が殺した妻お岩と若党小平を戸板の裏表にくくりつけて流すと、隠亡堀に二人の幽霊が出る。お岩の顔は崩れただれ、髪の毛もごっそり抜けて伊右衛門に襲いかかる。三世尾上菊五郎が早がわりと怪談の技を発揮して評判となった。

京極版は『四谷怪談』を換骨奪胎して狂言『四谷怪談』に登場しない人物、小股潜りの又市、民谷又左衛門（お岩の父）などが登場する。『四谷怪談』の種本となった実録小説『四谷雑談集』をも原拠としている。お岩と伊右衛門をめぐる巷説はいろいろあるのだが、そこに平成京極版が加わった。

お岩は四谷左門町の御先手組でも長く続いた同心民谷家の跡取娘だが、疱瘡（天然痘）にかかって、

「その肌は渋紙のように渇き、髪は縮れて白髪が雑じり、枯れ野の薄よ。左の額にゃ黒痘痕、左眼は白く濁って見えなくなっちまった。おまけに何処を如何傷めたか、腰も海老の如くに曲っちまった」

と按摩宅悦が語る。

しかし、お岩の醜悪な顔は、疱瘡の

京極夏彦『嗤う伊右衛門』（中央公論社）

後遺症だけでなく、お岩に対して悪意を持つ者が毒薬を飲ませていたことに起因する。読みすすむうちにそれが見えてくる。それを知らぬまま自己の気力だけで立ちむかうお岩が哀れである。

伊右衛門は優しく、撫でるように岩の髪を梳(くしけず)っている。髪の毛が、ごそりと抜けた。血膿がどろどろと流れ、辺(あた)りは血の海となった。

やがて伊右衛門は閉門蟄居(へいもんちっきょ)となるが、ひと月間、一歩も外へ出ず、日中も物音ひとつ立てず、生きているのか死んでいるのかすら解らない。伊右衛門は余程(よほど)、お岩様が怖いのであろう、と世間は囃(はや)した。

閉門が解けてから、伊右衛門は物腰低く、威張ることなく、まじめに勤めたから、評判がよくなった。贅沢をせず、酒も食らわず女遊びもせず、道楽だった釣りもせず、悠悠自適の日々をすごした。それが、春を過ぎてから庭の樹木をすべて伐(き)ってしまい、塀囲(へいがこ)いを外し、生け垣を取り払った。

さらに屋敷を解体しはじめ、夏を迎える頃には、ひと間の座敷を除いて、荒れはてた柱だけの部屋に蚊帳(かや)だけをつけた。

伊右衛門は乱心した。

陽が翳(かげ)ってくると、ふふふ、うふうふ、と笑い声が風に乗って届いてきた。岩よ、岩よ。生きていようが死んでいようが、汝我が妻、我汝が夫。……民谷家の門前に、白装束の男が立っていて、鈴をりん、と鳴らし、黙禱してから「お弔いに参りやした」と結んだ。

蚊帳に潜ると桐箱があり、小さな蛇が箱の周囲にとぐろを巻き、のたくっている。蓋を持ちあげると鼠が走り、蛇が這い出し、わらわらと逃げていく。

桐箱の底に蒼白い顔をした伊右衛門が色褪せた打掛けを抱くように横たわっていた。打掛けから干からびた腕や脚が伸び、お岩の髑髏が覗いている。

頭には髪の毛が残っており、高価な蒔絵の櫛が差してあった。死後一年は経っている。剝き出しになった腕や腿や頸の肉が千切れ、骨が露呈していた。生きながら鼠や蛇に嚙まれ、食われ、じわじわと死んだのだろう。

伊右衛門は嗤っていた。「嗤う」は単なる笑いではなく、「あざわらう」「冷笑する」ことである。恐怖と官能と純愛が入りまじった壮絶な怪談。

授賞式の会見で、京極氏は「鏡花は自分の『江戸趣味』を明確に引き出してくれた恩のある作家だ。取りたくて取れる賞でないだけに身の引き締まる思い。枠にとらわれず、新たな世界を求めていきたい」と語った。

田辺聖子の大阪川柳名人伝『道頓堀の雨に別れて以来なり』

泉鏡花文学賞選考委員は、1997(平成9)年(第25回)から三浦哲郎が抜け、同年11月に奥野健男が逝去されて、26回から村田喜代子さんが加わった。これにより第26回(98年)選考委員は五木寛之、尾崎秀樹、泉名月、半村良、村田喜代子の5人。第27回(99年)は尾崎秀樹が逝去され、選考委員は4人となった。

第26回の受賞作は田辺聖子『道頓堀の雨に別れて以来なり』(上・下 中央公論社)で「川柳作家・岸本水府(すいふ)とその時代」というサブタイトルがついた伝記である。

水府は、1892(明治25)年三重県生まれ、大阪の商業高校を卒業して、地方新聞記者をふり出しに、化粧品、衣料、洋菓子製造会社の宣伝を担当した。いまでいうコピーライターの先駆けで、福助足袋や江崎グリコの宣伝文案を書いた。17歳のころ、大阪新報・柳壇(六厘坊(ろくりんぼう))に投句して頭角をあらわした。平明であかるい句を好み、卑陋(ひろう)な笑いをさそう狂句から脱して人間味あふれる本格川柳をめざした。

田辺聖子の父は「水府はん」と呼んでいて、ミナミのたべもの屋へ行ったとき、

〈ここ、水府はんの来はる店やデ〉

と嬉し気に母に教えたという。川柳雑誌「番傘（ばんがさ）」を主宰し、作家の藤澤桓夫（たけお）さんは、水府の顔の真中に「川柳と大きく書いてある」と評した。ＯＳＫ（大阪松竹歌劇団）の春のおどりのテーマソング「さくら咲く国」は水府の作詞である。宝塚歌劇団の「すみれの花咲く頃」に匹敵する人気があった。出演者全員が造花の桜満開の舞台に並び、いっせいに絵日傘を閉じたり開いたりしつつの大合唱。

シルクハットにも美女の髪にも、華麗な衣裳や装置にも、紙の花ふぶきが舞い散る。交錯するライト、いっせいに開き閉じる絵日傘、もう爛漫の春そのもので、陶酔した観客も一緒に唄い、唄声は大阪のミナミにあった大劇（だいげき）のステージにこだまして、うねった。

田辺聖子『道頓堀の雨に別れて以来なり』（中央公論社）

桜咲く国　さくらさくら
花は西から東から
ここも散りしく　アスファルト
　桜吹雪に狂う足どり

桜咲く国　さくらさくら
花はささやく　くれないの
夢にほころぶ　シャンデリヤ
　桜吹雪の晴の舞衣

この作詞が〈水府さん〉なのである。アスファルトとシャンデリアは昭和初期のハイカラ風景で、「ＯＳＫを観ないと、何ちゅうたかて、春は来え(け)へん」とお聖さんの父がいっていた。

お聖さん（田辺さんの愛称）は、楽しくて仕方がないといった語り口で水府伝を書いていく。１９３９年、母の死に遭った水府は哀惜して「母百句」を作った。

転任をしても母親阿波なまり
転任のつづくに母の船ぎらい
売上げをよむ母親とつりランプ

阿波弁は、大阪弁をゆかしく鄙（ひな）びさせたような感じで、水府は阿波なまりの子守唄を聞いて育った。水府の父は徳島県租税課にいたが、宇都宮、千葉、三重県へ転勤して、大阪へは小さな蒸気船に乗って来た。母は汽船に乗る前の艀（はしけ）（小舟）で酔ってしまったので船ぎらい。月給十五、六円のつつましい生活で、大阪では西の新開地に住んだ。近くに松島遊郭があり、母が阿波屋という屋号の煙草（たばこ）屋を開いた。駄菓子や薬も売り、父の思いつきで切手売捌（うりさば）きを願い出て許可され、家の横に黒い四角いポストが立った。水府は、

恋せよと薄桃色の花が咲く
初風呂に二銭銅貨の音のよさ
初恋の頃の春陽堂日記（1948年）

という川柳で頭角を現していく。

「水府伝」の連載は「中央公論」１９９２年新年号から始まり、止まらなくなって、６年間ちかく68回（阪神大震災で１回休載した）の長期連載となった。

川柳は戦前の昭和10年代前半にはレベルが高くて敬意が払われたが、戦時中の中断によって、一気に墜ち、幕末風狂句の俗臭にまみれた。

日本文学史にも川柳の項はなく、新聞、雑誌の川柳募集欄は〈編集部選〉扱いだった。

田辺聖子は１９６４年（35歳）、『感傷旅行　センチメンタル・ジャーニィ』で第50回芥川賞、１９８７年（59歳）『花衣ぬぐやまつわる…わが愛の杉田久女』で女流文学賞、１９９３年（65歳）『ひねくれ一茶』で吉川英治文学賞と、文学賞を総嘗めにしていた。『道頓堀の雨に…』は泉鏡花文学賞と、読売文学賞のダブル受賞となった。独自の作風を確立して大阪の世相人情を語る小説『夕ごはんたべた？』（１９７５年）も絶大な人気があり、洒脱な文明戯評の趣きは水府に共通する。

大阪ならではの笑いを軽快に語って、そこに透徹した批評精神がこめられていた。

４００字詰原稿用紙１３００枚、巻末には参考文献資料が２００冊余示されている長編で、楽し気に書いているように見えるが、蒐集した厖大な資料の山の中から、岸本水府という人間観察者を浮かびあがらせた。

醬油が瓶に半分世が移る（終戦の日）

山々の姿も平家物語（終戦直後）

日本中空腹だったよく倒けた

といった水府の川柳だけではなく、当時の川柳3000句をちりばめている。

二三人乗せて米軍専用車　後藤梅溪

は、どの電車も満員すし詰め状態なのに米軍専用車はよく空いていた、と評している。この米軍専用車の川柳はＧＨＱ（占領軍情報局）から呼び出されて油を絞られたという。

川柳は権力に楯つく伝統がある。「番傘」同人では、

御破算で願ひましては民主主義　凡柳

親切な巡査に嘘を教えられ　祝平

祝平が48歳で没した四十九日の法要では、

番傘と句帖しっかり手に持たせ　照子

照子は祝平の愛妾（16、17年の同居人）だった。川柳仲間は辛辣で、本妻がやってくると、

未亡人の機嫌そこねた形見分け　照子

すると本妻も負けじと川柳を稽古して、登代という柳号で「番傘」に投句した。

一番の札所もダムになる話　登代

本妻と愛人の心境を川柳で対話させた。これも水府という人物のおおらかさのなせるわざであった。

大阪はよいところなり橋の雨　水府

水府は明治40年代から昭和40年代の柳壇の人情や世相を活写した。選考委員の尾崎秀樹は、「作者の川柳に対する思い入れが見事に花開いた、人間の体温を感じる作品」

と講評した。四半世紀を超えた第26回の泉鏡花文学賞に、五木寛之は「願ってもない素晴らしい受賞者を得た」と総括した。

授賞式の挨拶(あいさつ)で、田辺聖子さんは「金沢という文学、川柳にゆかりの深い土地で受賞できて大変うれしい。この受賞を機会に、川柳に対する偏見を解いてもらい、21世紀の新しい文学ジャンルとなることを期待する」と語った。

夫を箱に入れて出歩く吉田知子『箱の夫』

1999(平成11)年の第27回泉鏡花文学賞は吉田知子『箱の夫』(中央公論新社)と種村季弘(たねむらすえひろ)『種村季弘のネオ・ラビリントス』シリーズ(全8巻)の『幻想のエロス』ほか(河出書房新社)。

吉田知子は浜松市生まれ、夫の吉良任市(じんいち)とアンチロマン(反小説)をめざす同人誌「ゴム」を主宰し、生の根源を見つめる特有の発想で注目され、1970年(36歳)、『無明長夜(むみょうちょうや)』で芥川賞を受賞した。ヨーロッパでアンチロマンと呼ばれる小説が流行して、その日本版といったところだった。

『箱の夫』は、妻が夫とコンサートに出かける話で、入場チケットが一枚しかない。

魔笛を演奏する本物のコンサートだから、妻が有頂天になって切符を振り回し、日付を見ると「あらあ、今日じゃないですか。わあ、嬉しい。夢みたい、こんなに高いチケット。ありがとう、あなた」と叫ぶ。早く夕食をすませるため、素麺を茹でて包丁で米粒ほど小さく刻んだ。夫は長い麺を呑みこめない。トマトや胡瓜も一センチ角に刻んでレタスと盛りあわせる。一緒に暮らしている姑は背丈が百四十センチしかない。姑の一族は代々一尺オゴ様と言われて、体が小さく、体を使わず頭だけ使って生きてきた。一番上の子じゃなくて、いっとう体の小さな子が当主になった。「あの子（夫）ほど立派なオゴ様はここ百年にはなかった」と姑は自慢している。

一席ぶんしかないので、夫を風呂敷に包んで連れていこうと考えたが窮屈そうだから、燃えるゴミへ出しておいた蜂蜜を入れた空箱を使うことにした。

コンサートは最高だった。座席の前に置いた箱のなかで、夫は調子をとり、パパゲナパパゲノパパゲナと低くハミングし、さかんに「弦が弱い」と言っ

吉田知子『箱の夫』（中央公論社）

た。箱の顔の部分に穴を開け、そこから外を見ることができるようにした。風呂敷も透けるような薄いのを使った。

夫とコンサートへ行って以来、姑はいっさいの家事をしなくなった。「私」と顔も合わせない。姑は朝五時に起きて新聞を四紙読み、政治、社会、株式、新製品、こぼれ話などを切り抜き、夫に読ませる。

「私」が外へ出かけようとすると、夫は「シュ〜ッ」という音を出すようになった。「自分も行く」という意味だが、「私」は知らん顔をして出かける。

それでもあんまり唸るので、夫を箱に入れてスーパーに出かけた。「私」は夫が入った箱の前に、生姜やニンニクのビニール袋をぶらさげた。夫はそのにおいにむせなければならない。レジを済ませて狭い出口から出ようとすると、走ってきた人がドンとぶつかって「私」は転んでしまい、ぶつかった衝撃で箱の底が抜け、夫はヒクヒクと痙攣して、救急病院へ運ばれる。一命をとりとめた夫は、赤ん坊になり、ウンニャア、ウンニャアと泣くばかり。姑は哺乳瓶を出し、夫の口にあてがい、夫はすぐ乳首に吸いつき、飲みながら横目で私を見た。姑は「馬絹へ戻って、本家のオゴ様に診て貰おう」と言いだす。馬絹とは夫の故郷であるらしい。夫は這ってきて「私」のスカートにしがみつき、ブウウ、ブウウと唸る。土俗的でかつマザコン夫の寓話。

その他に、『母の友達』（家へやってきた奇妙な客）、『遺言状』（書道家東堂先生の葬式）、『天気のいい日』（神田原川の殺人・死体遺棄事件）、『恩珠』（『パクの墓』にとりすがって大声で泣くウンジ）、『天』（アマというお仕置き）、『水曜日』（「下女」オタケさんと「御主人」私の関係）など、日常と非日常が複合した奇妙な短編集で、墓と死が主たるテーマになっているが、カラッと乾いた怪談である。

傑作は『泳ぐ箪笥』で、栄蔵という男が死んだ後日談。栄蔵の自慢は大空襲の日に二時間かけて土屋様という立派な家へリヤカーを引いていって、二メートルもある石灯籠を掘り出してきたことだ。土屋様の家には、いい音で鳴る大時計や、象に菩薩の乗った象牙の彫り物があった。土屋様から管理を頼まれていた品物はすべて栄蔵の物になった。何度もリヤカーを引いて土屋様の家へ行き、螺鈿の小箪笥、金銀の入った牡丹模様の大火鉢、脚から背まで彫刻がある椅子などを運んだ。

栄蔵は土屋様の盆栽もほとんど貰っていて、土屋様がガレージ・セールをするたびに持ち込んだものだった。その欲が深い栄蔵が急死したので、さあ大変。後妻の照子がガレージへ盆栽を置くと、あっというまに持っていかれた。

栄蔵は親類たちとはつきあっていないが、葬式ともなれば呼ばないわけにはいかない。栄蔵の妹二人、叔父、叔母、それに先妻の妹や従兄弟がぞろぞろやってきて、骨董品をつぎからつぎへと自分の車に運びこむ。仏壇の小引き出しからは指輪が見つかって、取りあいになった。油断していると、貰ったばかりの靴や傘まで持ち出されそうになり、照子は自分の箪笥と小物入れだけは必死で守った。

親類の者は少しでもいいものを取ろうと殺気だち、それが葬式当日の夜中だった。

初七日にはこの土地二百坪を早々と売って妹たちにも分けるべきだという話が出た。

そのあと、見知らぬ客が家へ入ってきて、お膳だの茶碗だの座布団まで、あるものすべてを持っていく。

大きな石灯籠も持っていかれた。座敷机も戸障子もテレビも、座敷の欄間(らんま)も取りはずされて、箪笥がゆらゆら泳いでいく。

もう何もないよ。いや、床下がまだだろう、カメが床下に埋まって、小判か、金の延べ板かい。冗談半分にちゃかした声が続き、どっと笑い声が起こる。人間の尽きることがない物欲の壮絶さが示される。

博覧強記(はくらんきょうき)の種村季弘(たねむらすえひろ)が示す「ネオ・ラビリントス」(迷宮)

種村季弘は、澁澤龍彥とともに博覧強記の双璧をなす人だった。20代の私は、時代の迷子とならぬよう武装する編集者としての矜持を保っていたつもりだが、第一に澁澤龍彦を耽読し、タネムラ怪人を博覧強記の将軍と見たてていた。澁澤氏が『夢の宇宙誌』を仕上げて玩具、機械、天使、両性具有の世界を示し、種村氏は『怪物のユートピア』をひっさげて時代を挑発した。種村氏より5歳上の澁澤氏は、親しみをこめてタネコウと呼びすてにし、私も「タネさん」と呼んで、新宿のバーへついてまわった。ドイツ的なるものにうとかった澁澤氏はなにかと種村氏に尋ねていた。

受賞作のネオ・ラビリントス（迷宮）シリーズは全8巻あり、第1巻『怪物の世界』、第2巻『奇人伝』、第3巻『魔法』、第4巻『幻想のエロス』、第5巻『異人』、第6巻『食物読本』、第7巻『温泉徘徊記』、第8巻『綺想図書館』という厖大なものだった。

では、種村氏の論法は、どのようなものであったか。第4巻『幻想のエロス』にあるシンデレラ姫のお話（「靴に探される女」）を要約いたします。

種村季弘『種村季弘のネオ・ラビリントス』
シリーズの『幻想のエロス』(河出書房新社)

南瓜の馬車に乗ったシンデレラは、お城の舞踏会で会った王子さまに一目惚れされてしまう。行方不明になったシンデレラを捜すきめては、彼女が脱ぎ捨てていったガラスの靴でした。顔立ちや、髪の毛や、身体つきという人相書きではない。つまり、王子さまは、舞踏会の間中、シンデレラと踊りつづけていながら、彼女の顔もスタイルもろくすっぽ眺めてはいずに、もっぱら彼女の靴にばかり気をとられ、はっきり覚えていたのは靴だけです。王子さまはシンデレラの容姿は二の次三の次として、まず靴にいかれてしまった。

ここから靴フェティズムの検証となる。ルイス・ブニュエルの映画「小間使の日記」で、典型的な靴フェチの老人が、小間使いの娘の靴を歯にくわえて悶絶死するシーンが解説される。「幻想のエロス」症の真相を究明する。

鏡花の世界に通じる「幻想のエロス」

18世紀ブルジョア勃興期の作家ブルトンヌが女性の靴を偏愛して、一足の靴の周辺から濃厚な死臭が漂いはじめる怪談。同時代のデカダンス詩人ロリナは「愛する人がいなくなっても、靴さえあれば、それが思い出のよすがになってくれる」とうたった。デートリッヒの書いた『デートリッヒのＡＢＣ』というお洒落(しゃれ)辞典には「安物の靴三足を買うより、一足の高価な靴を」とある。さすがは映画「嘆きの天使」で満都(まんと)の男たちを足下に踏みにじり、映画「モロッコ」で砂漠にポンと靴を捨てて雲隠れした女(ひと)の見識である。

絵画においても靴、とりわけ女性の靴がエロスとして描かれた。ルネ・マグリットの「赤い靴型」（赤いモデル）に主(ぬし)はいない。

女流画家オッペンハイムの細紐でがんじがらめに縛られた女教師用ハイヒール。ハンス・ベルメールのハイヒールをはいた得体の知れぬ裸女。ピエール・モリニエの人形めいた娼婦の黒ストッキングの足を守るハイヒール。

フロイトのグラディーヴァ（左足を前に出した飛ぶような姿勢をしたローマ娘の石像）分析で、たえず灰のなかからよみがえる再生の象徴はフェニックス（不死鳥）である。

シンデレラ（Cendrillon）は語源的には灰（cendre）の姫である。種村説では、グラディーヴァ同様、彼女は灰を被って埋もれていた死の世界から緑の靴によってよみがえったのです。シンデレラもまた、灰のなかに身を埋めて、継母(ままはは)に虐待されていた。

が、あるとき仙女にもらった緑の靴をはいて宮廷の舞踏会に参上して、一目で王子さまの心を虜にしてしまう。

川端康成の「片腕」とともに、わが国のフェティシズム文学を二分する谷崎潤一郎の仏足石など、シンデレラ姫の童話を解釈するためのフェティシズム解釈がえんえんと語られる。第4巻『幻想のエロス』に収録された「人形の誘惑」と「父の子ロボット」2編は嵐山が編集していた雑誌「太陽」に掲載された原稿であった。

五木寛之氏は「ネオ・ラビリントス」は「鏡花の世界に通じるもので、長年の批評・文芸活動がこのシリーズに結集した。評論、批評でありながら、創作的要素が濃い」と評価した。66歳になった種村氏は「鏡花論の描き下ろしで受賞をねらっていたが、前借りをもらった気分。再来年にはぜひ発表したい」と受賞の喜びを語った。

第9回受賞の澁澤龍彦氏は12年前に他界していたが、異端文学界飛車角の両雄が、ここに揃って泉鏡花文学賞の栄誉を得た。

多和田葉子の詩的世界『ヒナギクのお茶の場合』

2000(平成12)年の第28回泉鏡花文学賞は、選考委員に村松友視、金井美恵子が加わり、五木寛之、泉名月、半村良、村田喜代子の6名で選考され、多和田葉子『ヒナギクのお茶の場合』(新潮社)に決まった。

多和田葉子(当時40歳)は1982年より、ドイツ在住、1993年に『犬婿入り』で芥川賞を受賞している。

「枕木」「雲を拾う女」「ヒナギクのお茶の場合」「目星の花ちろめいて」「所有者のパスワード」の5編からなる短編集である。

「ヒナギクのお茶の場合」は小説家の「わたし」と緑色の髪の女性ハンナとの風変りな交遊がつづられる。ハンナは舞台美術が仕事で、三年前わたしの書いた戯曲がベルリンで上演された時、美術を作り、長さ十メートル以上ある布を血の色に染めた。ハンナは人に何を言われてもニヤニヤしながら「それで?」と言うだけだ。髪の毛を緑色に染めて鉤裂き(かぎざ)きのジーパンをはいている人間は世間では「パンク」と呼ばれている。ハンナはウイーンの大きな劇場で年に二度、舞台を作っている。ハンナと一緒にハンブルクから自転車をこいで地中海を見に行ったことがある。全部で二千キロ以上は走った。アルプスをどうやって越えたのだろう。

アルプスの少女ハンナ。

「わたし」だってサイクリングでバルト海までくらいなら行けるかもしれない。ハンナは四十五歳。どこかへ行こうということをさりげなく言い出す。さらっと言い出されて、「わたし」はいつも、いつの間にか承諾してしまう。

ハンナと「わたし」はそういう関係だが、ハンナは使用済みのティーバッグを手漉きの紙の上に並べる。すると紙に歪んだ四角のしみができる。ティーバッグの糸と、その先に付いた製造会社のマークの印刷された小さな紙片が痕跡を残す。何かに似ている。カードをぶらさげた風船が地面に落とす影と似ている。ハンナのために、わたしは使用済みのティーバッグを集める。「ウイキョウはとてもいい色が出る。ヒナギクも面白い色が出るわ」とハンナがいう。

それが「ヒナギクのお茶の場合」というタイトルになった。

ハンナの作る舞台では大陸がお茶のシミでできている。ハンナは舞台装置にティーバッグのしみを使うが、二晩徹夜で紙を染めて、ヒナギクのティーバッグを使った。これらのハーブ系は眠気を誘う。

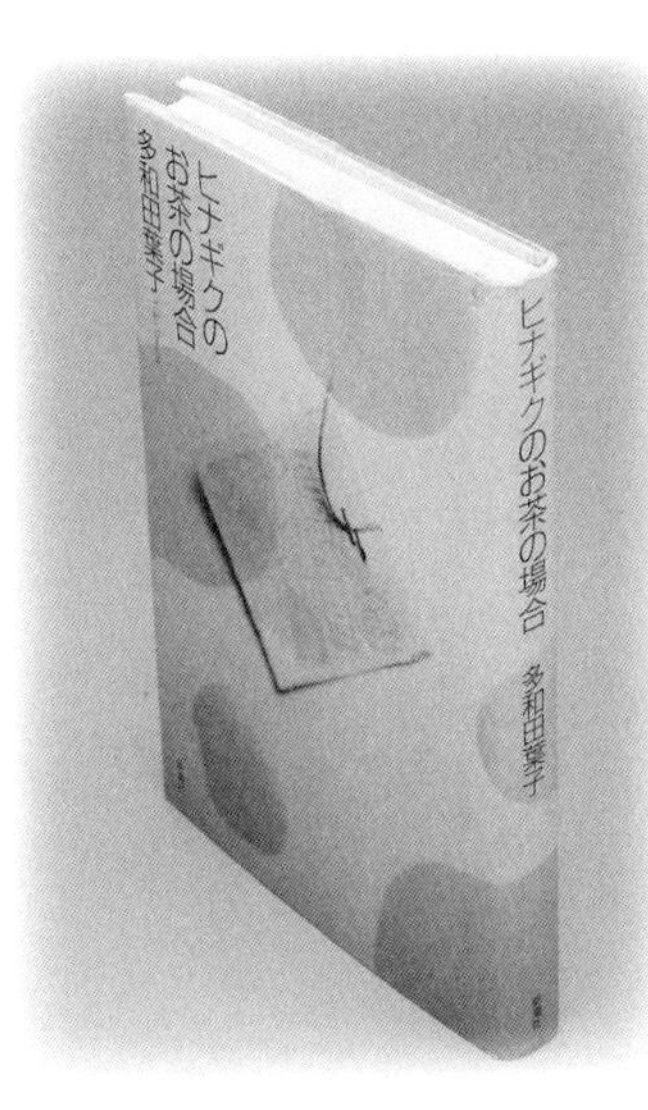

多和田葉子『ヒナギクのお茶の場合』(新潮社)

足がよろめき、いつの間にか眠ってしまった。底無しに深い眠りだった。下へ下へ沈んで、死体のように横たわって熟睡したハンナが発見された。ハンナとの奇妙な友情、二〇〇〇年代に流行したパンクという世相、寓話レポートとして示されるが、多和田葉子の詩的表現が鮮やかに読者を刺激する。「魔女に腰を撃たれた」（ドイツ語ではぎっくり腰のことをそう言う）。「オオバコの葉を蹴って飛ぶバックの後足の筋肉」、戯曲「地図を食べた人」。「カン（コカコーラ）の中の液体をストローで飲むと、金属の粉っぽい冷たさが釘のように尖って直進してくる…」。などなど。

選考委員の金井美恵子は「観念的になりそうなテーマを扱いながら、感性豊かな言語感覚でユーモアを交えて作りあげている」、村松友視は「文章をたどっていくと不思議な発見がある。独特の滑稽感がある」と評した。

多和田さんは「もう十八年もハンブルクで暮らし、初めての本を出したのもドイツ。わたしの場合はドイツの作家ではないし、日本の作家でもないし、ナショナリティーは関係ないが、ハンブルク市の作家と言われることに抵抗はない。はじめてもらった文学奨励賞はハンブルク市であった。今回、金沢市から文学賞をもらって、市の身体を具体的に感じ、新鮮な喜びがあった」と北國新聞に寄稿した。

鷗外の娘を愛した笙野頼子『幽界森娘異聞』

2001(平成13)年第29回泉鏡花文学賞は、笙野頼子『幽界森娘異聞』(講談社)と久世光彦『蕭々館日録』(中央公論新社)の2作。

『幽界森娘異聞』は森鷗外の長女である森茉莉の生涯に起こった事件と日常、生活信条、美学をたどるモノローグ小説。意図的にミーハー的好奇心を書きこむため、読み物としても上出来で、一気に読まされてしまう。笙野頼子は13歳のときアマチュア無線の免許をとり、部屋で蛞蝓と蝸牛を飼い、図書館で西鶴や谷崎潤一郎、三島由紀夫、サルトルを愛読する早熟の少女だった。高校生のころは登校拒否気味の生徒で、断片的に夢日記をつけるようになった。1994年(38歳)6月に『二百回忌』で三島由紀夫賞、同年7月に『タイムスリップ・コンビナート』で芥川賞をダブル受賞して生活が激変した。42歳のとき、純文学叩きに抗して激しく論駁し、歯に衣着せぬ論調で怖れられた。

野良猫の保護者でもあり、捨てられた猫や虐待された猫を飼っている。なにかと論争しているとき、野良猫を保護して難病治療中に泉鏡花文学賞を受賞した。

森茉莉はこの14年前（1987年）に84歳で他界して、没後は誤解されて週刊誌やネットで悪く叩かれた。「爪に垢をためた指」「セックスおばさん」などと中傷誹謗され、笙野さんはそういった批判に強く抵抗してこの本を書き、森娘の『贅沢貧乏』の神髄を謳歌していく。まずは森茉莉を「森娘」と命名した。

生前の森娘を認めたのは三島由紀夫と室生犀星で、犀星から「ご商売にならんでしょう」と言われながらも、絢爛ファザコン・ナルシズム貴種小説『甘い蜜の部屋』が書かれ、見識高い審査委員（井上靖、奥野健男、尾崎秀樹、瀬戸内寂聴、三浦哲郎、森山啓、吉行淳之介、五木寛之）によって、第3回（1975年）泉鏡花文学賞に選ばれたのであった。

私小説作家本人とその小説に出てくる主人公はじつは別人である。「私」を書く「私」は観察者にすぎない。それは笙野頼子も同じで、森娘と同じような非難を受けてきた。

笙野頼子『幽界森娘異聞』（講談社）

森娘は『恋人たちの森』で「純文学と三文恋愛小説の中間に薄い塀があって、そこの塀の上を三文小説の方へ落ちないで渡り切った、というような小説」と自任している。

「お茉莉」(ニックネーム)は「インテリ嫌い」って結局「インテリ」一族の出身だから。「卵のお茉莉」(本人が言っている)は離婚歴二回で、でもどう考えても、一生セックスレスで終わった人にしか思えない、のに子供も二人いる。森娘は、私立仏英和(現白百合学園)卒業後、大実業家の息子で東大哲学科卒の見習い士官に求愛されて、真珠を贈られた。アクセサリーにするより「茉莉ちゃんに掌(てのひら)の上に転がして貰いたい」なんて言われた。ブランドはミキモト。と、こう書く笙野頼子も森娘をからかっている気配があるが、じつは森娘が好きで好きで大好きなのだ。笙野頼子は真珠商の娘である。

中野翠と群ようこも森茉莉のことが大好きである。「お茉莉」さんは、河野多恵子、富岡多恵子、金井美恵子、白石かずこからは愛されていた。どの女子も森娘より年下である。

円地文子は森娘の小説を「あれは狂っている人の文学よ」と評した。円地文子ははっきり物を言う。という話は笙野頼子が森番(森茉莉担当)の編集者Kから聞いた話だ。K氏は萩原葉子（朔太郎の娘）が「茉莉さんのベッドの下にもキノコ生えてる」と書いたので、怒っていた。というようなゴシップも書いてある。

文学史的に取りあげた人は中島梓のほかに矢川澄子と高原英理。森娘が、（白石かずこからせしめた）毛皮を持っていたのは救いだけれど、「群ようこに評伝書かれてしまうこのめぐりあわせ」。

あ、笙野さんは群ようこが嫌いなんだ。中島梓には「『男子同性愛に興味あったから読んだ』と大量販売用の解説を書かれた」と憤慨してみせる。

嵐山が編集長役で出演していた「笑っていいとも増刊号」というテレビ番組は、森茉莉の「ドッキリチャンネル」で「なんの編集長なのかわからない」と叩かれたが、「おせつごもっとも」で、日曜日のテレビ番組で「増刊号」というのも変なものだ。茉莉さんに叩かれることは、むしろ名誉だった。

笙野頼子は、家で飼っている猫にも「モイラ」（『甘い蜜の部屋』の茉莉）という名をつけるほどの入れあげようで、森茉莉のファンはだれもが「わたしの茉莉」という思いが強いんですね。笙野さんの愛猫モイラは5歳2カ月で天に帰ったという。

「寺内貫太郎一家」の演出家久世光彦『蕭々館日録』

久世光彦『蕭々館日録』は、小説家小島政二郎をモデルにした主人公「児島」の娘麗子の目を通した大正時代の文学世相録である。小島政二郎は東京下谷生まれで、芥川龍之介、菊池寛、久米正雄らと同世代の作家。１９２３（大正12）年、講談師神田伯龍をモデルにした小説『一枚看板』で文壇に認められた。新聞連載小説『緑の騎士』で人気作家となり、『人妻椿』で婦人層をつかんだ。

小石川の露伴は蝸牛庵、芥川龍之介は澄江堂を作り、政二郎は蕭々館を建てて、そこへ文士や記者連が集まって文学談義や名文暗唱合戦をひらいた。

麗子という名前は岸田劉生作「麗子像」のイメージ。麗子が五歳から六歳、大正末年から昭和初期にかけての

久世光彦『蕭々館日録』(中央公論新社)

話である。漱石の『吾輩は猫である』をなぞり、麗子は猫と同じ目で蕭々館へやってくる仲間をながめて、そこでくりひろげられる話を聞いている。

さまざまな文士が登場する。九鬼（芥川）さんは早耳だ。詩人のサトウ・ハチローは手のつけられぬ不良、一番偉いのは漱石先生。鷗外、久保田万太郎。蕭々館の前はなだらかな坂で、繁った樹の枝が道の両側から張り出して緑のトンネルを作っている。帝大工学部のすぐ脇のこのあたりは明治のころの落ちついた家々の佇まいがしっとりと残っている。

夜ごと蕭々館でくりひろげられる文学談議、名文暗誦合戦。芥川龍之介、菊池寛、小島政二郎の三人を語りながら大正という時代への想いをつづる。

2階の物干し台に昇ると、池之端、その向こうの不忍池から上野広小路までよく見える。

とここで、TBSテレビのドラマ「寺内貫太郎一家」や「時間ですよ」のシーンがだぶる。久世光彦が演出したテレビドラマには、よく2階の物干し台が出てきた。向田邦子が脚本を書き、久世演出のドラマは一世を風靡して茶の間を占領した。

富山高校、東大文学部をへてTBSテレビ（当時はラジオ東京）に入社した。東大時代の文学仲間に大江健三郎が、演劇仲間に東映の中島貞夫監督がいた。ＴＢＳでは実相寺昭雄、今野勉、村木良彦ら（花の三十四年組）の1年後輩であった。森繁久彌主演の「七人の孫」をうみ出し、「時間ですよ」「ムー一族」を手がけてテレビ界の鬼才ぶりを見せた。

テレビ全盛期の花形監督が『一九三四年冬―乱歩』で山本周五郎賞を受賞した（1994年）。「天は二物を与える」のであった。鏡花文学賞の『蕭々館日録』は緻密な文体と、ゆるぎのない構成があった。

蕭々館では大正最後の日が暮れようとしている。元気だった人が、一人、また一人といなくなる。有島武郎が「婦人公論」の婦人記者波多野秋子と心中し、「中央公論」滝田樗陰、樋口一葉の恋人だった半井桃水の死、といったふうに書架に死者たちの名前が増えていく。そして1927（昭和2）年7月24日、芥川龍之介は田端の自宅で致死量の睡眠薬ヴェロナアルとジャイイールを飲んで死んだ。

麗子は、父さまと母さまが、並んで弥生坂を下りて通夜へいく後ろ姿を見る。父さまと母さまの姿が小さくなり、やがて坂下に消えて―あたしたちは木漏れ日に顔を染めて、また「ジャン・ケン・ポン」と石段遊びをつづける。蕭々館の下の枝から舞い降りた1羽の黒い蝶々が、あたしの頬を掠めて、真っ青な夏空へ駆け昇っていく。話の終り方も、映像となってくっきりと目に浮かぶ。

選考委員の村松友視は『蕭々館日録』について「五歳の娘の目で大正時代を鮮やかに切り取った。大人びた遊び感覚で読み進める刺激的な試みだ」と評し、『幽界森娘異聞』について「立体的、曲線的なあみだくじのような戦略的な作品」と賛辞を呈した。

授賞式で、久世光彦は「受賞の知らせに思わず受話器を落としそうになった」と告白し、これもまたドラマティックなシーンを想起させて、会場を沸かせた。

第5章

文壇の豪傑「水滸伝」

著作『文壇』と文学的業績が認められた野坂昭如

２００２（平成14）年第30回泉鏡花文学賞は、野坂昭如『文壇』（文藝春秋）およびそれに至る文業と決定した。作品とともに、作家の文学的業績が受賞理由となるのは初めてで、選考委員会は「文学で一つの城を築いたスケールの大きさ、奥行きの深さは30回記念にふさわしい」と評価した。

野坂昭如（当時72歳）は１９６８（昭和43）年に『アメリカひじき・火垂るの墓』で第58回直木賞を受賞して文壇の奔流に押し流されていく日々であった。

その1年前は五木寛之が『蒼ざめた馬を見よ』で第56回直木賞を受賞して文壇の寵児となっていた。１９６０年代は日本の高度成長期で、三島由紀夫が、吉行淳之

第30～36回の泉鏡花文学賞

回	年度	作品名	著者	選考委員
30	2002年（平成14）	「文壇」およびそれに至る文業	野坂　昭如	五木　寛之 泉　　名月 村田喜代子 金井美恵子 村松　友視
31	2003年（平成15）	輝く日の宮	丸谷　才一	
		グロテスク	桐野　夏生	
32	2004年（平成16）	ブラフマンの埋葬	小川　洋子	
33	2005年（平成17）	楽園の鳥 ―カルカッタ幻想曲	寮　美千子	
34	2006年（平成18）	悪党芭蕉	嵐山光三郎	
35	2007年（平成19）	道元禅師（上・下）	立松　和平	
36	2008年（平成20）	ぶるうらんど	横尾　忠則	五木　寛之 村田喜代子 金井美恵子 村松　友視
		草すべり その他の短篇	南木　佳士	

介が、生島治郎、山口瞳、三好徹、丸谷才一と、綺羅（きら）、星の如く、文士が銀座のバーやクラブに出没していた。

編集者たちも意気軒昂（けんこう）で、テレビ番組では永六輔を先頭に大橋巨泉、前田武彦といっためんめん。官能小説は川上宗薫、富島健夫、戸川昌子。文藝春秋社主催の文士劇が盛んで山岡荘八（慶喜）、石原慎太郎（龍馬）、五木寛之（勤王の志士）、野坂（盲目の按摩（あんま））。「文壇」に登場する作家の日常が、編集者、銀座クラブのママなどすべて実名で書かれている。

中央公論社「海」編集部時代の村松友視も美男子編集者としてたびたび登場、直木賞作家になった。なにしろ新潮文庫に3冊入れれば当分は食えるといわれた時代で、野坂は短編『エロ事師たち』発表後、ルポ記事の肩書きに「作家」と銘打たれた。講談社の大村彦次郎（「小説現代」編集長のち『文壇栄華物語』で新田次郎文学賞）に酔狂連（野坂はじめとするテレビ構成作家）は小説を書けと言われた。実名の登場人物は200名余だが、そのうち8割はすでに他界している。おそるべき記憶力で書かれた文壇ゴシップ録。ノンフィクション系で、無頼系畸人（きじん）のスキャンダルも暴露され、野坂の咆哮（ほうこう）と懺悔（ざんげ）が全編をうめつくす。五木寛之の人気に対する嫉妬（しっと）とライバル心もセキララに語られている。

文壇長老とエロ映画

話の冒頭に文壇長老の舟橋聖一が出てくる。若造のころの野坂は明石町の料理屋で八ミリエロ映画を人気文士に観せて糊口（ここう）をしのいでいた。薄紙のスクリーンを襖（ふすま）に張り、プロジェクターを操作して一巻十分ほどのエロ映画六本を上映した。全六巻をつつがなく映し終え、現場を片付けたあとに、鰻重が人数分運ばれてきた。その夜の顔ぶれは飯沢匡、戸板康二、キノトール、山口瞳、村島健一、玉川一郎、永六輔といっためんめん。舟橋といえば丹羽文雄とともに「文壇」の双璧をなす首領だった。

　映写会の翌日、中央公論新人賞の授賞式で、色川武大が単衣の着物、素足に草履といった貧相な姿で、気の毒なさらし者のように壇上に立っていた。来賓席の壁際の席に舟橋聖一がいたので、野坂が挨拶に行くと、シッシッといわんばかりに手の甲を上に振って、追い払うしぐさをした。

野坂昭如『文壇』(文藝春秋)

　前夜明石町の料理屋で八ミリエロ映画を見せたばかりである。傲慢不遜の振る舞いにうっとりと感じ入り、そのさきをひょいと見ると、テーブルの向こうに東大出の知識人、高見順がいて、当時流行していたツイスト踊りの身ぶりをしている。野坂と目があうと、バツが悪そうな表情で移っていった。街角やくざまがいのチンピラと見なされた。

野坂は安吾の『堕落論』を読んで「何いっとんねん、このオッサン」という読後感を抱き、野坂が大阪でグレていた二年間は、こんなかったるい堕ち方じゃなかったと述懐する。十四歳で焼跡をうろついた身である。新宿へ繰りこんでバー・ナジャへ行くと、田村隆一、種村季弘、土方巽、松山俊太郎。松山は東大空手部主将で滅法喧嘩が強い。

新宿歌舞伎町「とと」で飲んでいると吉行淳之介がきて「あなたが野坂さん、愛読してますよ」と真顔でいわれた。吉行の身なりはおしゃれで、水もしたたる美男。そのころ野坂の小説を評価してくれたのは吉行、三島由紀夫、丸谷才一ぐらいだった。吉行経由で文壇の若手を集めて月に1度野坂の住まいでエロ映画会。通称は愛住キネマ。原稿用紙を縦に二枚画鋲で留め、エロ映画を上映した。吉行、遠藤周作、阿川弘之、近藤啓太郎、杉森久英、中村真一郎、丸谷、梶山季之、他に編集者がゴロゴロ。

『プレイボーイ入門』（荒地出版社）の編者として「プレイボーイの条件」を担当し、他の筆者は丸谷、小森和子、中原弓彦など。原稿1枚二千円で買い取り。たちまちベストセラー四位となって、印税にすりゃよかったと悔やむうち、版元が倒産した。

プレイボーイ文士元祖とみなされ、日本テレビの番組（仕切りは徳川夢声）で、「女は人類じゃない」と発言して問題となる。じつはギリシャの哲人の言葉として口にしたのだが、「週刊文春」で叩かれ、高見順が「野坂君、世の中をなめてはいけない」とコメントした。

と、ここまでで全体の3分の1。痛快きわまるのでもう少々紹介しましょうか。

野坂は中央公論新社から講談社、文春系へと発表する場を移していく。関西ではSFの小松左京と軽妙な語り口の田辺聖子が人気になる。「オール讀物」編集長が年頭の訓示で「野坂という男は、人間の風上におけぬ存在だ。これ以後『週刊文春』は野坂との関係を断つ」とはっきりいい渡したという。

五木寛之氏への嫉妬

銀座五丁目。元文春本社があった地の横、酒場「ルパン」(太宰治の写真でおなじみ)でウイスキーを飲んでいると、立原正秋(第55回直木賞)が人なつっこく笑い、「つぎの直木賞は五木(『蒼ざめた馬を見よ』)で決まり」という。野坂は「ぼくの書く世界と異なる立原の川端康成調の気取りが気にいらない」と思うものの、「五木の小説はストーリーや人物が際立っている」と嫉妬した。「文壇酒場では、特別な存在として五木の評価が賑わっている。ただし当人の姿はない。金沢在住らしい」とある。

野坂は「黒眼鏡道中記」(「小説現代」)などの探訪記の連載で人気はあるが、酔ったあげく、「雑文はいったん止め、小説一本でいく」とわめいた。文壇バーの客を見渡せば、黒岩重吾は殺気を漂わせ、戸川昌子は傍若無人、あたりを睥睨(へいげい)する笹沢左保、冷笑を浮かべる山口瞳、不機嫌な柴田錬三郎、川端康成は正倉院の御物の如し。石川淳はそばに寄ると怒鳴りつけられそうな威厳。

1966年秋に小説現代の大村彦次郎と新幹線で神戸へ行く途中「どうしてぼくは〆切りが守れないのだろうか」とつぶやくときっぱり「才能の問題じゃありませんか」と言われて、納得した。「三島と吉行には認められたが、あくまでゲテモノの類い」と悔しい気持ちがおこる。大村と文春の豊田健次(文芸雑誌編集長・通称トヨケン・国立市在住で嵐山の隣人)は極端なテレビ嫌い。雑文から足を洗っても、もっぱらテレビに出演して金を稼ぐ野坂に冷淡だった。

野坂は、講談社5階のエレベーターを降りるとき生島治郎(第57回直木賞)に「つぎはお前さんだよ」と肩を叩かれた。

TV司会、「平凡パンチ」連載を続けながら、スター五木とほぼ同じ数の小説を書いたが、直木賞選考委員の長老川口松太郎が「野坂は本気で小説を書く気があるのか疑わしい」旨を述べていた。小説「アメリカひじき」でようやく直木賞を意識した。芥川・直木賞候補に何度もなり、受賞しないまま流行作家となった川上宗薫が「とれるときにとっといたほうがいいよ」と言ってくれた。野坂の担当編集者は「やっぱりしんみりしっとりした作品が有利ですよ」と言い「TV出演をやめること」と進言した。

第58回（1967年下期）直木賞候補に「アメリカひじき」「火垂（ほた）るの墓」2作がセットで選ばれた。しかし「火垂るの墓」は義母が読み、どう思うかと困惑した。義母を悪く書いてしまった。渾身の力をこめて書いた作品ではなく、井戸掘る如く、大作を手がけるうち、思いがけず脇から、水が滲（にじ）み出るように出てきて書いた。あとで読み、思いがけず幼少時の自ら犯した罪がよみがえる。

受賞の知らせは、取材さきの修善寺の宿へ7時過ぎに届いた。三好徹と二人の受賞。芥川賞は柏原兵三（ひょうぞう）。寒い中、素足に下駄で、大村と桂川べりの居酒屋で祝盃。喜びよりもひたすら裸足の指が凍えて痛い。

丸谷、吉行、三島へ受賞報告の電話をかけた。三島夫人は「うちは芥川賞のほうですけど」と、そっけなかった。

以後、野坂は「歌手」となり、一晩2ステージ10万円で九州から盛岡、秋田のキャバレーをコシノジュンコデザインの衣装で廻った。

そんなころ、1970（昭和45）年11月18日、ホテルオークラで吉行淳之介『暗室』の谷崎潤一郎賞授賞式パーティーが催された。

野坂はエレベーターの前で金子國義他3名を従えた三島と会った。その1週間後、11月25日、三島は自衛隊になぐりこみ、自決した。12月初旬、丸谷から葉書が来て、狂歌「年の瀬を横に斜めにタテの会、何かにつけて心せわしき」と書いてあった。丸谷は三島の蟹嫌いを知っていたらしい。

〈築地本願寺で行われた三島由紀夫葬儀に参列すると、私〈嵐山〉の前に背を曲げた白髪の老人が並んでいた。大日本愛国党赤尾敏総裁で、演説する姿とは別人のような好好爺だった〉

野坂による自伝的回想は、駆け上り文士と超能力編集者と、銀座ホステスと新宿野良犬的アングラ一味が入り乱れて波瀾万丈。日本に「文壇」があったときの地獄極楽物語である。なお、鏡花賞授賞が決まった夜、飲んだくれていた野坂は行方不明でつかまらず、1日待って翌日の発表となった。

女性研究者が文学の謎を追う丸谷才一『輝く日の宮』

第31回泉鏡花文学賞は丸谷才一『輝く日の宮』（講談社）と桐野夏生『グロテスク』（文藝春秋）の2作と決まった。前回の野坂昭如につづく文壇実力派の揃い踏み。『輝く日の宮』の主人公杉安佐子は女子大国文学の専任講師（のち助教授）で、『源氏物語』には「輝く日の宮」という幻の第二巻があったと推理し、別の女性研究者と大論争になる。安佐子は幻の一帖の謎を追う研究者として成長していく。

話は大別すると3部にわけられ、序章「0」は、安佐子が十四年前に書いた鏡花風文体の小説で、十五歳の女子中学生が左翼過激派の中橋一馬という男に翻弄される短編。一馬はトーストのように男くさい匂いがする若者である。女学生は鏡花の文庫本『高野聖』を持ってデート先へ向かう。章が変わると、安佐子が元禄文学学会で「芭蕉はなぜ東北へ行ったか」という論を発表して波乱をおこす。

安佐子は『奥の細道』の旅は旧主君藤堂良忠（蟬吟）を弔う巡礼の旅にもなっていたと話し、立石寺での句「閑さや岩にしみ入蟬の声」は旧主・蟬吟の霊を鎮魂する吟と発表する。「あの蟬はニイニイ蟬かミンミン蟬かという論争があるそうですが、そ

んなことよりこっちのほうが意味があると思います。こんな解釈はまだ誰も言っていないと思いますが……」（聴衆大笑いする）

この論は私（嵐山）が『芭蕉の誘惑』（のち『芭蕉紀行』と改題して新潮文庫に収録）に書いた内容である。この作品によって私は「JTB紀行文学大賞」（審査員・阿川弘之、宮脇俊三、平岩弓枝）を受賞した。丸谷才一は私の大学時代の恩師であり、フリーになったとき「講談社エッセイ賞」（審査員・井上ひさし、大岡信、丸谷才一、山口瞳）でも恩になり、日本橋の高級天ぷら屋で御馳走になった。やや、丸谷先生が私の芭蕉論を、主人公の安佐子に語らせている。

3章はａｂｃｄｅｆｇｈｉｊｋｌｍｎｏｐのナンバーがついた16部に分類され、4章は「日本の幽霊」シンポジウムで関西の学者大河内篤子と「源氏物語」解釈で言いあいとなる。

篤子は安佐子が中学三年生のころ書いた小説を持ち出し「極左のリーダーである学生が虐殺される直前、恋人と

丸谷才一『輝く日の宮』（講談社）

逢びきするといふ筋」と暴露し、「…あ、それからヤクザから輪姦される場面もあるさうで…輪姦なんて…早熟でいらつしやるなあと感心しました」と嫌味を言う。その後、安佐子はローマ空港で知りあった長良豊という水資源会社の調査部長との恋愛が始まる。

シンポジウムをきっかけに、安佐子は文芸誌から「輝く日の宮」の内容を復原する小説を依頼される。恋人の長良とともに「源氏物語」の成立過程を研究するうち、長良は社長に抜擢(ばってき)されて、安佐子に求婚する。各章ごとに文章のスタイルが変わり、短編小説、研究論文、文芸批評、シンポジウム、小説論(「何しろ日本の小説は自分の恥をさらさなくちゃ認められないのださうで、文壇はさふいう所だし、女の作家は特にさうだっていふから」)なんて会話が出てくる。丸谷は私小説を嫌っている。

光源氏と紫式部の会話

そうこうするうち、光源氏のモデルとなった藤原道長と紫式部の会話となる。紫式部が「つまりあの巻が出来が悪いのでございますね」と言う。版元の道長は「最初の巻はまだ筆が伸びてゐなくて拙と言へば拙だが、何となくお伽話めいた効果をあげてゐた。でも次の巻は、さういう特殊なよさもわりあゐ薄いやうな気がする。あそこは瑕瑾だな。抜いたほうがいいと思つて、さうした」などと弁解する。

しばらくして、紫式部は、道長に「あの草稿をいただきたうございます」と申し出る。紐でゆわえてある一束は六十枚に近い紙。一枚に二百字書いてあるから、四百字の原稿用紙に直せば三十枚。道長が朱を入れてある箇所もある。紫式部が一枚目を手に取ってつい読んでいると「貸してごらん。自分では情が移つてやぶけないでせう」と言って、自分で端から細く裂き、火桶にくべる。焔が燃えさかり、煙が流れると「浦近く立つ秋霧」とつぶやく。

これは『後撰和歌集』よみ人しらずの歌、

浦近く立つ秋霧は藻塩やく煙とのみぞ見えわたりける

を引いたもの。紫式部が二枚目を裂き、火中にくべると「では煙くらべはこのくらゐにして」とやめさせて「あとで燃やして置きなさいよ、みんな」と諭すように言った。まるで見てきたようにこのシーンを書きたくて、この実験的な教養小説が書かれた。

一千年前の男と女の会話。

男「この国のつづく限り、人々は『輝く日の宮』の巻の不思議を解らうと努めることでせう」。……女「おつしやる通りでございます。………前生（さきしょう）と今生（こんじょう）が違ふやうに」。

東電ＯＬ殺人事件を小説化した桐野夏生『グロテスク』

桐野夏生『グロテスク』（文藝春秋）は「東電ＯＬ殺人事件」と呼ばれる猟奇事件を小説化した。１９９７年3月に、東京渋谷の円山町で起きた事件で、被害者は慶應大学経済学部を卒業し、東京電力という一流会社に勤務する39歳の女性だった。絞殺死体が渋谷のアパートで発見され、彼女は売春を行っていた。強盗殺人容疑で逮捕されたネパール人は、一審で無罪、二審で逆転有罪。この小説が「週刊文春」（２００１～２００２年9月）に連載されたあと（２００３年）には最高裁で無期懲役刑が確定した。05年に高裁に再審請求が出され、最終的には無罪となってネパールへ帰った。

『グロテスク』は一般的には怪奇、

桐野夏生『グロテスク』（文藝春秋）

異様、無気味といった意味で使われるが、もとはルネッサンス期の芸術様式で、動植物と人間などのモチーフを曲線で組み合わせる名称である。

エリートOLが、夜は街頭に立って自ら客を引く娼婦という二重生活をしていた。その「心の闇」はなにか。前半は4人の女性を中心に展開される。

第1章「子供想像図」の「わたし」はハーフで、父はポーランド系スイス人の貿易商。母は父の会社の事務員をしていた。一歳下の妹ユリコは「わたし」とはまるで違う恐ろしいほどの美貌の持ち主で「わたし」はユリコと対立し、「ブス」「死ね」とののしりあった。ふたりとも偏差値の高いQ女子校に通っていた。初等部から大学までエスカレーター式に進学できる名門校の生徒たちの心に選民意識が培養され、初等部から持ちあがった「内部生」と中・高等部から途中入学した「外部生」は見えざる「差別」に貫かれる。

「告げ口」「悪罵（あくば）」「裏切り」「不信」「偏見」に満ちた登場人物

「ですます」調で語られる第1章の「わたし」は、いまはP区役所でアルバイトをする三十九歳の女性となっている。

「わたし」と美貌の妹ユリコ、現役で東大医学部へ進学する天才ミツル、いじめられっ子の佐藤和恵の四人が主たる登場人物として登場する。妹ユリコは一年前に自殺しており、佐藤和恵は「OL殺人事件」の被害者だった。高校時代の和恵は誰もが穿いている紺色のハイソックスに、赤いラルフ・ローレンのマークを自ら刺繍しているのがばれて「すごい力作ね」とクラスメイトに馬鹿にされる。

第3章は、自殺したユリコの手記「生まれついての娼婦」。ユリコは帰国子女枠の編入試験でQ女子高へ入学した。試験の出来は最悪だったのに、面接官のキジマという教員がユリコのあまりの美貌に心を乱して合格させてしまった。「ユリコの手記」によって、「わたし」が書いた悪意に満ちた視線は反転して切りかわる。ユリコはQ女子高で売春行為をはじめ、キジマという教師の息子がポン引き役をしていた。かくしてユリコは高校三年でキジマと一緒に退学を勧告された。

娼婦となったユリコが退学後二十年ぶりに娼婦となった佐藤和恵に会うと、「私は昼間は堅気なのよ。それも一流会社の総合職」という。ユリコは売春する娼婦の縄張りを和恵と共有する。

話の展開が鮮烈で、語り口は刺激的で軽やか。伏線のバラまき方が抜群だ。読みはじめると止まらなくなる。圧倒的な筆力、終わり近くに「和恵の日記」によって、「告げ口」「悪罵」「裏切り」「不信」「偏見」に満ちた登場人物の視点がシャッフルされる。読者もまた「世間の悪意」に囲まれて、危険区域すれすれに生きている現実を思い知らされる。第7章和恵の手記「肉体地獄」で、和恵は「佐藤さんはコネ入社だもの」と言われたことを思い出す。あたしは実力で入社したと思っていたのに。かくして……。

勝ちたい。勝ちたい。勝ちたい。
一番になりたい。尊敬されたい。
誰からも一目置かれる存在になりたい。
凄い社員だ、佐藤さんを入れてよかった、と言われたい。

男たちには仲間があり、陰謀を張り巡らせたりする。あたしには仕事以外、何もない。ないないづくしに虫がわんわんと共鳴する。あたしは虚しさと寂しさのあまり、銀座通りの真ん中で大声で泣きたいほどだった。

誰か声をかけて。あたしを誘ってください。お願いだから、あたしに優しい言葉をかけてください。
綺麗だって言って、可愛いっていって。
お茶でも飲まないかって囁いて。
今度二人きりで会いませんかって誘って。

和恵はどこまでもずぶずぶに堕ちていく。昼は会社員。夜は娼婦。そしてマントの中身は柔らかで魅力的な女のからだ。あたしの頭脳と肉体はそれぞれ確実に金を稼ぐ。ふふふ、唇から笑いが漏れた。…わたしは復讐してやる。会社の面子(メンツ)をつぶし、母親の見栄を嘲笑し、妹の名誉を汚して、あたし自身を損ねてやるのだ。

桐野夏生は、1951（昭和26）年金沢生まれ。3歳の時まで金沢で過ごした。授賞式で「生まれた土地に宿るオーラがひきつけたのかもしれない。純文学というよりエンターテインメントなので、鏡花文学賞は頂けないのではないかと思った」と語った。丸谷氏は「賞は受賞作によって映える不思議なもの」と語った。
選考委員の村松氏は「二つの受賞作は現代に生きる女性という共通点があり、作家と作品はコントラストをなしている」と講評した。

小川洋子『ブラフマンの埋葬』にあふれるやすらぎ

第32回泉鏡花文学賞（2004年）は小川洋子『ブラフマンの埋葬』（講談社）。小川洋子はこの年、『博士の愛した数式』で読売文学賞と本屋大賞を受賞しており、鏡花賞でトリプル受賞になる。選考会では他の賞との兼ねあいが話題となったが、村松氏は「一人の作家に文運があり、風が吹いた」と考え、「他の受賞を理由に選考から外すのはやめようという意見になった」と語った。

ブラフマンは小犬のようでありながら、水掻きを使って湖水へ潜水して生きる動物である。バラモン教の梵天（ぼんてん）（最高神）である。

「僕」は芸術家が集まる「創作者の家」で管理人として働いている。ヨーロッパのアルプス近くの田園地帯にある小さな村のはずれで、ここへさまざまな芸術家がやってくる。夏の初めに、傷を負ったブラフマンを助けて暮らしはじめる。「僕」の近くに住んでいるのは墓の石棺を造る「碑文彫刻師」と「雑貨屋の娘」で、クラリネット奏者やレース編みの作家がつぎつぎに泊まりにくる。

村の丘には古代墓地があり、生と死の中継点の気配がある。「創作者の家」に滞在する芸術家は他人の生活には立ち入らない。しかし、小説の終盤になると、侵犯者の「泉泥棒」が登場する。森の泉の水源を宅地造成地へ引こうとして、ブルドーザーを持ち込む。「泉泥棒」によって墓は荒らされて、石棺に副葬された宝石などが盗まれた。

雑貨屋の娘の恋人が汽車でやってきて、棺の丘で逢瀬（おうせ）をつづけている。「僕」はブラフマンを森で遊ばせ、抱き締め、頬ずりして、一緒のベッドに寝る。ブラフマンは一日のうち半分は眠っているが、森へ出ると歩きまわり、つぶらな瞳で、じっと「僕」を見つめる。

そして夏の終わりに事件がおきた。

雑貨屋の娘が運転する自動車がブラフマンを轢（ひ）き殺す。その車には「僕」も乗っていた。

碑文彫刻師が小さな石棺を造る。

墓碑銘は〈ブラフマン　ここに眠る〉。

埋葬品は、赤いバラ模様の皿、「僕」のスリッパ、レースのおくるみ（ブラフマンのためにレース編み作家が

小川洋子『ブラフマンの埋葬』（講談社）

一晩で編み上げたもの)、ラベンダー、ひまわりの種十五個。

埋葬の出席者は「僕」、碑文彫刻師、レース編み作家、ホルン奏者の四人。土曜日のため、娘は欠席した。レース編み作家はブラフマンを嫌っていて、「家の外に出すな」と文句をいっていた老婦人だ。埋葬場所は泉のほとり、スズカケの木の根元。石棺の蓋を閉じる前、最後にもう一度だけブラフマンを撫でる。タイヤの跡が残っている方を下向きにし、尻尾をゆったりと巻き、目を閉じている。

……淋しがらなくてもいい、「僕」はちゃんとここにいるから、という合図を送る。レース編み作家は黙禱し、ホルン奏者はホルンを吹く。その音は遠く森まで響いてゆく。

小川洋子の作品には「死はふかいやすらぎを与える」という死生観があり、この小説ではオリーブ林、墓碑銘、クラリネット、緑色の泉、枯葉、古代墓地、ホルン、夏の終わり、季節風。

配置されたイメージが、淡く、細部にまで示されている。日常生活から遮断された場所を描く小川文学は、翻訳されて多くの国で読まれている。ドイツ、スペイン、ギリシャ、とくにフランス語訳がよく読まれ、「薬指の標本」という作品はフランスで劇化、映画化された。

授賞式で小川洋子さんは、
「小説を書くとは、人間がかつて洞窟に刻んでいた言葉を読みとるようなものです。すでにそこにあるのに、誰にも気づかれていない物語を掘り起こしてきて言葉にする。それが作家の仕事です」
と感想を語った。

童話作家寮(りょう)美千子の『楽園の鳥—カルカッタ幻想曲』

野坂昭如、丸谷才一、桐野夏生、小川洋子と文壇のベテランの受賞がつづき、さて次回は誰になるか、と注目されたなかで、第33回泉鏡花文学賞（2005年）は、寮美千子『楽園の鳥—カルカッタ幻想曲』（講談社）となった。

この小説は2001年3月から翌年4月まで「公明新聞」に連載された。30代半ばの女性童話作家がインドを巡る。

寮美千子は外務省、広告代理店勤務ののちフリーのコピーライターを経て、1986年童話作家としてデビューし、1992年ACCの助成を受けてアメリカ訪問、NASAおよび先住民居留地を取材し、同年野辺山宇宙電波観測所十周年記念絵本『ほしがうたっている』（思索社）を制作した。絵本『イオマンテ』を制作中だった年に鏡花賞を受賞した。受賞作は大人向け最初の小説である。

全524ページの長編で第1章「野蛮な天使」は、タイのバンコクから飛行機に乗り、インド、カルカッタのダムダム空港に到着する。「わたし」（ミチカ）は二カ月半前、ディオン・ブライアントという男とふたりでこの路線に乗っていた。数えきれないほどの難民が国境を越えてインドへと流れこんできている。

第2章「月迷宮」はインドのアストリア・ホテルでうなされて跳ね起きるところから旅行譚がはじまる。「ミチカ」は『夢見る水の王国』という物語を書こうとする。第3章「永却の水」はカトゥマンドゥへ行き、ポカラという湖のほとりの町へ。標高四千メートルを越えるアンナプルル（山）への登山口である。

「終章」は旅の終わり。バンコクへ行った恋人のディオンの消息をつかむことはできない。正月明けの帰国客で飛行機は満席で、しばらくは待たなければならない。

寮美千子『楽園の鳥—カルカッタ幻想曲』（講談社）

この時代は、タイ、インド、ネパールをひとりで流浪する男女がいた。そのまま住んだ友もいるし、行方不明の人もいる。主人公ミチカは自分の本当の魂を見つけようとして旅をつづける。寮はアジア各地の人々の生活とむかいあいながら、自分の正体を見つけようとする。この作品を強く推したのは泉名月（なつき）選考委員で「新鮮な詩情がある」と評価し、授賞式では「夢がかなって本当にようございました」と寮をたたえた。「文壇では無名の新人」とされてきた寮は、授賞式の挨拶で「児童文学は普通の文学と地続きになる」との認識を示し、「因数分解前の世界を混沌（こんとん）のまま描きたいという野望を持っていた」と述べ、インドという異境での心の旅を描いた受賞作の手ごたえにふれた。

選考後、五木寛之氏は「この数年、定評ある方が受賞するケースが続いていたが、三十数年ぶりに初心に戻る野心的発掘となった。金沢文芸館がオープンする金沢の新しい文芸ムーブメントに一石を投じることになる」と新しい才能に光を当てた「若返り」の意義を強調した。

芭蕉忌の夜に『悪党芭蕉』が受賞の奇蹟

2006（平成18）年10月12日の夜、東京神楽坂の仕事場で、『悪党芭蕉』（新潮社）

が第34回泉鏡花文学賞に決まったことを知らされた。天から雷が落ちてきたような衝撃を受けて、興奮のあまり声が出なかった。

10月12日は芭蕉忌である。1694(元禄7)年10月12日の申(さる)の刻(こく)(午後4時ごろ)、芭蕉は大坂で没した。享年50。

芭蕉が没して312年という年月がたち、芭蕉の忌日に受賞の報を受けるという「奇蹟(きせき)」に、身震いしたのだった。その6年前、月刊雑誌「旅」に連載した『芭蕉の誘惑』がJTB紀行文学大賞(審査員・阿川弘之、今福龍太、平岩弓枝、宮脇俊三)を受賞していた。2004年に『芭蕉紀行』(新潮文庫)として刊行されている。

『おくのほそ道』を知ったのは中学2年の国語の授業で、教師より『ほそ道』の冒頭「月日は百代(はくたい)の過客(かかく)にして、行(ゆき)かふ年も又(また)旅人也(なり)…」を暗誦(あんしょう)させられた。そのときは意味もわからず「ツキヒハハクタイノカカクニシテ…」とお経のように覚えたものだが、そのうち芭蕉の言葉が軀(からだ)にしみついて旅に

嵐山光三郎『悪党芭蕉』(新潮社)

出たくなった。

中学3年の夏休み、ひとりで日光、黒羽、白河まで出かけ、阿武隈川を見て帰ってきた。

『ほそ道』のすべてを踏破したのは大学3年の春で、東北新幹線などない時代だから、3週間ほどかかった。夏草を見て「兵どもが夢の跡」と嘆息し、最上川で舟に乗り、立石寺の石段を息せききって登り、日本海で「佐渡によこたふ天の川」を見届けた。

そのころより放浪癖がはじまった。旅を栖とする呪縛にかかって、どこかを放浪しているときだけランランと眼が光り、家に帰っても4、5日たつと腰が浮いてくる。慢性旅行依存症となった。

50歳をすぎてからも、『ほそ道』の旅へ行くようになり、曾良『旅日記』を読み、『菅菰抄』(梨一著の注釈書・1773年刊)を持ち歩き、旅さきからの芭蕉書簡に目を通すうち、それまでに気がつかなかった「芭蕉の秘密」を知るようになった。

『ほそ道』に二重、三重の罠

芭蕉は「風狂の詩人」で、かつ「無頼の徒」であり、『ほそ道』の旅には二重、三重に仕掛けられた文芸の罠がある。人も句も蜃気楼のようで、近づいてつかまえたと思った瞬間に手から抜け出して、遙か奥に屹立している。

『野ざらし紀行』は芭蕉41歳の旅である。「野ざらし」とは野に捨てられた髑髏のことで、野たれ死に覚悟で旅に出た。旅の途中、富士川近くで3歳の捨子を見るというドラマティックな展開があるが、作り話である。つづいての『かしま紀行』は、スパイの休暇といった気配があり、『笈の小文』は、心を寄せた美青年杜国（万菊丸）との蜜月旅行だった。芭蕉の紀行文はすべて没後に刊行されたが、この衆道の旅は、秘密本にしておきたかっただろう。

姨捨山で月見をした『更科紀行』のルートは、芭蕉ゆかりの俳枕が多く残っており、芭蕉ファンにとっては一番の穴場である。『幻住庵記』を書いた滋賀県膳所の幻住庵、『嵯峨日記』を書いた京都嵯峨の落柿舎、東京深川の芭蕉庵のいずれにも芭蕉の息がひそんでおり、そこでの句や俳文と読みあわせると、おぼろげに見えてくるものがある。没後の芭蕉評価は精神的な要素が強調されて、崇高なる詩人としてあがめられた。

芭蕉百回忌の１７９３（寛政5）年4月には、ときの神祇伯白川家より「桃青霊神」の神号を授けられ、筑後高良山の神社に、風雅の守護神としてまつられた。その13年後の１８０６（文化3）年には「古池や…」の句にちなんで朝廷より「飛音明神」の号を賜った。百五十年忌の1843年（天保14）年には、二条家より「花の本大明神」の神号を下され、芭蕉は名実ともに神となった。芭蕉は宗教と化した。

こうなると句の鑑賞どころではなく、芭蕉は、ただ拝むだけの俳聖となり、いまなおつづく芭蕉信仰はこのころからはじまった。「古池や…」が「飛音明神」となれば、古池もまた枯淡の聖なる池である。

蛙が飛び込んだのは、江戸大火で大量に死者が出た池であって、ゴミも浮いていれば泥の匂いが漂う混沌の沼である。1682（天和2）年12月28日の大火のとき、庵は焼け、芭蕉は焼死するところであった。小名木川の泥水につかり、洲を這い上がって難をのがれた。

飛び込む音がしない

深川の芭蕉庵に近い清澄庭園へ行くと「古池や…」の句碑が建ち、池に蛙がいる。春の一日を清澄庭園ですごし、蛙が飛ぶ音を聴こうとして、池沿いの草叢に坐った。清澄公園にいたのは褐色のツチガエルと、ひとまわり小さいヌマガエルである。

蛙はいるのに、いつまで待っても飛び込む音がしない。蛙が池に飛び込むのは、野良猫や蛇などの天敵や人間に襲われそうになったときだけで、絶体絶命のときに、ジャンプして水中に飛ぶのである。それも音をたてずにするりと潜りこむ。

ということは、芭蕉が聴いた音は幻聴ではなかろうか。あるいは聴きもしないのに、観念として「飛ぶ音」を創作してしまった。

世界的に知られている「古池や…」は写生ではなくフィクションである。多くの人が「蛙が飛び込む音」を聴いたと錯覚しているのは、まず、芭蕉の句が先入観として頭に入っているためと思われる。それほどに蛙の句は人々の頭にしみついてしまった。これぞ「文芸の妙」である。

四分五裂した芭蕉の弟子

「芭蕉は大山師だ」と言ったのは芥川龍之介である。『続芭蕉雑記』(1931年)に「彼は実に日本の生んだ三百年前の大山師だった」と書いている。芥川以前に芭蕉を論評したのは正岡子規で「芭蕉の句の過半は悪句駄句」と書いた。子規の主張は、芭蕉を神格化する俳句宗匠への批判で、芥川は芭蕉に自己を投影した逆説的賛辞である。ふたりとも熱烈な芭蕉ファンで、芭蕉を俳聖としてあがめることによって生じる文芸の衰弱を批判した。『悪党芭蕉』というタイトルにしたのはそのためで、芭蕉は危険領域の頂に君臨する宗匠だった。旅するだけの風雅人ではない。

俳諧は危険な文芸である。繁栄する都市に犯罪はつきもので、芭蕉の本能は都市を目指す。欲に目がくらみ、身を破滅させてしまうほどの地が芭蕉を引き寄せ、そこに俳諧の座が成立する。伊賀上野という山国育ちの芭蕉が、京都、名古屋、江戸を拠点としたのはむしろ当然だった。蕉門の強さは、門人たちの論争にあり、各派が張り合って競合した。芭蕉没後、弟子たちは四分五裂して、蕪村(ぶそん)が出るまで、混乱し、月並となり、低迷を続けた。


と、ここで嵐山個人の経歴をたどると、22歳で出版社に就職したが、38歳のとき会社の経営が行き詰まり、希望退職者を募集したため、それに応じた。失業した友人7名と小さな出版社をたちあげ、木造スーパーの八百屋の2階倉庫を借りて雑誌を創刊した。

多忙な日々を過ごすうち、1989(平成元)年、大量吐血して失神し、病院へおくられて死にそこなった。私の世代は仕事中毒(ワーカー・ホリック)と呼ばれ、全力疾走していなければ気がすまない。晴耕雨読暴飲暴食となり、1カ月の連載原稿は

10数本あった。そのころは海外取材するテレビ番組が流行し、レポーター役として辺境の地を廻（まわ）った。

そうこうするうち、活字中毒者が行き着く古本買いの猟書にはまった。珍書怪文書奇書探偵手帳発掘の日々を過ごすうち、還暦を前にして2度目の吐血をした。新宿高層ホテルでの吐血だった。主治医のドクトル庭瀬が駆けつけて、特効薬を飲んで3時間眠ってから、タクシーで自宅へ帰った。

1週間休養して、消耗品としての肉体を自覚し、放浪のはてしなき夢（廃墟願望）、いつ死んでもいいという覚悟（ひらきなおり）、しかし悟らず、赤坂のアパートを引き払って神楽坂に移った（鏡花への憧憬）。

隠れ住む花町の細い坂に、枯れかけた葉鶏頭（はげいとう）が咲いている。じゃ、なじみの芸者チカ子姐（ねえ）さんの店へ行こうとして、鼻緒がゆるんだ下駄に足をつっこんだところへ、泉鏡花文学賞受賞の知らせが入ってきたのだった。

11月20日、金沢市文化ホールでの授賞式には、多くの友人や編集者が駆けつけてくれた。64歳にして、首皮一枚残して、世間に復帰する一条の道を与えられた。ありがたいと肝に銘じた。

選考委員の村松友視氏は「この作品が空振りになったら、嵐山光三郎はさすがにグレるんじゃないか（と言うと、まるでグレてなかったみたいだが）」と北國新聞の記者に語った。

授賞式を終えて半年後、神楽坂の居酒屋トキオカのカウンター席でハイボールを飲んでいると、ケイタイ電話が鳴り、『悪党芭蕉』が読売文学賞に選ばれた、と知らされた。2度目の稲光りが脳天に突きささった。見えざる力につき動かされ、ふたたび『おくのほそ道』を旅する日々となった。黒羽、須賀川（すかがわ）、仙台、塩釜（しおがま）、石巻、登米（とめ）、大石田、酒田、金沢、敦賀。水路沿いの町である。なかでも金沢は、生涯、忘れえぬ町となった。

ワッペイさんこと立松和平（たてまつわへい）の『道元禅師』

2007（平成19）年第35回泉鏡花文学賞は、立松和平『道元禅師 上・下』（東京書籍）。立松氏は仲間うちで、ワッペイさんと呼ばれていた。純情で気さくで一本気で、性格が明るい。本名は横松（よこまつ）だが「横」を「立」に変えて立松という筆名にした。ワッペイさんは早大時代からインド、東南アジア、沖縄を旅浪し、『途方にくれて』

（1978年）でデビューした。20種をこえる職業遍歴があり、バイタリティーが漂う書き手として注目され、テレビ番組出演も目立った。剣道やボクシングの心得があるスポーツマンで、アフリカや中国ラリーにも参加する「行動する作家」であった。

そんなワッペイさんが、鎌倉時代の禅僧、曹洞宗の開祖道元（1200〜1253）の生涯を書きおろした（総文章2100枚）。完成するまで9年以上の歳月を要した。伝記は右門という人物（藤原基房の従臣）によって語られる。基房の娘伊子が道元の母で、父は内大臣久我通親である。

京都の名門の家に生まれた道元は三歳で父を失い、八歳で生母に死別した重瞳（瞳が二重の子）で、生きる道を求めて日夜刻苦精励したが悟り得ず、園城寺の公胤僧正（1145〜1216）をたずねた。さらに宋より帰国した建仁寺の名僧栄西をたずねるが、栄西は没しており、門弟の明全（1184〜1225）と修行を続けた。

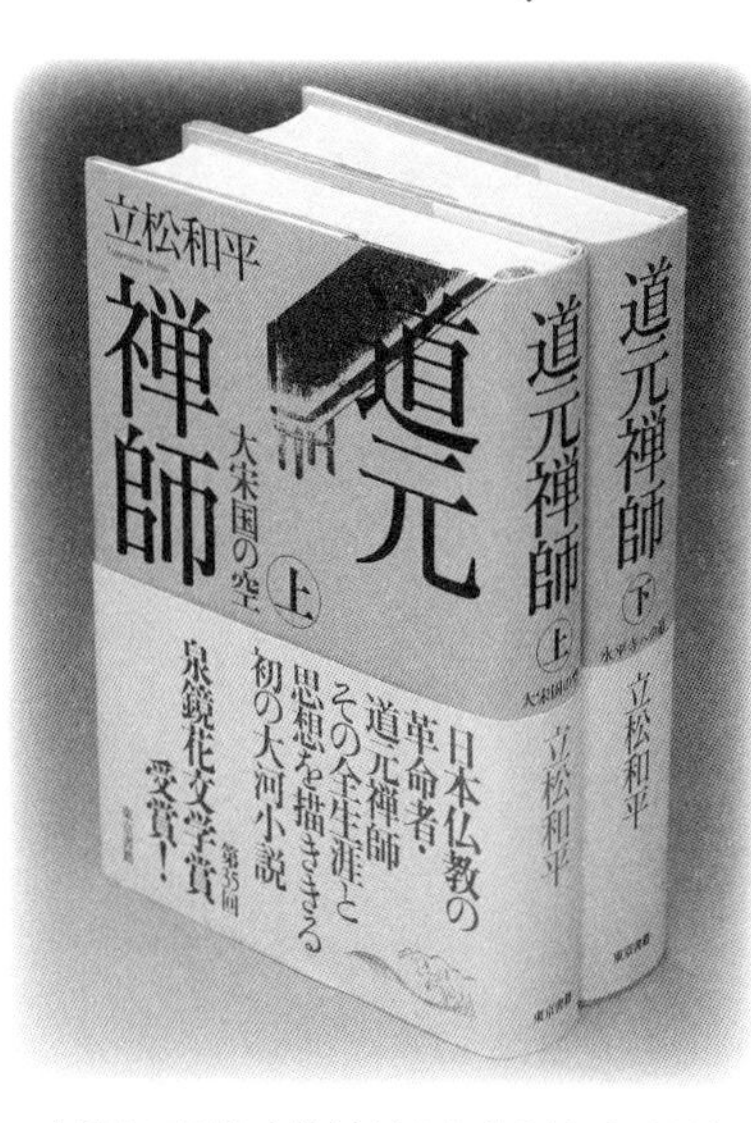

立松和平『道元禅師（上）（下）』（東京書籍）

貞応2年（1223年）、24歳のとき、明全とともに宋へ入った。入宋して五年、帰国して宇治の興聖寺に人材養成の根本道場を建てて道俗を教化すること十余年。

1243（寛元元）年、越前の山中に錫を移して永平寺を建立した。ときに44歳。その後、執権北条時頼に菩薩戒を授け、1250年（建長2）年、後嵯峨上皇は勅使を永平寺につかわして紫衣を渡そうとした。道元は二度これを辞したが、三度の参向に及んだので、ついに拝受した。などとつづく道元が五十三歳で入滅するまでの伝記で、各章ごとに「右門でございます」という一行が入る。

登場人物は百名余

全巻を通して登場する人物は百名余にわたり、道元禅師の初めての著書『普勧坐禅儀』や『正法眼蔵』のうち「現成公按」のワッペイ式解釈がちりばめられている。『普勧坐禅儀』の大意（立松訳）は「真理は本来何不足なくそなわり、あらゆるところに通達しているということだ。必ずしも修行によって実証をしなければならないというものではない。真理は自在であり、なにも修行に苦労して努力するものでもない。真理とはまったくそのまま清浄で、穢れたり穢れを拭う明鏡があるというものでもなく、遥かにこれを透脱している。宇宙の真理はいつでもどこでもあまねく存在し、私たちは常に心理に抱かれているのです」となる。かみ砕いた言葉で語りかけるワッペイ節である。

ワッペイさんは、この著作以前に『道元』（小学館）を刊行していたが、その本ではページの容量が決められていて、原稿を削らなければならなかった。作者としてつらい選択を強いられた。そのため、雑誌「傘松」編集長熊谷忠興老師の依頼により、道元の「御生誕直前の時代から、御遷化までを一貫して描く」ことができた。上巻14章までは小学館版の旧稿に改稿を施して百回連載し、さらに百枚の書き下ろし部分を加えた。

「毎月二十枚の原稿を書くことは苦しいことこの上なかったが、これは修行なのだから、苦しいのは当たり前ではないか。むしろ苦しいほうが修行にはよい」と述懐している。

旅に出かけるときは『正法眼蔵』の何巻かを鞄に入れていき、飛行機や電車の中のわずかの時間もページを開くことが習慣となった。道元の足跡を求めて中国へは四回行ったという。

同書の22章は『正法眼蔵』の立松和平訳である。「……経文の読誦が多くてはいけません。人を諌めたり言い争ったりしすぎてはいけません。肉を食べてはいけません。酒を飲んではいけません。さまざまな男女の姪色などを見てはいけません。……と禁止事項がいっぱい出てきて、ほとんど私がやってきたことだから、内心ジクジたるものがあった。

ワッペイさんは「私にとっても切実な部分であるから、現代語訳にした」と書いている。「あまりにも困難きわまりない凡夫には不可能に近い一歩である。……それでは死んでしまうではないかなどと己れを守ることは考えず、思い切って仏の家へ身を投げ入れてしまいなさいということだ。用心深く一歩一歩を進めるのではなく、なにもない世界へ向かって一気に身を投げ入れることによってしか、到達できない世界がある。そこまでいきなさい、と道元禅師は力強く私たちを励ましているのだ」。

11月7日の授賞式で、五木寛之氏は「文学の正道を行く作品だ」とたたえ、村松友視氏は「右門という語り手を登場させて道元の生涯を掘り下げて描いている」と講評した。あいさつに立った立松氏は、目を潤ませながら、

「道元は北陸に安住を求めた。金沢での受賞は道元が下さったように思え、特別な

気持ちがする」

と喜びを語った。

嵐山は別の雑誌でワッペイさんと二人で紀行文コンテストの審査をしていた。その審査方法に疑問を抱いたので「こんな審査はやめちまおうと思う」とワッペイさんに言うと「まあ、そうムキにならずに…」といさめられたことがあった。その審査会で会ったワッペイさんに泉鏡花文学賞おめでとうと言うと、はにかみつつ「光、万象(ばんしょう)を呑(の)む」という道元の言葉が出た。

「……月光はすべての森羅万象(しんらばんしょう)を呑(の)みつくすと同時に、心の光が森羅万象を心の中に呑んでしまう。万象の中に、生もあり死もあり、生きて死ぬことがさとりなのです。生も死も隠されているわけではなく、全宇宙で隠されているものは塵ひとつさえない。すべてが目の前にあります。過去も消えてしまったのではない」

すべてがこの今にあるのですよ。

ワッペイさんから、かつての血と汗の匂いは消え、全身に求道者の月光が射しこんでいた。1年半後の2010年2月8日、立松和平氏は62歳で逝去された。

横尾忠則の幻想世界『ぶるうらんど』は時間が止まる

２００８（平成20）年第36回泉鏡花文学賞は、横尾忠則『ぶるうらんど』（文藝春秋）と、南木佳士『草すべり　その他の短篇』（文藝春秋）の2作であった。初出誌はいずれも「文學界」で、ともに4つの短編集である。

横尾氏の小説に登場する人物はすべて死者である。主人公は売れっ子流行作家で、妻より七年前にがんで死んだ。「ぶるうらんど」というのは、死後の幻想世界らしく、時間が止まっていて、家の時計は針が動かない。小説家が掲載予定のない原稿を書いていると、チャイの香りがして、妻が書斎に入ってきた。チャイは妻と二人でインドへ旅行したときに飲んだもので、妻の手づくりのチャイの香りが背後からしのびよってくる。

妻も死んで、夫に逢いにきた。〆切りから解放された小説家と妻とのとりとめもない会話。時間のないところで、どうして時間をつぶすのかしら、と妻がからかう。

死後の世界は天女が舞い降りてくる浄土ではなく、天国には違いないが、妙なる音曲は聴こえない。ただし生前に住んでいた家と同じく、玄関の外に金木犀の花が咲き、庭の池の鯉の数、藤棚からぶら下がっている豆までそのままだ。

家の中の家具も当時のままで、ルドンの版画も、暖炉の上の涅槃像の置物まで何ひとつそっくりでそのまま移ってきた。

以前にもまして若々しくなった妻が輝いて見えたが、ハッと気がつくと妻の姿は消えた。

テーブルの上には飲み干した空のチャイのカップ、ソファーの上には猫のマックスが小さな呼吸をしながら丸くなって眠り続けていた。

「アリスの穴」は記憶喪失している女性が、病院で半覚醒状態から抜けきれず、マンダラ的ビジョンの光の渦を眺めている。左隣のベッドにいる少女が『不思議の国のアリス』を読んでいた。その話を聞いたとたんに、女性患者は、アリスがうさぎ穴に落ちるシーンを思い出し、真っ暗なトンネルへ吸い込まれて落ちていく感覚に襲われる。

目が覚めると、少女は親戚のおば様

横尾忠則『ぶるうらんど』(文藝春秋)

に引きとられて退院していた。そこへ女性患者の母親があらわれ「朝美ちゃん！」と呼びかけた。

朝美ちゃんは母親が運転する旧式国産車に乗って家へ帰る。少しずつ昔のことを思い出して、「私、死んだんだわ！」とつぶやく。

「やっと気づいてくれたのね。よかったわ。これで一件落着だわ」と母親がうなずく。

「みんなこの地をブルーランドと呼んでいるわ」

へっぽこ小説家を名乗る美女

3番目の「CHANELの女」の巻頭にこう書かれている。

「ここまで二本の短編小説を書いてきた。これでおしまいにしてもいいのだが、ふと三作目の物語が煙の中でくすぶる炭火の赤く小さい炎のようにチロチロと蠢（うごめ）いているのを感じる。……だったら残り火が消えないまま見切り発車をしてしまうより手はない」。

「アリスの穴」は「文學界」2008年1月号に掲載され、同2月号に「CHANELの女」、3月号に「聖フランチェスコ」が掲載された。〆切りに追われての正直な述懐と察せられる。

「CHANELの女」は最初の「ぶるうらんど」で、妻に消えられた小説家が再登場する。小説家は老画家やへっぽこ小説家を名乗る美女と友人になる。女の名が朝美で、その小説が「アリスの穴」であった。

第4作「聖フランチェスコ」にはタイムマシンの列車が出てくる。老小説家は朝美の乳房に顔を押しつけ、二人で真っ裸になって溶けて、快楽の絶頂を感じる。朝美が「裸のままで草原を駆けて行った聖フランチェスコはあなたなんですよ」と言う。短編小説4編は人物がからみあい、長編小説となっていく。

ニューヨークやパリで、世界的評価を得ていた美術家横尾忠則が、72歳で突然シュールな小説を書いて、衝撃を与えた。

三島由紀夫と霊界通信

このころの横尾氏は、死後の世界と現実の生活を行き来して、霊世界を浮遊しているようだった。ここに登場する朝美さんは、瀬戸内晴美（寂聴）さんを連想させる。雑誌「文學界」9月号に「ぶるうらんど」を書いたとき、横尾氏が瀬戸内さんに電話をした、という話が文庫版『ぶるうらんど』の解説に出てくる。瀬戸内さんが「妻に蒸発された夫はこのままじゃ可愛そうじゃない」と言うと、「この小説のつづきはまた書く」と晴々とした声で言ったという。

横尾氏が死後の世界に強く興味を持つようになったのは三島由紀夫（1925〜70）が自決してからで、『ぶるうらんど』につづく『ポルト・リガトの館』では三島由紀夫の幽霊に「ターちゃん（忠則）、来るのが遅かったなあ。ワッハッハッ」と話しかけられるシーンが出てくる。

横尾氏は三島氏と霊界通信をしていて、「きのう三島さんから電話がかかってきた」という話を何回か聞いた。

いつだったか、瀬戸内寂聴原作の『源氏物語』が歌舞伎座で上演されたとき、寂聴さんが招待してくださった。十二代市川團十郎が海老蔵のころで、光源氏を演じてまぶしい舞台だった。そのときは横尾忠則夫妻と瀬戸内さんの令嬢夫妻が一緒だった。

休憩時間に歌舞伎座吉兆で弁当を食べながら、横尾さんは、

「きのう三島さんから電話がありまして、みなさまによろしく、とのことでした」と、嬉（うれ）しそうに話した。

グラマラスな軀（からだ）にイッセイ・ミヤケの服を着こなした横尾夫人は小説に出てくる妻とそっくりの妖婉な輝きがあった。

横尾さんの考えでは、「あるのは人間の生前と死後で、死は存在しない」となる。死は、生前と死後を区切る0・000000000001秒ほどの無限分の1秒といった瞬間で、感知できない。死とは当人が「死んだことを認識できない状態」でつまり人間は死を体験できない。

「ぶるうらんど」と「ポルト・リガトの館」の2作を集めた『ぶるうらんど・横尾忠則幻想小説集』(解説・瀬戸内寂聴)は中公文庫に収録されている。

医師南木佳士(なぎけいし)の孤愁と諦観『草すべり』

小説『草すべり その他の短篇』(文藝春秋)を書いた南木佳士氏は長野県佐久市に住み、総合病院に内科医として勤め、1989年(38歳)、『ダイヤモンドダスト』で第100回芥川賞を受賞した。『草すべり その他の短篇』で泉鏡花文学賞を受賞したときは56歳。

収録された4作はいずれも南木氏と重なる50代の医師が主人公である。

草すべりは浅間山の旧火口の途中にある湯の平(ゆのたいら)への近路(ちかみち)として知られている。稜線からほぼ垂直に切れ落ちる坂で、草が生えた急斜面には野アザミやワレモコウ、アキノキリンソウなどの花が鮮やかに咲き群れる。その坂を高校の同級生の沙絵ちゃんとふたりですべり降りる。沙絵ちゃんは赤いザックと白いシャツで、ずんずんすべり降りていく。ぽつんぽつんとクルマユリが咲き、「おしるしにしたんだよ、クルマユリ」と振り返らずに言った。おしるしってなにさ。と訊くと「もうすこしで分岐点だから、そこで話す」と言われる。

沙絵ちゃんは高校三年のとき父親の仕事の関係でロンドンに行き、英国の名門大学を出てから日本の大学院で法学を修め、有名な弁護士事務所に勤めた。

離婚、子供の反抗、みずからの病気、信じるに足る教祖の宗教教団へ入っていた。厄年の前後に「わたし」が心身絶不調の状況にあったエッセイを書いていたころ「お祓いにいってあげましょう」という手紙が来て、そのときは無視した。

それから十数年がたって、ふたたび沙絵ちゃんから「小学生のとき、軽井沢の山の家から祖父に連れられて何度も浅間山へ登りました。今年でその家も人手に渡ります。

南木佳士『草すべり　その他の短篇』（文藝春秋）

この夏、最後に山の家へ行き、浅間山に登りませんか。よかったらご一緒しませんか」というはがきがきて、同意してしまった。

夏が終わりかけた土曜の早朝、約束した場所に、赤いカローラに乗った沙絵ちゃんが来た。

五十代なかばのクラスメイトとの山登りとなった。休憩を入れてたっぷり八時間はかかるルートだった。山歩きしながら、高校時代の思い出話が出る。「わたし」が旧式のオリンパスのカメラで撮影した沙絵ちゃんの写真はぶれもなく、鼻筋の通った小ぶりで色白の上品な微笑がうまく捉えられていて、沙絵ちゃんが英国へ行くとき、その写真を餞別(せんべつ)としてあげた。沙絵ちゃんはその写真を気にいって、裏面にクルマユリの印を押した。

おしるしは、女の子を象徴する花で、祖父が、クルマユリを沙絵ちゃんのおしるしと決めて、花のゴム印を特注で作ってくれた。うれしくて、教科書やノートに押しまくった。

浅間山登山の前半は、沙絵ちゃんは元気いっぱいで「わたし」を先導したが、後半は三歩ごとに止まって粗い呼吸となる。斜面の草にしがみつき、「先に行って」と路をゆずろうとした。沙絵ちゃんのザックの中身をこちらへ移し、霧の中で四足動物となって草すべりを登りきった。

　急激な体力の消耗が明らかになり、「わたし」も左膝にかなりの痛みを覚えた。沙絵ちゃんは山の段差を両手で押さえつつ、一歩ごとに息つぎをくり返した。車坂峠の登山口を出たのはすでに午後四時ちかくで、沙絵ちゃんのカローラを駐車した近くにある小さなホテルのロビーに行き、コーヒー・ケーキセットを注文した。

「わたし」はホテルのフロントでキャンセルの空き室があることを確認して、沙絵ちゃんに「ここで一晩休んでから、明日ゆっくり帰ったほうがいいよ」と言う。「おれ、バスで帰れるから」。

　一方的にそう告げて、沙絵ちゃんから車のキーをあずかり、下の駐車場の赤いカローラのトランクから着替えを出して、だれもいないその場で下着とズボンとシャツを替え、靴を履き替えた。早すぎる夕闇をもたらす霧が、沙絵ちゃんと降りてきた山路を隠しつつ下ってきた。

　最終バスの出る時刻に黙って一礼して立ち去る。

　まだ、もう少し歩いていたいよね。

　沙絵ちゃんは八ヶ岳へ向かってかすれ声で言った。「わたし」は振り向かずにホテルを出た。濃密な夕霧はバスの停留所を完璧に消して、耐え難い左膝の痛みだけが、かろうじて歩むべき方向を教えてくれた。

膝から忍び寄る老衰と後悔

他の3編は「旧盆」、「バカ屋根」、「穂高山」のいずれも南木氏に重なる50代の医師が主人公である。よみがえる苦い記憶。迫りくる老いと孤独。

「草すべり」の「わたし」は、恋心がわずかにくすぶる同級生の女性を、山のホテルに置きざりにしてしまう。土曜日なのだから一泊して沙絵ちゃんを介抱してあげたっていいのに、と思うが、「わたし」の足もまた重い。老衰と後悔が膝からしのび寄ってくる。

南木さんはうつ病に苦しみ、それは多くの末期がん患者を看取ってきた医師の後遺症によるものだ。

「旧盆」になると、病棟で月に4、5人の末期がん患者が亡くなり、医師はどこかでモルヒネを用いる決断を迫られる。楽になりたいのは患者なのか、家族なのか、家へ帰ってから不快な不整脈発作を起こす医師なのか。みんなが楽になればいい、と自己正当化してモルヒネの量を増やすのは犯罪である。

沙絵ちゃんを小ホテルに置いてきたのは、冷淡だが、静かに流れる時間を見つめる諦観がある。人はそれぞれの過去をひきずりながら、そっと生きていく。長野県の山に囲まれた佐久市に住み、周囲を見わたす南木さんの目は、風景の細部に入り込む透明な目線がある。「わたし」が体験する無常は、「旧盆」で、中元に貰った缶ビール2箱分を井戸で冷やすシーンにもあり、「井戸の水音が夕闇の底から誘い込むように響いてきて、老人会長が放った乾いた屁の音を包み込む」ことになる。無言のまま迎え火を見つめ続けるうち、虫が鳴き出した。

四月二十九日は母の命日で、三歳のときに逝った母の命日を忘れてこの歳まで生き延びて、山の上で酒を飲む（「バカ屋根」）。

「穂高山」では、転落死をまぬがれることだけを念じつつ、「おろ、おろおろ」と、霧の底の下山ルートをたどっていく。生きていくやりきれなさと、生かされてきた者の息が南木氏の小説に通底している。年をとるほど人間は冷淡になり、おろおろと坂を下っていく。

選考委員の村田喜代子さんは「横尾氏と南木氏の2作品は、いずれも死を意識して、壁をへだてて向かいあっていて、エクスタシーを感じた」と講評した。

第6章

寂聴さんの帰還と獏さんの大奮闘

09年選考委員に加わる

１９９２（平成４）年から選考委員をつとめてきた泉名月さんが２００８（平成20）年７月６日に逝去され、２００９（平成21）年から嵐山が選考委員に加わった。指名された私は、事前に五木寛之、村田喜代子、村松友視、金井美恵子の各氏が推薦する４作と金沢市の推薦委員（金沢市文化専門員で徳田秋聲記念館館長の小林輝冶氏、金沢大学名誉教授の田辺宗一氏ら〈当時〉）が選んだ２作、計６作を熟読して、東京赤坂にある料亭「赤坂浅田」での選考会へ向かった。緊張して、からだがガチガチに固まった。

村田、村松、金井さんたちは、それぞれ明晰にして辛辣な意見を述べ、なるほどそうだなあと頷いているうち、「嵐山さんは？」とお鉢が廻ってきた。千早茜さんの

『魚神』（集英社）を推した。

千早さんは1979（昭和54）年北海道生まれで小学生時代をアフリカ南部にあるザンビアで過ごした。ザンビアは銅を中心に鉱物資源が多い国である。京都府在住で、受賞当時は30歳。同作により2008年に小説すばる新人賞を受賞していた。

小さな島に住む美貌の姉弟を描く千早茜『魚神』

『魚神』は小さな島に住む美貌の姉弟、白亜とスケキヨの話である。

主人公「私」（白亜）と弟のスケキヨは子どものころに売りとばされて、定食屋のかたわら遊女をあっせんする老婆に育てられた。この島には遊廓があって、成長した女は娼婦に、男は妓夫か島の自治組織に入り、働かされる。ヘドロの臭いに満ち溢れた島では、日に一度は心中した娼婦の死体が水に浮かんだ。腐った水の匂いにひっそりと死臭が寄り添う島で、白亜とスケキヨは互いのみを拠りどころとして生きてきた。人々は薄汚れた灰色の世界に浮かぶ島を陽炎島と呼んだ。

島ではしばしば火事が発生する。白亜は、雷によって炎に包まれた遊廓から逃げて、島の岸辺の岩にまどろむうち、大きな雷魚に逢った。白亜が小指を雷魚の鋭い

第37~42回の泉鏡花文学賞

回	年度	作品名	著者	選考委員
37	2009年(平成21)	魚神	千早　茜	五木　寛之 村田喜代子 金井美恵子 村松　友視 嵐山光三郎
38	2010年(平成22)	河原者ノススメ 死穢と修羅の記憶	篠田　正浩	
39	2011年(平成23)	風景	瀬戸内寂聴	
		大江戸釣客伝(上・下)	夢枕　獏	
40	2012年(平成24)	かなたの子	角田　光代	
41	2013年(平成25)	往古来今	磯﨑憲一郎	
42	2014年(平成26)	妻が椎茸だったころ	中島　京子	
		たまもの	小池　昌代	

鱗(うろこ)で切り落とすと、水面は赤く染まった。そして雷魚の背に乗って水面をぐんぐんと滑っていく。

スケキヨは島の山にある祠(ほこら)に入って秘薬をつくっている。薄荷(はっか)の匂いのする油を白亜の喉とこめかみに塗ると、すうすう涼やかな空気が立ち昇った。スケキヨが祠の森の大木を伐(き)り倒し、樹脂の結晶とハコベと枇杷(びわ)の葉、朝顔の種などと小麦粉と酢を練り合わせて湿布を作った。

この島にはデンキがない。白亜は、遊女になってからも、客が少ない晩は許可をもらい、渡し舟に乗って本土のデンキを見に行った。デンキは強く白く夜闇に光り、またたきがスケキヨに似ていた。スケキヨの内をデンキが走り抜け、皮膚の上でちかりと光を放つ瞬間があった。スケキヨの放つデンキは一瞬光ると粉々になって空気中に散らばり、素早く掻き消える。一陣の風のように。

そのスケキヨが売りに出された。裏華町に売られたのね！　陰間にされたのね！　そうなの⁉　そうなのね！　と訊く。スケキヨが売りとばされた本土に行くには身分証が必要だった。

鏡花の芸妓に似た白亜という女

白亜には何人かの上客がつき、部屋持ちを通りこして、あっという間に座敷持ちの人気女郎になりあがった。客と寝るのは最初から嫌いではなかった。誰かと身体を触れ合わせるのは、言葉を使って会話をするのよりずっと楽だ。それが欲望を湧き立たせてくれる相手ならばなおさらだった。

白亜という女は妖しい官能に包まれて、鏡花の小説に出てくる芸妓に似ている。気が強くて純情で、「滝の白糸」のような一途さが痛々しい。

白亜は微笑みを浮かべて、客の望みのまま身体を差し出していればよかった。悩み、葛藤、矛盾、一切のものから離れて目を瞑れば、脈打つ身体に呼応して暗闇に雷が閃く。どこまでが自分の身体で、どこまでが相手の身体なのか、わからなくなるくらい溶けあってしまう。擦れる肌の匂いも、相手の指がなぞる私の輪郭も、すべての境目が消えてしまえばいいと願いながら、身体を動かし続ける。しまいには何をしているのか、それすらもわからぬ深い穴が口をひらき、充足する。その深い穴に潜ってのびのびと泳ぐ。

ただ、ときおり夢のなかでスケキヨに逢う。手は白く柔らかく細やかで、白亜の顔を覗きこむ。スケキヨの長い睫毛が、今までにないくらい近くに見える。細かく光る産毛も、磨かれたようにすっきりとした額も。スケキヨは耳たぶを柔らかく撫でながら、長い間、唇や口の中を小さな魚のようにくすぐり、硬直した舌に絡みつく。

島随一の遊女となった白亜は、スケキヨの気配を感じながらも面会を果たせない。強く惹きあうがゆえに拒絶を

千早茜『魚神』（集英社）

恐れて近づけない姉弟の運命が、島の雷魚伝説と交錯して語られていく。

馴染み客の佐井という薬問屋の息子は、香のたちこめた寝室で長い時間をかけ白亜を抱く。佐井は優しく白亜の衣服を剝ぎとり、すっ裸にして、身体中に唇を這わせる。

「本当に良い匂いですね」

と呟きながら、休むことなく手を動かし、汗の滴まで白亜を弄ぶ。

そして白亜の首をゆっくりと絞める。脈打つ身体と熱に浮かされた頭に、温度も音もない暗闇が訪れ、死の寸前で目覚める。


顔や腕に無数の傷がある巨漢の剃刀男は精悍な顔立ちをしている。剃刀男は島の自治組織のボスで、本土へ渡る身分証を持っている。剃刀男の腕に焼きつけられた烙印が、その身分証だった。登場する人物には、みな、隠された過去がある。白亜とスケキヨ、および島の住人が、悲痛で絢爛な最期の炎へ向かっていく。

佐井が廓へやってきて、いつものように白亜の首を絞める。ぬめりを帯びた快感が膨れあがり、白亜はすべてを消し去る暗闇の中へ落ちていく。ほんの僅かの間、咳こんで意識をとり戻す。

閃光が走り抜け、雷魚の激しい怒りのような雷鳴が轟き、炎があがった。スケキヨ、スケキヨと叫んで海へ向かった。はたして白亜はスケキヨと逢えるか。一気に読み終わって、こんな官能的幻想小説を書いた千早茜さんはどんな人だろうと夢想した。ファンタジーでありつつハードボイルドの気配があり、鮮烈な息があった。

授賞式にあらわれた千早さんは、瞳がきらりと光る麗人であった。千早さんは、ザンビアで過ごした幼少期、日本から届く本を楽しみにしていたという。母に日記の添削を受け、読者の目を意識した書き方を身につけ、現在も自宅のいたるところにメモがあり、常に文章を書きつけている「メモ魔」であることを明かした。「泉鏡花文学賞は、尊敬する賞で、一つの目標だったのですごくうれしい」と喜びを語った。2023（令和5）年『しろがねの葉』（新潮社）で、第168回直木賞を受賞した。

箱根駅伝を走った篠田正浩の『河原者ノススメ』

2010（平成22）年第38回泉鏡花文学賞は、篠田正浩『河原者ノススメ――死穢と修羅の記憶』（幻戯書房）。篠田氏（当時79歳）は早大時代、陸上部きっての中距離ランナーとして知られ、箱根駅伝2区を走るスター選手であった。大学卒業後、松竹大船撮影所に入社し、「恋の片道切符」で監督デビュー、ロカビリー・スターの虚像をあばく作品であった。大島渚、吉田喜重(よししげ)とともに「松竹ヌーヴェルバーグの旗手」と呼ばれたが、1965年、退社し、ATG（日本アート・シアター・ギルド）で撮った近松門左衛門原作「心中天網島(しんじゅうてんのあみじま)」という問題作でゆるぎない監督となった。篠田夫人の岩下志麻さんが世話女房的な日常性の女おさんと、日常から離れて恋に身を投じる遊女・小春の二役を演じた。

岩下志麻といえば私が高校生のころ、NHKの連続ドラマ「バス通り裏」に登場した姿を見て、「世の中にこんなに美しい娘がいるのか」と仰天し、同級生と連れだって吉祥寺近くの高校まで見にいった記憶がある。もとより育ちのいいおっとりとしたお嬢さまで、松竹では、小津安二郎監督の遺作「秋刀魚(さんま)の味」に出演して人気があった。

日本の女優を代表する岩下志麻さんが篠田監督の映画では体当たり演技で、激しい

篠田正浩『河原者ノススメ―死穢と修羅の記憶』(幻戯書房)

情念を燃えたたせた。

日本芸能史に新たな視点

篠田氏の『河原者ノススメ』は日本芸能史に新たな視点をもたらした労作で、第1章「芸能賤民の運命」では後白河法皇自ら編纂した『梁塵秘抄』の「今様」から書きはじめられる。しかし、それでは難しいだけの研究書になってしまうため「小津安二郎の自嘲」という体験談が語られる。

1963（昭和38）年正月の鎌倉。松竹大船撮影所に所属する監督の新年会の宴半ば、不意に小津は立ち上がって、末席にいた吉田喜重監督の前に坐り、酒を勧めながら、怒気を含んで、こう言った。

おれは橋の下で菰をかぶって客を引く女郎、吉田さんは橋の上に立って客を引く女郎……。

雑誌の対談で、吉田喜重が「小津の脚本『小早川家の秋』（1961年）に描かれた若い人間像に年寄りの厚化粧のいやらしさがある」と発言したことに端を発した。篠田は吉田の隣で一部始終を目撃した。吉田は一言も発しなかったので論争にはならなかったが、小津が映画監督という職業を、橋の下で菰をかぶった女郎に重ねたことが、篠田には意外だった。キャメラポジションがローアングルとはいえ、小津の作風の高潔さは橋上からの眺めそのものであって、ヌーヴェルバーグと括（くく）られた我々こそ商業主義から排除され、橋の下の境遇ではないか、と篠田は思った。

この頃篠田が完成させたばかりの「乾いた花」（なにをしても空（むな）しいという虚無感の流れるやくざ映画）が難解だという理由でオクラにされ、公開のメドが立っていなかった。ちなみに吉田は、男女の悲恋物語に戦後思想を投影した「秋津（あきつ）温泉」で成功し、そのヒロインを演じた女優岡田茉莉子（まりこ）と結婚し、松竹から独立して監督した「エロス+虐殺」では、大杉栄をめぐる恋愛とアナーキズムの関係を大胆に示して国際的に注目された。

いっぽう「世界のオズ」と呼ばれた小津は畳の上に座った日本人の低い目線を基準とするローアングルのキャメラ・アイで、端正で静かな映画を作っていた。この年の暮れ、芸術院会員にして河原者と自称する小津安二郎は、「豆腐屋は豆腐しか作れない」と自嘲しながら60歳で、逝去した。

歴史的に見れば、荘園のすき間である「河原」とは、梅雨どきになると水没してしまう土地のことである。篠田の妻・岩下志麻の伯母は河原崎しづ江で、俳優河原崎長十郎の妻であった。長十郎は前進座を創設し、共産党に集団入党した。１９６０年代、長十郎の贔屓筋の紹介により桂離宮を見物できるという伝言を受けて、胸おどらせて出かけたが、受付の老婦人は記帳した姓名と肩書を見ると「河原もんはいかん」と言って、しづ江と志麻の入場を拒否した。これは第2章「河原という言葉」の巻頭に出てくる。

第3章「排除された雑技芸」、第4章「劇的なるもの」、第5章「猿について」、第6章「漂流する芸能」、第7章「神仏習合の契機」と検証されていく。

第8章「『翁』について」では、「式三番」として祝祭神事に上演される能狂言「翁」の面の頤（下あご）は切り離されて、紐で繋がれている。この切頤面は観客が散楽（猿楽）の滑稽芸を目撃したとき、解頤（顎をはずす）して爆笑するためと記録されている。しかし、篠田氏は「白骨化した髑髏の面貌を想像してしまう」と述懐する。生は短く、死は永遠である。「翁」の気の遠くなるような存在は、世俗的な時間では測れない。とすれば「翁」の聖性には死者の永遠が潜んでいる。しかし「翁」が祝福芸である限り、喜ぶ、笑うことが求められる。

第9章「清水坂から五条通りへ」、第10章「白拍子とは何か」、第11章「興行者の誕生」、第12章「歌舞伎と浄瑠璃」、第13章「近松門左衛門」、第14章「すまじきものは宮仕え」、第15章「助六誕生」、第16章「東洲斎写楽」、第17章「東海道四谷怪談」、第18章「團十郎追放」、第19章「河原者の終焉」と緻密な考察がつづられていく。

日本を代表する歌舞伎や浄瑠璃の物語の多くは荒唐無稽である。映画監督を職業とした篠田氏は、リアリズムという機能に悩まされつづけてきた。1979（昭和54）年には鏡花の「夜叉ヶ池」を撮っている。幻想世界を扱う映画はいっぱいあるが、リアリズムが映画の王道で、荒唐無稽は排除されてきた。それが「助六」の舞台では現代ポップアートに通じる美学があふれている。この世界を土俗的、宗教的という形容だけでなく、もっと別のコトバで記述できないものか、と考えて、日本の伝統文芸の水底にもぐりこんだ。

芸能には、進歩というコトバは不似合いである。芸能は人間という生命体の枠組みでしか成立しないとすれば、それはすでに宇宙の運命と連動する。文字が読めない盲人が語る『平家物語』を聞くことで、同じく文字が読めない民衆は、この世の死穢や修羅の物語を知ることができた。

受賞の一報を聞いた篠田氏は「泉鏡花は私にとって戦後の文学体験の始まり。一番貰いたかった賞で、有頂天です」と語った。

金沢市文化ホールで開かれた授賞式では、五木氏が「日本の文化は高い山や金ピカの宮殿でもなく、水が漬く石がごろごろした河原の中から生まれたということが分かる」とたたえた。村松氏は「今までのきれいな芸能史に対する異議申し立てが含まれている。差別された者の悲しみや価値観を超え、その光と影を強い力であぶりだした」と称賛した。

文化の原点は「いかに死ぬか」

篠田氏は授賞式で、「敗戦で焼け跡の残る町で、母に連れられて近松の歌舞伎『心中天網島』を鑑賞した。そして、死ぬことを、喜び・解放と受け取る元禄の美学に触れるうちに『How to die（いかに死ぬか）』が日本の文化の原点ではないかと考えるようになった」と語った。

「中学3年、14歳で迎えた敗戦後に、国語教師が初めて『歌行燈』や『高野聖』を取りあげたのが鏡花との出会いとなった」と振り返り、アメリカのヒット映画「『アバター』に盛り込まれた、人間を変身させる描写は、鏡花の『高野聖』にすでに書かれている」と指摘した。授賞式には夫人で女優の岩下志麻さんが出席し、ひときわ輝かしい姿に会場がさざめいた。

石川県立歴史博物館長の脇田晴子さんが会場に駆け付けた。脇田さんの著書『日本中世被差別民の研究』（岩波書店）や『女性芸能の源流』（角川選書）から多くの示唆を受けたと受賞作に書かれている。脇田さんが文化勲章を受章したことを知ると「それは素晴らしい」と喜びをわかちあった。篠田氏は「多くの師に恵まれたが、その中でも一番新しいお師匠さん」と、その夜の宴会で祝杯を交わした。

授賞式が終わった後、岩下志麻さんが、村松氏に声をかけ、なにか小声で話していた。うらやましいなあ、なにを話しているのだろうと思って見ていると、村松氏がうなずいていた。すると志麻さんと目が合ったので、私も、はいはいはい、とばかり近づいていくと、耳もとで小声で「本日はこれからおさきに帰ります」とのことであった。映画の撮影中に、とんぼ帰りで金沢へ駆けつけたことがわかった。

瀬戸内寂聴最後の自伝小説『風景』

2011（平成23）年3月11日、東日本大震災がおこり、未曽有（みぞう）の被害をもたらした。その日、私は北國新聞の連載「ぶらり旅」の取材で小松天満宮に向かっていた。

濃い霧雨につつまれた梅林へ足を踏み入れたとき、ぐらりと揺れた。そのときは、マグニチュード9・0ほどの地震とは気づかずにいた。夕方、テレビニュースを見て、東北の市街地へ押し寄せる津波の猛威に慄然となった。さらに原発事故による放射能の恐怖にさらされ、日本中が終末の無常観につつまれた。

戦後最大の危機の中、東北の被災地の人々を激励して歩く瀬戸内寂聴さんの姿があった。車椅子に乗ったイノチガケの慰問。肉親を失った人々に声をかけて親身となって聞く。

大震災から9カ月がたち、修羅場の匂いがたちこめるなか、第39回泉鏡花文学賞は瀬戸内寂聴『風景』（角川学芸出版）と夢枕獏『大江戸釣客伝』（上・下、講談社）の2作に決まった。

『風景』は瀬戸内さん最後の自伝小説で「デスマスク」「絆」「そういう一日」「骨」「車窓」「迷路」「悋気」の7編の短編が収められている。

「デスマスク」は新潟市が坂口安吾

瀬戸内寂聴『風景』（角川学芸出版）

生誕100年を記念してつくった賞があり、第3回に瀬戸内さんが受賞したときの因縁話である。

安吾のただ一人の令息坂口綱男さんが、安吾のいた風景を案内してくれた。ツナオさんとは、安吾の妻三千代さんが経営するバー「クラクラ」で、まだ足許の危なっかしいよちよち歩きのときに会って以来だった。安吾は四十八歳の短い生涯で、ツナオさんはすでに五十三歳になっていた。美術館の倉庫で安吾のデスマスクを見せられて、たじろいだ。デスマスクは白いものと思いこんでいたが、茶褐色に彩色された安吾の顔が箱に収められていた。

昔つきあっていた男がデスマスクを造って売っていたことを思いだした。安吾のデスマスクを見ながら「その男の作品に違いない」という確信が生まれる。

「絆」では、一九四三年に北京で会ったチベット研究家佐藤長先生が数え九十五歳で御臨終を迎えた。「私」は、戦時中の繰り上げ卒業で半年早く女子大を出て、夫の赴任地である北京へおもむいて、夫に一番最初に引き合わされたのが佐藤先生だった。

「そういう一日」はおよそ四十年前に出家したときの記憶。中尊寺の貫主春聴師(今東光)に「出家させていただきたいのです」と頼むと「お姉さんが得度式で一番泣かれるよ」と言われた。「髪は?」「剃ります」「無理に剃らなくてもいいんだよ」「私はだらしない駄目人間ですから、型からも、きちんと入らないとつづかないと思います」「下半身は?」「断ちます」。

リアルなシーンが出てくる。

ここに登場する柚木宗晴（井上光晴）という男は「私」より四歳も若いエネルギッシュな小説家で、出家する前までつきあっていた相手だった。そして僧衣姿となった私がその男を弔うことになる因縁。

井上光晴氏の娘井上荒野(あれの)は、父と母と瀬戸内さんの三角関係小説『あちらにいる鬼』（朝日新聞出版）を書いた。瀬戸内さんは「作者の父井上光晴と私の不倫が始まったとき、この作者は五歳だった。モデルに書かれた私が読み、傑作だと、感動した名作!!」と『あちらにいる鬼』を絶賛している。

釣らない人も引きこまれる夢枕獏『大江戸釣客伝』

夢枕獏『大江戸釣客伝』（上・下）は釣り小説である。江戸時代の二大道楽は釣りと園芸であったが、釣りは、釣りをしたことがある人しか興味がないため、なかなか面白い小説がない。しかし、釣りをしたことがない人でも引きこまれるのが、この小説である。
上下2巻の小説は「幻談」から始まる。俳諧師芭蕉の一番弟子其角二十五歳と、朝湖こと英一蝶（三十四歳、絵師）が江戸佃島の沖合に釣り舟を出してハルギスを釣っている。あたりがなく「そろそろあがりますか」と船頭が言うと、重い獲物がひっかかった。竿を水面へあげると、海中から土左衛門があがった。竿を持ったままの老人は七十歳から八十歳になるであろうか。目を開いたまま死んでいた。しかも満足そうに嗤っている。老人は釣り竿を握ったままで竿のさきに一尺二、三寸はあるアオギスがかかっていた。

老人は大きなアオギスを釣って、そのやりとりの最中に卒中か何かで心臓が止まって、海に落ちて死んだ。これぞ釣り道楽を極めた人の死に方であった。

夢枕獏『大江戸釣客伝（上）（下）』（講談社）

このエピソードは江戸時代に書かれた鈴木桃野の『反故のうらがき』や幸田露伴の傑作『幻談』に出てくる。老人は投竿翁と呼ばれ、江戸の釣り師たちに理想像としてもてはやされた。

　日本最古の釣り指南書『何羨録(かせんろく)』を記した旗本に津軽采女(うねめ)がいる。采女は吉良(きら)上野介(こうずけのすけ)の次女阿久里(あぐり)と結婚するが、一年も経たずして阿久里が死んだ。婿(むこ)の采女は、阿久里が死んでも吉良の後押しによって五代将軍綱吉の側小姓(そばこしょう)となって働いた。四千石の旗本となったが、屋敷から出火して、罷免(ひめん)された。それからは釣りに熱中し、竿の作り方から鉤(はり)や錘(おもり)、釣りのポイント、浮木(うき)に至るまでの実用書を書いた。

　綱吉は犬、牛、馬、鳥などを殺してはいけない生類憐(しょうるいあわれ)みの令を出した。釣り舟も禁止された。しかし、采女は投竿翁の足跡を追った。元禄時代は禁を犯して江戸浦（東京湾）へと船を出し、つかまって斬首されたり、島流しになる者が続出した。

『江戸釣客伝』には豪商紀伊国屋(きのくにや)文左衛門、ご隠居時代の水戸光圀(みつくに)、忠臣蔵の吉良上野介など、元禄時代を代表する人が総登場する。

　そして赤穂浪士討ち入りで、敬愛する義父・上野介を失う采女。芭蕉の弟子其角が赤穂浪士討ち入りの夜、四十七士の大高源吾(おおたかげんご)と会う。朝湖は釣りでつかまり島流しとなり、刑を終えて帰されてから英一蝶と名乗った。

　夢枕獏の奇想天外な発想がからみ、釣りファンならずとも、たちまち釣りへ行きたくなる。元禄時代の江戸浦は豊饒(ほうじょう)な海であった。鮪(まぐろ)も回遊してくるし、海亀、鯨(くじら)までありとあらゆる魚が獲れた。ここに小普請組（こぶしんぐみ）という、給料を貰いながら、しかも仕事はないという武士が生活していた。

綱吉の釣り禁令発布を無視した朝湖は三宅島へ流刑となっていたが、綱吉が六十四歳で没し、将軍代替の大赦（たいしゃ）により、江戸へ戻った。

奮闘3年、脚立（きゃたつ）釣りに成功

夢枕氏はこの小説を書くために5年間を要した。江戸時代には脚立釣りがあった。江戸浦の干潟に脚立を立ててその上でアオギスを釣ろうとしたが、東京湾は埋め立て工事の汚染で、アオギスは絶滅状態になっていた。

そこで某県の某海（実は大分）にいい潟と干潟が残っていた。アルミ製の脚立を干潟に立てて、奮闘3年、ようやくアオギスを釣ったという。

私（嵐山）も海釣りに熱中していたころで、バクちゃんとは釣り仲間であった。授賞式は金沢市民芸術村で行われ、入場が抽選となるほどの盛況となった。瀬戸内さんは、第1回泉鏡花文学賞から15年間選考委員を務めてきた。「鏡花賞を貰いたい」と述べて選考委員を退任したことは語り草になっていた。瀬戸内さんは、五木氏と手

を握りあいながら「二人にしかわからない苦労や思いがあります」と、年月を重ねた賞の重みをかみしめた。「もしも賞が来たら断ってやろうと思ったほどですが、人間、欲しがったら来ない。諦めたら来る」と語った。

夢枕氏は「60歳という年齢で受賞したことがうれしい。あと10年後に受賞しても残り時間は少ない」と述べ、「竿を持って死にたい。渓流に釣りに行ったじいさんが倒れていて、竿には30センチのイワナが掛かっているのが理想の死に方です」と釣りへの情熱を語り、場内をわかせた。

村や町に潜む闇をあぶり出す角田光代『かなたの子』

2012(平成24)年の第40回泉鏡花文学賞は角田光代著『かなたの子』(文藝春秋)に決まった。泉鏡花文学賞と同年に『紙の月』で柴田錬三郎賞を受賞していた。絶好調の45歳だった。

『かなたの子』は、日本全国を巡って耳にした言い伝えからヒントを得た8話の短編集である。村や町の日常に潜む闇(やみ)を描いた小説で、怖い世界へ引きずりこまれる。物静かに語られる言葉の断片が闇世界への呼びこみとなっている。

第1話「おみちゆき」は、村が寝静まったころに、持ち回りで行く墓のお参りである。夜遅く、綿入りのはんてんをはおり、風呂敷で頬被り(ほおかむ)りをして寺の奥にある和尚(おしょう)さまの墓へ詣(もう)でる。雲がびゅうびゅうと流れている。風の音は声をおさえて泣く女の声に似ている。ひいいいいい、ひいいいいい、と風が遠くでうなり続ける。お墓にたどりつくまでは言葉を出さない。寺の瓦がてらてらとひかる今は住職のいないお寺。住職は即身仏となるため、五穀を絶ち、漆を薄めた水を飲みつつ棺のなかに入っている。

寺の石段を二十段ほど上ると、曼珠沙華(まんじゅしゃげ)の花が細い蠟燭(ろうそく)のように赤い。墓の中から地上へ竹の筒が飛び出している。それは墓の中にいる和尚さまとの通信口である。と言っても話すわけではなく、鈴の音を振って生死を確認する。生きたまま墓に入ることも、遺体を墓から取り出すことも法律で禁止されているから、村の男たちは夜半にこっそりと墓穴を掘り、石を削って、墓穴へ和尚さまの棺を入れた。征夫という高校生もそのひとりだった。棺のなかで、和尚さまが、生きているうちは、ちりんちりんと鈴の音を鳴らした。やがて鈴の音が止まると、筒から獣(けもの)の声がした。目玉をえぐり取られる犬、いや、皮を剝(は)がれる人の、内臓をかきまわされる人の、舌を切れない刃で削(そ)がれる人の声であった。

和尚さまが死んでからも、すぐには遺体は掘りおこされない。白骨化するまで四年間かける。和尚さまを埋め、墓穴から出る声を聞いた征夫は、和尚さまの遺体を掘りおこす。白骨の軽さに驚いた。一見すると束ねられた枝のようだった。腕の骨は虚空をつかみ、五本の折れ曲った指は思い切り開かれ、胸骨と頭蓋骨の下に錆びた鈴が転がっていた。

束ねられた骨は縄でタスキ掛をし、天井の梁に宙吊りにして、七日間燻した。吊りさげた和尚さまを蠟燭の煙で燻しながら、男たちは夜じゅう無言で茶碗酒を飲む。枯れ枝のような腕が宙に浮き、腕にも顔にも、座禅を組んだ足にも無数の穴が開いている。

月山から鶴岡へ降りる山の途中にある寺に即身仏が祀られている。衆生救済のため、自ら断食したミイラ行者は崇敬されるが、「おみちゆき」の和尚さまの遺骨は見世物小屋に買いとられ、「十七人の罪なき人を殺めた悪漢の木乃伊」と説明される。

殺すつもりはなかった

第2話は小学校の同窓会奇譚。地方の小学校を卒業して東京で働く亮一は分譲マンションで妻子と暮らしているが、遮光カーテンが苦手だ。そんなささいなことの理由が、小学校の同窓会の秘密とつながる。二次会まで飲みつづける五人に「だれにも話せない秘密」があり、それはスーツケースのなかに入って死んでしまった結城大吾という不幸な少年のことである。8編のうち、奇数回（1話、3話、5話、7話）は「文學界」（純文学系）、偶数回（2話、4話、6話、8話）は「オール讀物」（エンターテインメント系）に交互に連載された。

子どもたちが大吾の家で遊ぶうち、スーツケースに入った大吾が出ようとすると留め金が動かなくなって、うろたえるうち、死んでしまった。殺すつもりはなかったのに…。四角い闇にすっぽりと体を横たえた級友への慚愧が消えない。

第3話「闇の梯子」は、寺の墓地に隣接する平屋建てを貸りた夫婦の奇譚。妻の美千代が、夜半に奇妙な言葉をつぶやくようになる。そのうち、夫の勇作は、妻が押し入れに入りこんで戸を閉めるのを見つける。押し入れの襖を勢いよく開けると、火のついた蠟燭をかざした妻、美千代が立っていた。屋根裏の梁を利用して作られた小部屋があり、みしみしと梯子を上りきった。暗がりのなかに行李や壺が浮かび上がる。壁も床も天井も褐色に塗りこめられ、隅のちいさな文机の上に大黒様がぽつんと置かれていた。体じゅうにまとわりついてくる闇、耳が痛くなるほどの静けさ、何もかもが薄気味悪く、皮膚という皮膚が粟立った。じじ、と蠟燭の芯が羽虫のような音をたてる。

美千代は夜になると押し入れの小部屋に入って、意味不明の呪文をとなえつづけ、勇作までおかしくなってくる。美千代を殴り、蹴り、判断がつかないまま四つん這いになり、どこからともなく響く大勢の声に低く声を合わせる。

垣間見える「鬼子母神」

表題作となった「かなたの子」は、短編の第7話で、「賽の河原」や「鬼子母神」の説話が背後に垣間見える。主人公の文江は、腹のなかにいる、二月に生まれてくるはずだった子に如月と名づけていたが死産した。夫の家の先祖代々の墓に埋めたが、菓子も玩具も供えてはいけないと義母に言われた。しかし、文江はこっそりと墓に寄る。如月の名が刻まれた墓石はないが、しゃがんで手を合わせ、〝如月、如月〟と呼びかける。道すがらにもいだみかんを供え、れんげの花を手向ける。如月は、黒いゆたかな髪の、眉の濃い、頰の赤くて丸い女の子だったと文江は確信している。墓に供え物をしていることがばれて、文江は義母にこっぴどく叱られた。「あんなことをしているから次の子がくるにこられないんだ」と義母は怒った。やがて文江は身ごもったが、それでも夢に如月があらわれた。

如月、おなかにいるのはおまえではないね。と文江がいうと、おなかにいるのはあたしではないよ、その子は男の子だよ、と如月は答えた。そして「おかあさんがきてくれるなら、会えるよ。くけどにきてくれるのなら」。

そこで目が覚めた。

くけどとは鉄道を乗り継いでいった海沿いの町にある。

生まれてこなかった子は、そこで石を積み、次に生まれるのをじっと待っている。

文江は身重のからだをひきずって汽車に乗り、くけどへ旅だった。しまってあった紙幣を帯の奥に入れて、しばらくして別の駅で列車を乗り換えた。日は暮れ、空が端から藍色（あいいろ）に染まる。夜が明るい。終点でまた乗り換え、弁当を買い、二番線から乗った列車の空席に座る。乗客は女ばかりだ。腹のなかの赤ん坊がもぞりと動く。くけど

角田光代『かなたの子』（文藝春秋）

の駅の改札を出ると、ほとんどの女が同じ駅から降りてきた。女たちは無言のまま、まばらな列になって黙々と歩く。道ぞいの店で風車や赤い帽子と前掛けを売っている。船に乗り、十分ほど進んださきの岩場で降ろされた。ごつごつと続く岩場の先は洞窟になっていて、その暗闇にくけどがあった。

足もとに石がいくつも転がっている。四つん這いになり、崩れた石を積みあげ、「如月、如月、おかあさんはきたんだよ」とつぶやく。「ふざけてないで出ておいで」と声をかけながら石を積む。海の水が満ちてきて、からからと石の塔が崩れる。あたたかいやわらかい水が文江の腰を包み、あの村に嫁ぐまでの記憶がほろほろと崩れるように散らばっていく。膨(ふく)らんで突き出た腹に両手を這(は)わすが、なかのものはじっと動くことがない。生と死の黄昏(たそがれ)につつまれたくけどの世界…。

鏡花はどっちの雑誌に執筆するか？

11月18日の授賞式のあと、第40回泉鏡花賞の節目にあわせて文芸フォーラムが開かれた。五木寛之氏が『かなたの子』は「文學界」と「オール讀物」の文芸2誌に交互に発表されたが「泉鏡花が生きていたらどっちの雑誌に執筆するか」と編集者出身の選考委員村松友視氏に質問した。「どちらの雑誌の風合いでもなく、どちらも含んでいる。いずれの場合でも雑誌に決定的な影響を与える」と村松氏は語った。

角田さんは「この作品で鏡花を意識したことはない」としつつ「鏡花の闇のなかを進んでいくと、色が弾けている。闇の度合いが違う」と語った。嵐山は「闇の梯子」に関して「金沢の暗がり坂を降りて行くような黄昏色の怪談」と感想を述べた。

角田さんは、文芸フォーラムに先立つ受賞作のスピーチで「受賞の知らせを受けたあと、階段から落ちて腰を痛めた」ことを話して「鏡花賞を受けたことで過酷な運命に連れていかれたが、腰を痛めたことがかえって財産になるかもしれない…。旅をすると、『日本特有の湿気と闇』に遭遇する。生きることはすばらしく、死は悲しく、辛(つら)いが、いいことと悪いことは表裏一体で、不思議な寛容がある」と語った。

磯﨑憲一郎『往古来今(おうこらいこん)』は商社マンの胸にひそむ時代の影

2013(平成25)年第41回泉鏡花文学賞は、磯﨑憲一郎『往古来今』(文藝春秋)。

磯﨑氏は2009(平成21)年に『終(つい)の住処(すみか)』で芥川賞を受賞し、会社に勤めつつ執筆活動を続けてきた。この書は五つの短編小説で構成されていて、第1話「過去の話」の書き出しはこうである。

どんな場面を設定しても良いのだが、誰かを見送るとき、その誰かというのは家族でも、恋人でも、単なる友人でも、誰であっても構わない、ただその人が見えなくなるまで、視界から完全に消え去るまではその場を立ち去ることができない、という人たちがいる。私の母がそうだった。そうだった、と書いたが母は今も健在で、私が実家へ帰るときには最寄りの駅まで小さな水色の車を運転して迎えに来てくれる。

どうですか、このさきを読みたくなるでしょう。

「小さな水色の車」がぱっと目に浮かぶ。母は八十歳を過ぎても足腰に悪い所はなく、水色の車を自由自在に乗り回して、十代の私を毎朝、駅まで送っていた。二十歳になったばかりのころ、幼なじみの恋人と別れた私は京都へ行き、動物園でサイを見て、南蛮寺の近くで蕎麦(そば)を食べた、と「過去の話」はとりとめもなく続いていくのだが、記憶というものは歴史書のように時系列ではよみがえらない。モザイクとなった話の断片が右へ左へ飛ぶのである。ハワイの高速道路やメキシコの砂漠が出てきて、読者は途方にくれて目眩(めまい)をおこす。その心地よい目眩と空漠(くうばく)を流浪するのが筆者のねらいと思われる。改行のない文章は無意識の流れとなる。

第2話は「アメリカ」で、磯﨑氏がアメリカで十一年暮らしていたことが予測される。生まれ育った城下町で見た筈の風景、夏の午後、七歳の私は顔から首まで汗びっしょりになりながら、坂道で自転車を押していた。

第3話「見張りの男」、第4話「脱走」、第5話「恩寵」と、それぞれが独立した話であるのに、つながっている。

第4話「脱走」は、流浪画家山下清（裸の大将）が出てくる。十八歳のとき養護施設から逃げ出して、十四年間にわたって放浪した清は、物乞いをして食物を得た。温泉旅館の雑役として働き、客が食べ残した料理を食べた。チェックアウト後の部屋の掃除、風呂場とトイレの掃除をした。夜の宴会のあと、客が飲み残した徳利から手酌で酒を注ぎ、真っ赤な刺身、黄色く変色した天ぷらを箸で突ついた。温泉宿を脱走して弁当屋で紐かけの仕事をして半年後に脱走す

磯﨑憲一郎『往古来今』（文藝春秋）

る。真っ黒な夜道を歩いて、利根川に差し掛ったところで朝日を見つめる。金色の粉のようなものが降り注いで、眩しく反射する。

「往古」とは過ぎ去った昔、「来今」とはこれから後のことで、時間と空間の限りない広がりが『往古来今』である。本のタイトルに『往①、古②、来③、今④』と数字がついている。読む順番を①②③④と示したものだが、タテに読むと『古今往来』となり、パズルを思わせる。2008(平成20)年に泉鏡花文学賞を受賞した横尾忠則氏の装丁は、この小説にひそむ輪廻転生が暗示されている。磯崎氏の意識下に流れる流浪無常。

磯崎氏は三井物産に勤務する商社マンだった。1965(昭和40)年生まれというから働きざかりだ。会社勤めをしながら、つぎつぎと力作を書くのは至難の技で、しかも純文学である。表紙のコピーに「俺は、俺の人生に見張られている」とある。なるほど俺の人生に見張られている俺であるか。

授賞式の挨拶で磯崎氏は「人物関係や時代背景など、プロット(構成)を練りあげて設計図を描くことは一切しない」、とし、「あるのは最初の一文だけ。その一文と相談しながら次の文章を考える。これが小説に内在する力だ」と明かした。ビートルズでいえば「ラバー・ソウル」のようなもので、この連作を書いているときは段差や転調を意図した。「自分を更新していくことがキャリアを支えている」。鏡花賞を機に「小説家として責任を強くした」と決意を述べた。

中島京子のファンタジー怪談『妻が椎茸だったころ』

2014(平成26)年第42回泉鏡花文学賞は、中島京子著『妻が椎茸だったころ』(講談社)と小池昌代著『たまもの』(講談社)の2作。

『妻が椎茸だったころ』は「偏愛」短篇集5作で構成されている。日常生活のなかの異界がうごめくファンタジー怪談である。

第1話「リズ・イエセンスカのゆるされざる新鮮な出会い」は、甲斐左知枝が友人宅の引っ越しの手伝いにいったシーンから始まる。CNNテレビニュースを見ているとき、リデル通りという英語が耳に入った。六年前に語学留学した左知枝が半年間住んでいたのがアメリカ・ミシガン州のリデル通り八番地だった。

CNNニュースが報じているのは、オレゴン州カズロのリデル通りで、左知枝はその町で、親切な老婦人に会った。大雪が降って路線バスが止まり、空港に行けず途方にくれているとき、その老婦人が自分の家に泊めてくれた。

老婦人はきれいな緑色の瞳をしていて、アルコール入りのホットティーを出してくれた。暖炉の上に五枚の男のポートレートが飾られていた。五人とも、リズの元夫で、いずれも「ゆるされない愛」の相手だったという。「映画女優のリズ・テーラーは七、八回結婚しているが、わたしは五回しかしていない」と、老婦人が語りかける。

酒入りのホットティーを飲みながら、リズは五人の男たちとの性愛の思い出を話し出した。バイト（嚙み付く）とか「イート」（食う）という動詞が出てくるから品のいい話ではなかったが、一夜の思い出話なので、左知枝は酔った勢いで、つきあっていた年下のフランス人の話をした。

リズは「私たち女はここで感じるの」といって、ハートではなくまっすぐに下腹部に手を当てた。その仕草は下品でいやらしかった。七十歳にみえる白人のおばあさんの赤裸々な性の告白のあと「あなたの写真を撮りましょう」といって照明用の傘と三脚を持ち出し

中島京子『妻が椎茸だったころ』（講談社）

て、ストロボを焚いてポートレートを撮影した。思いのほか酒が回り、左知枝はソファに泥酔して眠り、夜があけた。翌朝、おばあさんをおこすと、前夜とは違って機嫌が悪かったが、バスターミナルまで、クルマで送ってくれた。ミシガンへ帰ったらお礼状を送りたいから住所を教えてほしいと、老婦人はリデル通りの番地を早口で口にした。礼状を出しそびれて、それっきりになった。

友人の家のCNNニュースで、黒人の女性レポーターが早口で、オレゴン州カズロ、リデル通りの事件をまくしたてている。

——五ケ月前にこの古い家を購入した夫妻が解体すると、五体分の白骨が掘り出されました。…オーブンで焼いた形跡が…遺体の身元は依然として不明…オレゴン州カズロ、リデル通り…。とんだ食人鬼おばあさんだった。

第2話「ラフレシアナ」は、立花一郎という愛想のない男に恋人ができる。生涯、女には無縁だろうと思っていたから、「私」は結婚詐欺の心配をした。が、な、なんと、一郎の恋人は食虫植物のラフレシアナだった。一郎がぽってりしたラフレシアナと連れ立って歩く姿は、はっきりいって滑稽そのものだった。ずんぐりした胴体、赤銅色の斑点が覆う黄緑色の体、びらびらした気味の悪い唇、趣味の悪いハート型の帽子。

もとはといえば、「私」は一郎が香港に出張するあいだ、一郎のマンションのベランダにある食虫植物ラフレシアアナ・ネペンテス（ハエトリ草）に水遣りすることを頼まれたことがある。ベランダに置かれた食虫植物に霧吹き水を撒(ま)き、小さな羽根蟻(はねあり)も食べさせてしまった。一郎の恋人は、それとはまた別のラフレシアナだった。さあ「私」はどうしたらいいのか。食虫植物を偏愛する人間がはまっていく「魔の沼」を、まるで夏休みの絵日記みたいにすらすらと書いてしまうのが中島京子の腕だ。食虫植物と結婚する男が、実際にいそうな気になってくる。

椎茸だったころに戻りたい

表題作「妻が椎茸だったころ」は第3話。泰平(たいへい)の妻が亡くなったのは七年前の寒い日で、定年退職した二日後だった。死因は「くも膜下出血」だった。葬式を出して、二、三週間過ぎたころ、一人暮らしをしている娘から電話があって、「明日は杉山先生のお料理教室の日」と知らされる。生前の妻が予約してあった。

料理教室へキャンセルの電話を入れると「椎茸のみ、甘辛く煮てお持ち下さい」と言われる。いくら断ってもキャンセルできず、乾物の椎茸を包丁で切ろうとして左手の人さし指を傷つけた。鮮血が滲んだ指にバンドエイドを貼って、妻の古びたノートに料理のレシピを見つけて、読みはじめた。妻は料理上手だったから、泰平は家へ友人を呼んでごちそうした。妻が書いたノートに「もし、私が過去にタイムスリップして、どこかの時代にいけるなら、私は私が椎茸だったころに戻りたい」と書いてあった。

泰平は甘辛く煮上げた椎茸を持って杉山女史の料理教室へ行き、散らし寿司を作る。杉山女史は散らし寿司を作りながら「私にとりましてもっとも美しい思い出はやはり、ジュンサイだったときの記憶ですね」という。こうして泰平は料理を作る愉しみを覚えていく。

妻がノートに書いてあった料理を片っ端から作ってみた。旨いものもあり、ぴんとこないものもあった。そうこうするうち、自分でもレシピを書き足して七年がたった。

離婚した娘のサトは、今年四歳になった孫のイトを連れ訪ねてくる。呼び鈴が鳴り、泰平がドアを開けると、孫のイトが「おじいちゃん！」と叫んで駆けこんできた。「散らし寿司は、おじいちゃんのが、いちばんおいしい」。いまでは泰平も「自分が椎茸だった」ころのことを思い出す。記憶によれば、一本ではなく、もう一本、寄り添って揺れる椎茸がいる。

第4話は「蔵篠猿宿パラサイト」。卒業旅行で蔵篠温泉・猿の宿へ行く話。第5話は「ハクビシンを飼う」。山梨県の山にひとり暮らししていたおばさんの家に、見知らぬ男がやってきて、縁側に座っていた。男は「僕はここに住んでいた人の甥みたいなもの」といっておばさんと暮らしていた〈便利屋オーサコ〉の社長のことを話す。社長の名は大迫美信。じつは、その男はおばさんが飼っていたハクビシンかもしれない。大迫美信と書いてダイハクビシン。

「妻が椎茸だったころ」は「日本タイトルだけ大賞」も受賞した。人をひきつけるタイトルのつけかたがうまい。不条理な世界を、あたりまえの事件のようにズバズバ書いていく筆力が読者をひきずりこむ。

小池昌代『たまもの』は預かった赤ん坊山尾…

小池昌代著『たまもの』は四十歳を過ぎた「わたし」が、別れた男から「山尾」という名の赤ん坊を預かる。男の妻は交通事故で死んだという。そのとき新聞紙で包んだ札束（八百万円）と、「母子健康手帳」という冊子を渡された。山尾の生年月日と体重が書きこんであり、赤ん坊の身分証明書のようなものだった。それから十年がたって、山尾は十一歳になり、来年には小学校六年生。

「わたし」は、朝、仕事へ行く。せんべい工場。二年前までは編集プロダクションで働いていたが、あまりの残業の多さにくたびれはててやめた。せんべい工場は残業がない。山尾は学校から帰ってきたとき、わたしがいると、顔が花のように耀（かがや）く。

別れた男の携帯はまったく繋がらなくなった。札束には手をつけず、山尾が成長したときに渡そうと思っている。山尾はわたしが寝ろというと、またたく間に眠る。小学校二年くらいまで、山尾は蒲団（ふとん）のなかで、わたしにからみついてきた。肌はつきたての餅のように柔らかい。食べられるものなら食べてしまいたい、と思った。寝入りばなって、一日のとげがすうっと抜ける時間。人と生きて、傷を負う。大人も子供も。その体につきささった大小無数のとげが、眠気とともにすうっと身を離れていく。小説の断片に出てくる「わたし」のつぶやきが切実で、読む人の心に刺さってくる。

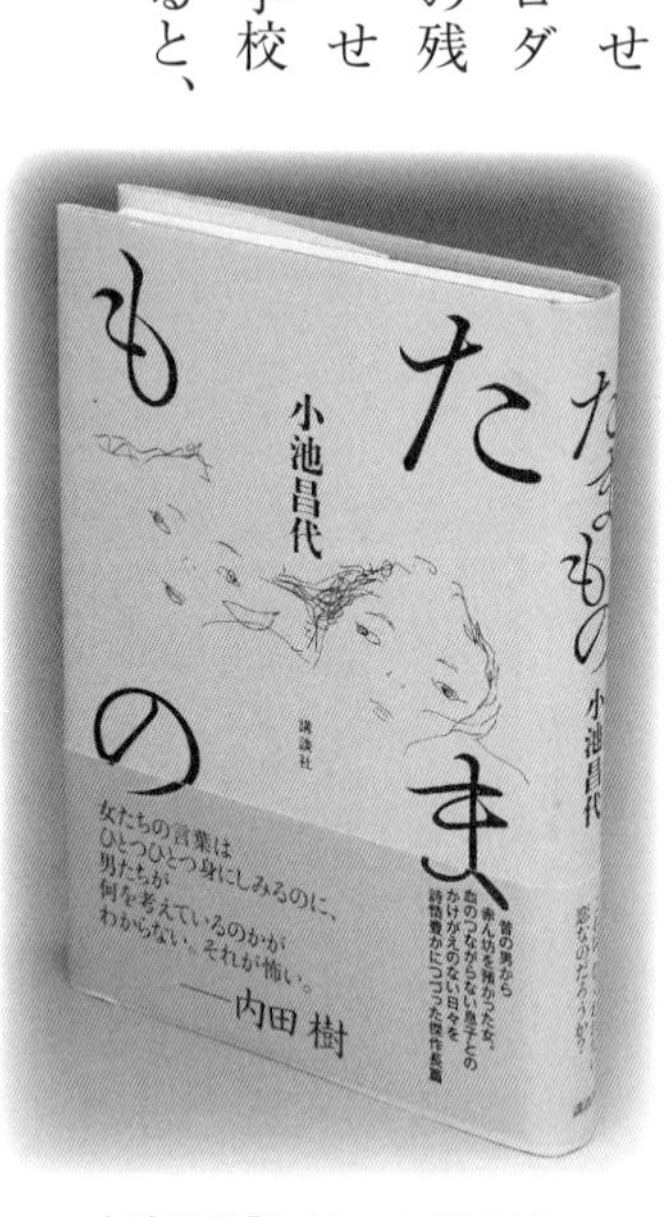

小池昌代『たまもの』(講談社)

「泥眼（でいがん）」というエクスタシー

「わたし」には杉本という不倫相手がいる。外堀に沿った縁道を二人で歩き、土手の桜の枝をながめ、桜の花が水面にぎっしりと落ちた「花筏（はないかだ）」を見る。杉本はクリスチャンで娘が3人いる。そのせいか、杉本のからだからは、いつも女の匂（にお）いがする。旅館でふたりになると、杉本は「わたし」をあなたでなく、あんたという。

「あんた、別にきれいというわけじゃないけど、能面の『泥眼（でいがん）』に似た表情が表れるときがある。いい顔だ。それにほら、いきそうになるときは、まさにこれ」

そう言って能面写真集にある「中将」の面を示した。半ば薄く開かれたくちびると細い目。眉根が皺寄（しわよ）っている。

「かあちゃんいくつなの」と山尾が聞く。「二十五よ」「嘘だろ」「嘘よ」「ほんとは四十歳ぐらいでしょ」「近いけど違う」。山尾はランドセルからガラスに彩色したかけらをとり出して、わたしにくれた。「図工のとき、ガラス細工で作った、そのあまり、かけらみたいなもん」。赤と黄色と青が混ざりあっていて。「うわ。これ指輪にするよ」。

風呂からあがると、山尾はちんちんをぶらさげている。山尾はいい気になり、足を思いっきり広げて尻の穴まで見せる。感動がある。山尾の尻の穴の周辺には、大きなほくろがある。子はみんな、誰かの女の腹から生まれながら、どこにも所属しない。

東山先生から電話がかかり、「うなぎを食いに行きましょう」と誘われた。浅草にある店だ。山尾には「夕方には戻るからね」と言い、ランドセルに部屋の鍵を入れた。冷蔵庫にはプリンを入れておく。うなぎ屋で会った東山先生は六十代から七十代へ入り、急激に老いた。女を眼の底からじっと見るようなあくどさが少し薄れた。むかし先生には狂気があった。目の前にいるのは正体がわからぬ煙のような先生だ。うなぎの重箱の内側についた飯粒を一粒一粒口に運んでいる。会話ははずまず「わたし」は「なぜ私を呼び出したのだろう」と思う。

隅田川の船に乗ると、「むかし女がいて」と先生が言った。「その人はよくわからない女だった」。「どうわからないのですか」「抱きあうとね、体の関節があっちこっち、ぽきぽき鳴るのです」。「先生はそのひとを壊したのですか」「ああ壊したのかもしれません」「女はものでしょうか」「ものですなあ」「じゃあ、わたしを壊してみますか」。

「わたし」は先生と旅館へ行く。

ベッドへ入ると獰猛な植物の蔓のように、先生の手が伸びてくる。はぁっ、はぁっ、ふうっ。あっ。すると、もう、行く所まで行かないことにはどうにもならないくらいに、欲望が高まってきて、ずんずんと急上昇する。「わたし」は先生を置き去りにして、自分だけ高まり果てた。

わたしの欲望は限りなく憎しみに似ていた。憎しみでも性交できるのだろうか。性交という、なんと哀しい、そしてすばらしい、ばかばかしいこと。夢中になること、急激にさめること。先生が言う。隅田川の川べりの匂いが嗅ぎたくなってね。それであなたを誘いました。わたしはもう、死んでいるのですよ。

卵落としコンテスト

正月、山尾と駅近くの神社へ行ってお参りした。「かあちゃん十円頂戴」。山尾はその十円玉を賽銭箱に放り投げ、長いこと目をつぶって祈っていた。「わたし」も目を閉じ、祈る。正月の聖域にいると、男というものが遠くに見える。やっぱり彼らは遠くの山なみ。死ぬときもばらばら。なのに会うときは、つかのま、一体となる。風が視えるかと思うくらいに現実を見ようとして、「わたし」は自分のなかから幻を見る能力を追い出した。ただ山尾だけが、「わたし」の夢見る原動力になった。

ラストシーン。インフルエンザにかかった山尾の熱が下がった。すっかり快復した山尾を連れて、近所のT大学でやっている「卵落としコンテスト」を見に行く。身近にあるボール紙と糊（のり）、セロハンテープを使って、生の「卵」を包装し、五階の窓から落っことし、卵が割れなかったら大成功。目の前に筒型の段ボールが落ちてくる。地面に落ちるまで一秒とかからない。がしゃっと音がして、その音で割れたな、と直観する。割れない卵はゆっくりふわふわと優雅に着地する。山尾は一番前に座って見ている。百三十五番まで出場して、割れなかったのは三人だけだった。

「来年は応募してみようかな」と山尾がいう。たぶん失敗するだろう。そしたらまた考えればいい。そしてまた失敗する。そしたら、また挑戦だ。

小池昌代さんが書く文章は美しい。現代詩を手がける小池さんは、言葉がさらさら輝いている。『たまもの』を書きあげるまで3年かけたという。「たまもの」とは得難い賜（たまわ）り物のことで、「玉のような子ども」という思いもこめた。小説執筆のかたわら、百人一首の現代語訳に取り組んでいる。授賞式では「鏡花賞はいちばん一番欲しかったあこがれの賞。鏡花がぼんぼりを持って導いてくれているように感じた」と語った。実力派二人の受賞によって、泉鏡花文学賞に、新しい烈風が吹きつけた。

第7章

父と格闘する二つの迷宮

長野まゆみ『冥途(めいど)あり』の呪符

２０１５（平成27）年の第43回泉鏡花文学賞は長野まゆみ『冥途あり』（講談社）と篠原勝之『骨風(こっぷう)』（文藝春秋）の2作でどちらの作品も力作で父親がテーマである。

長野さんは宮沢賢治に影響されて、１９８８（昭和63）年に『少年アリス』で文藝(ぶんげい)賞を受賞した。冥途は「死者の霊魂が行きつく地」で、「父の生まれた土地がどこなのか、ほんとうのところは家族のだれも知らなかった。」という一行から始まる。母の生まれは巣鴨、兄は千住。「わたし」は根岸の生まれだから、父もごくあたりまえに「東京生まれ」と言っていたが、ぬかるんだ三河島あたりかと察していた。

三河島は蛇行する川にかこまれた地で、遠景にお化(ば)け煙突がある。湿地帯で、川が氾濫(はんらん)すると床下浸水となり、小鮒(こぶな)、泥鰌(どじょう)が玄関のたたきに泳ぎついた。台所から流れ

第43~50回の泉鏡花文学賞

回	年度	作品名	著者	選考委員
43	2015年(平成27)	冥途あり	長野まゆみ	五木　寛之 村田喜代子 金井美恵子 村松　友視 嵐山光三郎
		骨風	篠原　勝之	
44	2016年(平成28)	大きな鳥にさらわれないよう	川上　弘美	五木　寛之 金井美恵子 村松　友視 嵐山光三郎 山田　詠美
45	2017年(平成29)	最愛の子ども	松浦理英子	
46	2018年(平成30)	飛ぶ孔雀	山尾　悠子	五木　寛之 金井美恵子 村松　友視 嵐山光三郎 山田　詠美 綿矢　りさ
47	2019年(令和元)	ひよこ太陽	田中　慎弥	
48	2020年(令和2)	小説伊勢物語　業平	髙樹のぶ子	
49	2021年(令和3)	姉の島	村田喜代子	
50	2022年(令和4)	陽だまりの果て	大濱普美子	

だした酒瓶が波を越えて遠のいていく。茶碗や鍋とぶつかりながら、ぷかぷか、みんな同じ方向を目指していく。セルロイド、洗面器、石鹸箱のたぐい。腕のよい職人がつくった箪笥は、水底から浮かびあがって漂い、海の向こうにある名も知らぬ島へ、常世の国へ。戦争中の疎開先は祖父の出身地広島であった。

「わたし」の記憶は祖父の時代まで行きつ戻りつ、ぽつりぽつりと、川の流れや空襲、父が宴会から持ち帰った折詰弁当、米軍機の機銃掃射、傾いていく西日、ひくい空にたなびく琥珀の雲、引っ越し先の郊外の団地、都立霊園にある墓、とさまざまの断片となり、つながっていく。

祖父は文字書き職人で、父も同じ仕事をしていた。父が死んだとき、遺体は柩の中で百六十センチほどに縮んでいた。供花もなし。読経もなし。戒名もなし。老老介護から解放された母は、ほっとして、骨あげを待つ間もどこか浮き浮きしていた。その

長野まゆみ『冥途あり』(講談社)

うち兄が「おとうさんの貯金をおろしてこないとな」と言ってひと騒動となる。

原戸籍は戦後の戸籍法に基づく新戸籍の前の戸籍である。家出少年だった祖父の代から「空白」の戸籍で、各地の役所へ請求をくりかえして、最終的にとりよせた原戸籍は七通あった。曽祖父は転籍魔だった。広島の呉と北海道の室蘭のあいだの往来を二度三度くりかえしていた。

戸籍ロンダリングであった。徴兵忌避だよ、と事情通に教えられた。戸籍を動かしまくって、追跡困難にした。

父は広島で被曝した。八月六日は、閃光も爆音もなく、仕事が休みだったため、ゆっくり朝ごはんを食べていた。いきなり爆風が襲い、気づいたら家がつぶれていた。奇妙に静かで、木の軋みか櫓を漕ぐような音を耳にして、崩れた家から這い出した。

父は六十歳を過ぎてから急にふけこんだ。内部被曝の症状が出ても、体の不調を被曝と結びつけることをしなかった。「思い出そうとすると真白でね」となんども聞かされていた。

新盆が終わり、旧盆を迎えたとき、古道具屋の従弟たちふたりが倉庫の遺品をさらって車に乗せ、帰りぎわ「まいどあり」と言った。それが「冥途あり」と聞こえた。遺品の硯が端渓だったらどうしよう。百万で売れたと自慢されたら……。

父が連れていってくれた勝鬨橋(かちどきばし)へ行ってみる。橋の下は隅田川で、大型船が通るとき、橋がまん中からはねあがる。家族で海水浴へ行ったときのことを思い出した。海からあがってきた父が、こちらに背をむけて坐(すわ)り、タオルで頭を拭き、背中も拭いた。反射で背中にきらきら光るところがあった。豆つぶほどの鏡が張りつけてあるみたいで、ひとつひとつのなかに小さな虹が孵化(ふか)を待つように宿っていた。あとになって母から「おとうさんの背中は、ガラス片が入ったままなのよ」と教えられた。冬になって寒さが身にしみると、ときおり疼(うず)くのだと母は言っていた。ガラスごと、父は向こう岸へ渡った。

川辺の下町、東京三河島で、文字職人として生きた父への哀悼である。

同書にあるもう一編「まるせい湯」は「冥途あり」の続編。金魚ばちのなかで金魚がゆらゆら泳いでいる。読点はエサのようで、句点は泡のようだ。そんなことを考えながら、文字練習帳の手本をなぞる。父の三回忌がやってきた。仏式で葬(ほうむ)らなかったが、世間なみの節目である。

霞ケ浦の畔(ほとり)に親戚のカシマのおじさんが所有する夏の家があった。昔の船宿である。その近くに湯屋があり、煙突に、まるせい湯と書いてあった。船でフランスへ旅した人はマルセイユ港からフランスへ上陸した。まるせい湯は段丘の上にあり、湯屋からはひろびろとした霞ケ浦が見えた。のれんをくぐって中へ入ると、高い天井に太い梁（はり）がわたり、かまどの上の煙ぬきの窓から陽（ひ）が射しこんだ。

まるせい湯を作った人は棺桶造りの職人だった。舟形の柩（ひつぎ）をつくっていた。海へ流した舟上の遺体に鳥の群れが飛ぶ。つづられたように飛ぶ鳥だということからヅヅという。沖へ進むとヅヅの数がふえて連凧（れんだこ）になる。竜蛇になる。やがて糸が切れて、ヅヅがはじけて空へ舞いあがる。タマシイも空を渡っていく。

ふたりの古道具屋が怪談を語る。護衛艦が爆撃を受けて沈没したとき、別の男が軍服を脱ぎ、死人の服を着た。運命をとりかえた。内地へ戻ったとき、雲天光と名のって、死んだ人物になりすました。天光は廃材、鉄くず、ボロ布、塵芥（ちりあくた）を運んで財をなした。ゴミが商品となった。まるせい湯をたてた場所は焼き場があり、霊柩車がまるせい湯の前でとまる。と、怪談めいた因縁話がつづいていくのだが、まるせい湯が廃業して、最後の釜を燃やすときに、とんでもない事件がおこる。それがなにかは、この本を読んでのおたのしみ。釜に燃やされて、予想外のものが出てくる。

クマさんこと篠原勝之の『骨風』

さて、篠原勝之『骨風』である。第1章「骨風」はモンゴル草原に巨大な鉄のオブジェを建てる話である。ゴビの山脈から吹き下ろす風を貯めてスウィングするオブジェを作るドキュメントは、テレビの一時間番組になって評判を得た。クマさんは、スキンヘッドのゲージツ家として人気者になっていた。

モンゴルへ行く壮行会の電話を待っていると、夕方に電話がかかってきた。女の声だった。「あっ……」と言ったきり「オレ」は言葉が出ない。三十数年ぶりに聞く母親の声で、父親が死にそうだから「来てくれるか」という。

植物ニンゲン……あの父親が……。殺したいほどのカタマリ。記憶の底に沈んでいたものが一気に立ちあがり、恐ろしい亡霊が目の前に現われた。ク

篠原勝之『骨風』(文藝春秋)

マさんが育ったのは室蘭で、父親の暴力から逃がれるため十七歳のときに東京へ出てきたのだった。

クマさんは赤ん坊のころジフテリア菌にやられて隔離病院に入り、生還したものの左側の鼓膜がこわれて、聴こえなくなった。父の病室へ入ると、

ヒュウパコン……ヒュウパコン……

酸素吸入器の音がした。父親に殴られた恐ろしい日々がよみがえった。父親は警察官あがりで、満州から復員して製鉄所の泊まり番になっていた。夜勤明けはソファで酒を飲みはじめ、大イビキで眠りこけた。

子どものころ、毎日のように張り飛ばされていた。左頬に平手打ちが炸裂(さくれつ)した。泣くともうひとつ来るから奥歯を嚙(か)みしめて堪えた。「叩くのはお前のためだ」と言われ、殴られながら「オレのためだったら叩かないでほしい」と思った。そして十七歳のとき家出をして東京へ出た。家出するとき、母親は、内職で貯めた金をパンツに縫いつけてくれた。母親は、「駅までは送っていかないからね。アンタは泣き虫だから」といった。

上京して美術学校に通い出したが、一晩中土方作業で働いてまで行く情熱はなかった。小さなデザイン会社に勤め、タガが外れたような出鱈目(でたらめ)な日々となった。

女と暮らし、子どもが出来て籍を入れた。床屋に飛び込んでスキンヘッドにした。ヨメさんと子と別れて家庭生活を終え、鉄のゲージツ家として躍進しようという刹那、父親の死に直面した。焼いた父親の骨を、母親が作った財布に入れて、モンゴルの草原へ行った。八トンのスクラップ鉄骨を溶接して草原に建て、巨大な鉄の振り子がスウィングするなか、革財布に入れた父の骨の灰をまいた。財布から出た煙みたいな骨粉が風の帯になり、ゆるいカーブを描いて草原に吸い込まれていった。

第2章「矩形と玉」は妻子と別れてから通称「ベニヤ御殿」という物置小屋の二階に住みこんだ話だ。南伸坊が引っ越し祝いに角瓶のウイスキーを持ってきて、帰りぎわ、生まれたばかりの黒猫を置いていった。GARAと名づけた。伸坊の家で生まれ、一匹は赤瀬川原平、一匹が伸坊、猫好きの知りあいに一匹渡し、残りの気が弱い一匹であった。

その後GARAは二十三年間生きて、息をひきとった。

第3章「花喰い」はワカマツさんと北海道を旅する話。若松孝二映画監督は1936(昭和11)年生まれで、クマさんより六歳上である。宮城県生まれで、クマさんと同じく家出少年だった。上京してヤクザの下働きをして半年間拘置所に拘禁された。

ピンク映画をヒットさせて「おピンクの黒澤明」と呼ばれた。若松さんは、ポルノという呼称を嫌い、おピンクと言っていた。嵐山は出版社に勤めていたころ、昼休みの時間にクマさんと一緒に若松監督の映画にチョイ役で出演したことがある。出演料は天丼一杯。大島渚監督のアイコリこと「愛のコリーダ」は若松さんプロデュースで、セックスシーンは若松監督があたった。

2007（平成19）年「実録・連合赤軍　あさま山荘への道程（みち）」はベルリン国際映画祭での最優秀アジア映画賞のほか多くの映画賞を受賞した。映画でぶっこわした浅間山荘は若松さんの別荘だった。

2010（平成22）年、寺島しのぶ主演の映画「キャタピラー」は撮影12日間、スタッフ11名で、超短時間で作り、寺島しのぶがベルリン国際映画祭で最優秀女優賞を獲得した。早撮りの若松さんは義理人情暴力的怪人だったが、2012（平成24）年10月12日深夜、新宿の道路を横断中、タクシーにはねられて帰らぬ人となった。76歳だった。その前夜、私は新宿3丁目のナジャで若松さんと酒を飲んでいた。そのころ、若松さんは脳梗塞をやって、躯（からだ）のタテ半分左側の神経が消えていた。「見事にタテ半分の神経がなくなってるんだよ。オチンチンも」。そのセリフが第3章に出てくる。

若松監督の映画「キャタピラー」にクマさんが黄色い野良着を着て、畦道を一気に駆け下りて「万歳！　戦争が終わったぞー、バンザーイ」と叫ぶシーンがある。クマさんは、気が変になった男の役で、手当たり次第ツツジの花を口に押しこみ、目を白黒させせながら飲み下した。それが第3章の「花喰い」である。

若松さんは映画キャンペーンのため、クマさんを連れて室蘭へ行った。会場の市民会館には500人近くが集まる盛況だった。駅のプラットホームで、若松さんが「ここがクマの育った町か」と製鉄所を眺めるシーンがいい。弁当を食べながら若松さんがガホッガホッと咳き込んだ。「ダイジョーブだ、クマ……」。毎晩こうなんだよ」。終点の旭川で、クマさんが二人分のリュックを背負って降りるシーンは、若松映画を見るように胸にしみた。

第4章「鹿が転ぶ」は甲斐駒ケ岳の麓にあるクマさんの作業場の話。林へ入っていくとアカマツの根元に鹿が転んでいた。脚に罠のワイヤーが食い込んでいる。

第5章「蝿ダマシ」。ニューヨークのマンハッタンの画廊へ「コネクティッド　ユニティ」という球体オブジェを出品した。ミラノ、ヴェネチアでの海外個展で赤字を出し、ニューヨークの個展に賭けた。完成に向かうにつれて、肉体に光の束が貫通する。

第6章「風の玉子」は、深沢七郎の死。深沢さんはラブミー農場の床屋の椅子で眠っていた。その日、ラブミー農場にいたのは嵐山とクマさんと、深沢さんの「ムスコ」、ミツオさんの3人だった。クマさんが小型トランペットで供養の演奏をした。１９８７（昭和62）年8月18日。夕方になるとものすごいカミナリが鳴りひびいて、地面を揺りおこすような大雨が降った。「あれから30年近くたって、オレは親方が旅立ったのと同じ年齢になっていた」と書かれている。

クマさんをラブミー農場へ連れていったのはいつのことだったろうか。赤瀬川原平さんや南伸坊と一緒に行って、秩父のブタ肉を焼いて食べた。働き者のクマさんは深沢オヤカタに見込まれて、しばらく住みこんで農作業を手伝った。

唐十郎が泉鏡花文学賞を受賞した１９７８（昭和53）年、クマさんは授賞式に同行した。１９７３年から79年まで、クマさんは紅テント唐組の舞台装置を担当していた。鉛筆の細密画Ｂ全の芝居ポスターもクマさんの作品である。上野不忍池で上演した唐組の芝居にはゼロ戦ヒコーキが登場した。主演は小林薫であった。不忍池の水面下から、クマさんがブリキで作ったゼロ戦ヒコーキがクレーンで持ち上げられ、水しぶきをあげてテント舞台に登場したとき、「ヒコーキ！」とかけ声があがった。

人気絶頂の小林薫にも「カオル！」とかけ声があがった。ヒコーキ！　カオル！　ヒコーキ！　カオル、ヒコーキとかけ声があがる中、油揚げで作った背広を着た唐十郎が、胸ポケットにハンカチーフがわりにさしこんだ糸コンニャクで汗をふきながら登場した。新宿ゴールデン街でチンピラと路上バトルとなり、クマさんとふたりで深夜の四谷署までしょっぴかれたことがある。

あるいは、薬チュウのアンちゃんが棍棒（こんぼう）をふり上げて、店の外から私に襲いかかってきたとき、左側に坐っていたクマさんが立ち入って膝蹴（ひざげ）りを入れて、間一髪、倒した。クマさんがいなければ、私は重傷を負うところだった。雪が降る夜、気絶した薬チュウ男を抱きあげて、歩道に寝かせて、フトンがわりに自転車をかけてやった。いろいろありました。

クマさんは語る。

……歳をとっても、最後の最後は、自分がなにをしてきたとか、なにができるか、何を持ってるかじゃねえんだ。「なにを見てきたか、それしかねえんだよ」。

名無しがこの世に生まれて、どんな生涯を送ろうと、死んでしまえばそれっきり。仏さんと呼ばれる国でオレもいつかは息絶える。

クマさんの受賞がきまったとき、全身の血が駈けめぐる目眩（めまい）で、背中が熱くなった。

夢の海に溺れる川上弘美『大きな鳥にさらわれないよう』

2016（平成28）年第44回泉鏡花文学賞、選考委員は村田喜代子さんにかわって山田詠美さんになった。選考会会場には五木寛之、村松友視、金井美恵子、嵐山光三郎、山田詠美が出席して、川上弘美『大きな鳥にさらわれないよう』（講談社）に決まった。

川上さんに初めて会ったのは1998年、読売新聞の書評委員会第1回会合の席であった。ピカピカに眩しい川上さんはお雛様みたいにちょこんと席に座っていましたね。座を仕切る読売新聞の首領（ボス）は日野啓三（1929〜2002）で、1982年に第10回泉鏡花文学賞（小説『抱擁』）を受賞していた。以後2年にわたって川上さんとは1カ月に1度書評委員会で同席した。

川上ワールドのファンである私はほとんどすべての作品を読んでいた。

理科系小説の森に入りこむと、夢の海に溺れそうになる。地面に草の葉で結ばれた罠があり、爪先をつっかけて転びそうで、怖くて心地よい。タイトルにも秘密の暗号がありそうで、読みつつ溺れてしまう。14編の短編で構成される第1話は「形見」である。

「今日は湯浴みにゆきましょう、と行子さんが言ったので、みんなでしたくをした。」

という一行から始まる。白いガーゼのうすものをはおり、千明さんが先頭に立って子供たちの手をひき、川の湯へ入ってつかる。したたる雫（しずく）をこぼしながら戻ると、行きは乾いていた石だたみが「巨大な蛇が通った後のように、しばらくの間濡れていた」。ズキリとくる。異界への旅が始まる。

川上弘美『大きな鳥にさらわれないよう』（講談社）

工場で作られる子供

「わたし」が結婚したのは五年前で、夫が町はずれの工場で働いている間、「わたし」は子供を育てる。夫は私のもふくめて四回結婚している。「わたし」は二回。今までゆうに五十人は育てたろうか。十五人の名前は覚えているが、ほかの子をすぐにわかるか自信がない。この前、成人したとおぼしき子供が訪ねてきた。子供はつんできた白い花を渡して「卓です」と名乗った。十何番目かに育てた子だった。「結婚することになりました」と言ったから、卓の胴体に腕をまわしてぎゅっと抱いて「おめでとう」と言った。そのあと卓はなごり惜しそうに帰っていく。

夫が勤める工場では食料と子供たちを作っている。以前はこの地域に「日本」と呼ばれる国があった。夫の最初の妻は鼠（ねずみ）由来、次の妻は馬由来、そして三番目はカンガルー由来だった。「どの妻が一番好きだった」と聞くと「君だよ」と言った。それなのに、夫はあっけなく死んでしまった。行子さんに「いつまでもくよくよしていちゃだめよ」と一喝された。子供がいなくなったら、世界は終わってしまうのよ。子供を作って、育てて、それによって多様な生命の遺伝子情報を保持して、それでこの世界はもってるんじゃない。

読者は、いきなり、未知の異界をさまようことになる。「わたし」ってなんだろう。ここでは子供は工場で作られる。親子も夫婦もきょうだいも心のつながりは薄く、子孫を残すという無意識の本能によって増殖していく。個人的な死への執着は薄い。ただ作られて育てられて、死んでゆくためにだけ生きていく。「わたし」は夫のイルカに似た相似骨をこまかく砕いて、川に撒く。骨はきらきらと輝き、やがて沈んでいった。女たちはくすくす笑いながらささやきあう。

私と暮らす私

第2話「水仙」。

今日、私が来た。

の一行で始まる。扉を開けると、私よりずいぶん若い、髪をのばした私がいた。その日から、私は私と二人で暮らしはじめた。

家事の分担を決めた。私は掃除が好きで料理にはさほど興味がない。私と私が暮らしはじめると、二人はいろいろ少しずつ違っていることに気がつく。ものごころついた頃には、私は三人いた。生まれたばかりの頃は十人の私がいたが、七人は育ちきらずに終わった。私が二人の私と一緒だったのは、二十五歳までで、大きな母が去っていった。母が去った池のほとりに白い水仙が咲き乱れていた。二十五歳の私は南へ南へと旅立った。旅さきで、公園の回転木馬の係員になった。生物の気配。

母に教えられた言葉を、私は繰り返す。

「注意深く観察すること。結論はすぐに出さないこと。けれど、どんな細かなこともおろそかにせずに記憶にとどめておくこと」

これは観察の手法である。私はもうひとりの私に語りかけ「どうして私たちには名前がないんでしょう」と聞く。私は髪の長い私と別れ「さようなら」と呼びかけあって手を振った。私はこれからも生まれ続けるけれど、私はもうじき死ぬ。たくさんの見知らぬ私たちに向かって、私はもう一度「さようなら」、と声を出さずに言い、服についた淡雪をていねいに払った。読みながら、生物の遺伝子が粉雪になったのかな、と私は私のことを考え、なにやら、のどかで穏やかな迷路をさまよった。

第3話は「緑の庭」。リエンという名のあたしは庭の池の水面で花を咲かせる。白い蓮の花で、咲くときにため息のような音がする。そろそろ男のひとのことを考えなければね、とかあさんが言うようになった。すると夜中に男がやってきて、精子をあたしのからだが受けとり、あたしは妊娠して女の子が生まれた。すべては男が決める。これは植物の繁殖の意志と言葉を与えればこうなるだろう。「あたし」は四人、友だちの「ホウ」は五人の子供を生み、そうこうするうち男が死んで、葬儀をする。死んだ人間は庭に葬られ、分解されて世界に還元されていく。

「ねえ、ホウは誰かを愛したことがあった?」と聞くと「ないわ」とささやくように答える。

この世を構築する様相が、語り手を変え、場所を変え、時間をずらし、「千夜一夜物語」のようにちぎれて飛ぶ。川上小説織物社特製の「魔法の絨毯」に乗って14編の景色があらわれるのです。自然科学系官能につつまれて、人間という生物が築いてきた価値観がぐら－りと崩れていく快感。

第4話「踊る子供」には、遺伝子の「見守りの子」が登場する。

第5話「大きな鳥にさらわれないよう」で、この言葉の思いがけない「秘密」が語られるのだが、それは読んでのおたのしみ。

14の短編が連係する

各14編の短編小説は、設定を変えつつ連係する。ヤコブとオニールという2人一組の「俺たち」。

分数のきょうだいの「あたし」は「15の8」という名前だ。兄たちの名はそれぞれ15の3、15の5、15の6です。姉は15の4、15の7。もう一人15の2のねえさんは病気で死にました。村には百の家があります。あたしは「30の19」の男に抱き寄せられて「ねえ、ぼくと結婚してくれる?」と聞かれ「うん」と小さな声で答えました。これは第7話の『みずうみ』のラストシーン。あたしたちは服をぬぎました。岸辺の草に横たわり、生まれてはじめてのセックスをしました。ポポポポ、という鳴き声と草の折れる音がします。……みずうみが、少しずつ霧におおわれてゆきます。ここまでが前半である。

8話「漂泊」、9話「Ｉｎｔｅｒｖｉｅｗ」、10話「奇跡」、11話「愛」、12話「変化」。13話「運命」はクローン発生の技術と人工知能複製のアイデア。人間の腸内に人工知能が常駆する。そして最終章14話「なぜなの、あたしのかみさま」で、人類は絶滅して、エリとレマのふたりが残される。

もうひとりは「気配」という人物(男)。ふたりは気配と話しあう。気配が(人間じゃなくても、すべてものはやがて滅びるよ)とつぶやく。気配とのとりとめもない会話。ＳＦ小説の次元をとびこした超未来の気配小説。

エリは町をつくり、軌道にのるまで百五十年ほどかかった。町の中を流れる川で、新しい人々は湯浴みをする。ふりだしに戻り、ばらばらに配置されたジグソーパズルがカチッと小さな音をたてて組みあわされた。

金沢市民芸術村の授賞式で、川上さんは「大学時代に専攻した生物学の知識を生かして人類の始まりや終わりを考えながら書いた」と語った。「2001年に久世光彦さんが受賞したときは授賞式に参加していい賞だな、受賞者は幸せだなと、うらやましく思った」と振り返った。久世さんは川上弘美作『センセイの鞄』をテレビドラマ化した名監督。川上さんは父親が富山市出身で、北陸新幹線で日本海を見たとき、

晩秋の海を見てより小半時(こはんとき)

の句を得た、と披露した。

松浦理英子『最愛の子ども』は女子高生同士のロマンス

2017(平成29)年、第45回泉鏡花文学賞は松浦理英子『最愛の子ども』(文藝春秋)。この小説は私立玉藻(たまも)学園高等部2年4組で、女子高生3人が疑似家族になっていくセクシャルな話である。パパ役は舞原日夏(まいばらひなつ)。今里真汐(いまざとましお)(ママ)と薬井空穂(くすいうつほ)(王子様)。この3人をとりまく10数人のクラスメイト(官能系情報コレクター、絵描き、ピアニスト、テニス部、バスケット部など)がひきおこしていくレズビアンのロマン

ス。登場する女子高生は宝塚歌劇団のように架空のドラマを演じ、妄想し、ロマンスは変容し（第3章）、混淆（こんこう）し（第4章）、途絶（第5章）する。

私立玉藻学園は中等部から入学する者がほとんどだが、空穂（王子様）は高等部から入ってきた。中高一貫校では、高校から入った新顔の空穂はあまり目立たない子で、看護師をしている母（伊都子）と二人ぐらしをしていた。父親は空穂が一歳半の頃、死んだか離婚したかでいない。女手一つで育てている。母親は仕事で忙しく、空穂にあまりかまわず弁当も作らない。それを見かねた真汐は、自分の母親に空穂のぶんの弁当も作って貰う。

パパ役の日夏（弓道部員）とママ役の真汐は中等部のころからなれそめの仲である。日夏は弓道衣姿がすてきで、人気があった。真汐は理屈っぽいことを言う性格で教師ににらまれている。こわもての学年副主任教師ともめごとになったとき、日夏にひっぱたかれた。日夏は横っ面を強くひっぱたくことによって、真汐を教師から守った。

松浦理英子『最愛の子ども』（文藝春秋）

以来、日夏と真汐はクラスで〈夫婦〉と呼ばれるほどの仲になった。

この学校には男子部もあって、男子クラスのボスが、ときおり女子部にちょっかいを出しにくるが、女子部には女子部の約束ごとがあって、女子だけの世界を作っていく。

修学旅行で折檻（せっかん）

修学旅行で北海道旭川へ行くとき、飛行機の席は、窓側が真汐、通路側に空穂、その隣の補助席に日夏が座った。王子様をはさんで満ち足りた表情で三人は談笑する。旅行さきでも偽装の三人家族。王子様の空穂が、ちょっとしたことで、ホテルの部屋で日夏に折檻、体罰をうける。そこに居合わせたのは、日夏、真汐、空穂と同室の美織であった、ただし美織は近眼で、目撃談には妄想が入っているから確かではない。蒲団に俯（うつぶ）せにされた空穂は両腕のつけ根を真汐に押さえつけられ、日夏が空穂の脚にまたがり、少年のように小さく引き締ったそのお尻に厳しく、優美な動きで手を振り下ろした。痛みに耐える空穂はわずかに腰をくねらせ、かぼそいあえぎを漏らす。懲罰がすむと日夏と真汐は空穂を両側から抱き頭を撫でる。ＳＭ家族。

これは、目撃した美織の話をもとにして、クラスの女子が、実際に見たかのように思い浮かべるだけのシーンである。記録者はクラスの草森恵文で、現代文と古典がよくできる。

修学旅行が終わってからは、真汐と日夏は空穂の家に泊まるようになった。空穂の母が夜勤で家に帰らない日に、泊まる。疑似家族というフィクションが妖しく動きだす。さてどうなりますか。

家族を演じているのに、現実にはありえない物語。ははーん、女子校のクラスメートは魔性のフィクションをリアルに作りあげてしまう。

女子高生が疑似家族を設定して、そこに生まれる性愛が、じつはひとつのシェルターになる。夢みるレズ感たっぷりの生徒たち。

受賞の連絡を受けた松浦さんは「少女には愛らしいという固定されたイメージがあるが、不器用で大人に愛されない子もいる。そこにスポットをあてた」と語った。

授賞式では「鏡花の小説は優しさと残酷さを併せ持つ女が登場する。魔力を操る女性も、もとは病人を癒やすことに使っていた」と鏡花文学の魅力を話した。

『最愛の子ども』は社会通念からみればみだらなものでしかない関係が、そのじつ切実で、いつまでも心に残る記憶となる。女子高生が作る奇妙で普遍的なロマンス。と夢想がぐるぐると目玉の裏側をかけめぐる。

山尾悠子の幻想小説『飛ぶ孔雀（くじゃく）』

2018（平成30）年第46回泉鏡花文学賞は、五木寛之、村松友視、金井美恵子、嵐山光三郎、山田詠美の5名と、新たに綿矢りさの計6名が選考委員となった。受賞作は山尾悠子『飛ぶ孔雀』（文藝春秋）。

「火が燃えにくい世界」を舞台にした幻想小説で、山尾さんは学生時代にSF小説『仮面舞踏会』でデビューし、『夢の棲（す）む街』『夢の遠近法』『角砂糖の日』（歌集）などの著書がある。高校時代に『化鳥（けちょう）』『龍潭譚（りゅうたんだん）』など鏡花の初期作品を愛読し、大学の卒業論文のテーマにもした。『飛ぶ孔雀』は8年ぶりの新著だった。

物語は「シブレ山の石切り場で事故があって、火は燃え難くなった」（第1章「柳小橋界隈」）とはじまる。まったく燃えないという訳ではないのだが、しんねりと燃え難い。

少女のトエは煮炊きの場に困り、外の物干し場に七輪を持ち出して火を熾（おこ）そうとしていた。しかし、中洲の最南端に突き出た場所は少しの増水でも水没し、床板は波打ち、擦(す)る燐寸(マッチ)はへし折れるばかりで、小鍋のべかや小芋はぐじぐじと泡のたつ生煮えとなった。トエは川を渡ってきた川舟の男の恋びととなり、舟に乗って、夜の川辺で火を焚(た)いた。練炭の表面に青い炎が生まれたが、明るいだけで熱というものがまるでなかった。

そのうち桜のいろが悪い熱を運ぶ病原菌の雲に見えた。火種屋へ火を買いにいく。火種入れは小型の香合(こうごう)ほどの大きさで、ほとんどが金属製のもの。中身の灰や火がこぼれ出ないよう、蝶番(ちょうつがい)のついた丸い蓋(ふた)はぱふ、と音をたてて閉じる。ひと月もたつと汚れて固まった灰になる。

気づいてみれば盛夏で、醜男(ぶおとこ)のPが同級生の未亡人宅へ行き、蟹と海老と岩牡蠣のマリネを供されるが、低温調理のため、ほぼ生である。業務用ガスレンジの調子が悪くて熱が出ない。

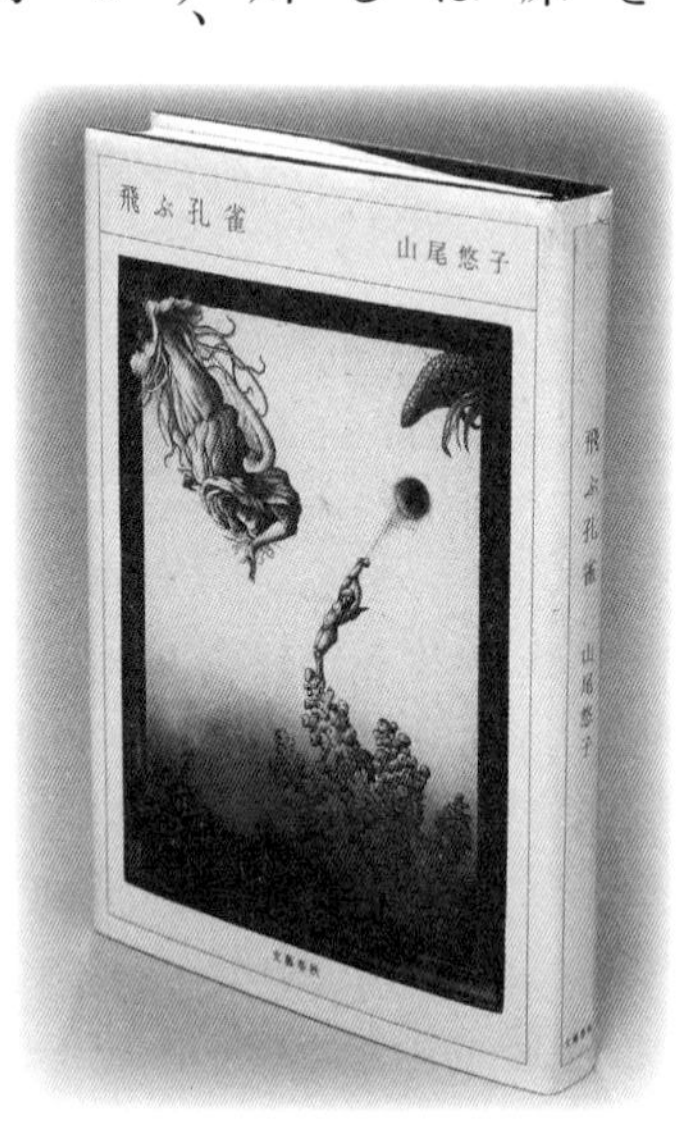

山尾悠子『飛ぶ孔雀』(文藝春秋)

夜、川中島Q庭園は魔界と化し、孔雀が空を飛んできた。——飛ぶ孔雀は飾り羽根を畳み、下から茶色の風切り羽根の列をあらわして烈(はげ)しく飛翔する。苛烈(かれつ)な羽音、艶(つや)やかな光沢のある青い首を低く伸ばし、闇の奥から不意をついてあらわれる。その目は狂気であり凶器、異形の縁取りは血の赤。

火が燃えない世界での惨劇

こういった体言どめの文体は鏡花のスタイルだ。山尾さんもそう語っている。鏡花が描く異界をいまの時代にスライドさせ、「燃えない世界」で惨劇がおこる。

孔雀はキジ科の鳥で、オスは尾を広げて求愛行動をする。上尾筒(じょうびとう)の羽根が美しく、先端に眼玉(めだま)の斑(むら)がある。毒蛇を食うところから神格化され、孔雀明王になった。孔雀は地上の鳥というイメージが強いが、飛ぶ孔雀に目をつけた。

川中島Q庭園は大きく蛇行して輝く一級河川のなかにある。灰形は大風炉(ふろ)に遠山。極暑時のみ用いられる二枚土器(かわら)の赤白を重ねて火の気を遠ざけ、多めに蒔(ま)く化粧灰は涼を呼ぶ浪の塩の按配(あんばい)。山の名は小屋山落葉山蜂尾山切地山。火袋に水の卦。

鏡花の霊がSF小説の手法を得て、山尾悠子に乗り移った。

はたしてその孔雀はどこからきたか。どこかの濃い闇の奥に禽舎があり、孔雀を逃がしたのはだれか。最期に赤目の孔雀は羽根を散らし、冷たくなって大温室付近の芝生の上に落ちているのが発見された。クチバシがひどく焼け焦げていて、まるで火を咥えたようだった。

トエの腹違いの姉タエはいずこへ、と、因縁話は「星のカード」が裏返って宙を舞い、ひらひらと行方定めず消えていく。人間の正体はいつの時代も空漠の迷路のなかに漂う。

電飾された川中島Q庭園を見ているうち、「あっ電気消された。うわ真っ暗、うわほんっとにぜんぶ消えたよ、やっだなあもう、誰だよ急に電源落としたの。…まさかまさか、じぶんが男になってしまうとは思いませんでした。って本気かよ、一人称も変更して俺になるんだろうか。…明日は普通に学校あるんだけどなあ、ああいったいどうやって登校すれば。女装していけばいいとでも。あ、それ無理。無理無理ぜったい無理。…」と、なんだか卓袱台をひっくり返されたような爽快なエンディング。

金井美恵子さんは「水や死、登場人物の描写のひとつひとつが、鏡花の小説を血肉化して、自分のものとしたうえで幻想世界をつづった。長いブランクを経て書かれた見事な作品」と高く評価した。授賞式では、村松友視氏が、「浮遊感、切迫感、高揚感に身を委ねる快感があり、悪夢のようなグロテスクなイメージや、異界と日常が溶けあう描写がいい」と語った。

授賞式の挨拶で山尾さんは「鏡花文学賞は20代のころからの憧れの賞で、いつかこれを頂くのが目標だった。ずいぶん長くかかったが、受賞して感激している」と喜びを語った。

「文士の伝統」秘める田中慎弥『ひよこ太陽』

2019(令和元)年。第47回泉鏡花文学賞は田中慎弥著『ひよこ太陽』(新潮社)。田中氏は1972年山口県下関生まれ、2005年『冷たい水の羊』で新潮新人賞、08年『蛹』で川端康成文学賞、同年に『蛹』を収録した作品集『切れた鎖』で三島由紀夫賞、12年『共喰い』で芥川賞を受賞した。赫赫たる受賞歴を持つ純文学小説家である。

芥川賞授賞式で、選考委員の石原慎太郎東京都知事(当時)に触れて「都知事閣下のためにもらってやる」と発言して話題になった。石原慎太郎氏は23歳のとき『太陽の季節』で芥川賞を受賞した。同作はベストセラーになり、映画化されて「太陽族」

世代としてもてはやされた。五木寛之氏と生年月日が同じ（1932年9月30日）である。石原裕次郎の兄で、政界と文壇に君臨していた石原氏に毒づく「生意気なアンちゃん」を装いつつ、その内実は、鬱鬱（うつうつ）と内向する「文士の伝統」を秘めている。

『ひよこ太陽』全7話は「私小説」的独白である。第1話「雨」は一人で東京へ出てきた「私」に地方都市に住む「実家の母」から電話があり、Gという男が行方不明になったので捜してくれ、と頼まれる。Gは母の知人の息子で、東京へ行って就職したが行方不明になった。Gは文学を専攻して「私」の小説も読んでいる。「そんなこと言われたって無理だよ」と断るが、その五日後にGの高校生制服姿の写真やアルバイト先などの一覧表が封書で届いた。

　Gがアルバイトをしていた蕎麦屋（そばや）へ行って、年配の店員に声をかけると「Gはだいぶ前にやめた」と言われた。この店はGの最後のバイト先であった。

田中慎弥『ひよこ太陽』（新潮社）

神社の前で、野球帽をかぶった男の子に会った。長い間風呂に入っていない子で体臭が強い。脂の浮いた皮膚と小さな目。

「このへんに住んでるのか？　親は？　その恰好で寒くないか？」と訊くと、

「おじさん変態？　これって誘拐？」

と疑われた。

「金ない家のガキ、誘拐してもな」

と言い返した。会話の展開がスリリングでひきずりこまれる。

第1話で全体を見わたす登場人物がばらまかれる。風邪ぎみでウイスキーを飲んで寝る前に雨が強くなった。平明な言葉でリアル。やわらかい文章の絞め技の連続で、田中慎弥の筆力がしぶとい。

消しゴム、溜息、文章降臨

第2話「気絶と記憶」では暮らした女との会話を思い出す。
言葉尻をとらえて、
女「いや、そういうことじゃなくて」

私「え、何が」

女「何がじゃなくて。訊いてないでしょう」

と十歳近く下の相手に強い調子で言われるのが新鮮だったと思い出す。

ひとりでキャベツを刻んでインスタントラーメンに乗せる。食器を洗い、昼寝した。起きてトイレのあと、机に向かう。鉛筆でA4のファックス紙の裏に書く。消しゴム。溜息とまばたき。そのうち文章が降臨する。

第3話「日曜日」は小学校時代の思い出。三年生のとき、やっかいな生徒（宇山）が転校してきた。白っぽい野球帽を被っていた宇山は、はっきりとした転入理由を最後まで言わなかった。クラスを仕切る一派が「父親がやくざだ」という噂を流した。

六年生のとき宇山はいなくなった。警察や親たちが川や海辺を捜したが見つからなかった。クラスの担任だった田辺先生は「いじめを扱った小説で私が作家デビューした年の暮に亡くなった」。

第4話「風船」は、出版社気付で行方不明になったGからの手紙が転送されてきた。まず「自分の失踪で田中さんをわずらわせてしまって申し訳ない」とあり、雑誌に掲載した、いままでの短編の感想が書いてあった。黒く細いペンの縦書きで、一画一画がやや神経質な印象だ。

ただしGというイニシアルを使っているのは怪しい。危ない手紙だ。

現在進行中の「私小説」は、俄然(がぜん)、ホラー小説の体をなしてくる。

そして第5話が表題となった「ひよこ太陽」。作家になって十数年たち、新幹線に乗って実家へ帰った。

電車の踏切を渡るとき、以前会った男の子の顔が浮かび、飛びこみたくなった。ふみとどまって生きているが、幻覚がおこる。

母親に「だいたいあんたはいつもそうやって偉そうよ。だから女の人にも逃げられる。エッセイやなんかに、死にたいとか死にかけたと書くでしょうが」と言われる。

朝は雨の音で目が覚めた。

意識の外側のぼんやりとした感覚で音を聞いた。

…生きていることが自分自身の負担になっている、という感覚が、雨の音のなかに湧く。テレビでは空が理不尽に傾斜したため、とかなんとか伝えていた。

傾斜というのは比喩ではなく、空間そのものに割れ目が出来、その一部が、剝がれかけの天井板みたいに、本当に傾き、開いた隙間に太陽が隠れてしまっている。

玄関先で背伸びして、差した傘の横から腕を突き出し、空の傾きを直そうとしてみた。母が家の中から窓を少し開けて、「駄目駄目。さっきやってみたけど言うこと聞かない。待つしかなさそうよ」。

あっけらかんとして、ずけずけいう母親のキャラがいい。

私小説ドキュメントは一転して幽冥界(ゆうめいかい)と幻覚に転じ、これぞ小説である。空の端を手で押し上げるとほんの一時的には戻るが、すぐまた剝がれて雨が降ってくる。傾いた空の隙間から覗(のぞ)くと、太陽がひよこみたいにただおどおどしているばかりだった。ひよこの太陽が空の天井裏で、世界の自殺志願者の震えを引き受けておどおどしている。

こういった幻視は天井裏にある断熱材の劣化が原因らしく、懐中電灯を手にした「私」は二階の部屋の押入れに上り、細いベルトで折れた断熱材を梁(はり)につるした。

第6話「革命の夢」は実家から新幹線で東京に戻る途中に昔の女の夢を見た。そのあとGへ手紙を書く決意をする。

第7話「丸の内北口改札」で「私」はGへ手紙の返事を書く。手紙の最後に一カ月ほど先の日曜日の時間と場所を指定し「もし都合が悪ければ、文芸誌の編集者を通して知らせてほしい」と書いた。Gに無断で小説に書き、発表までしてしまった。書き手としてルール違反であり、社会に生きる一人の人間として、不用意を通り越した。

石原慎太郎か田中慎弥か

さらにGに会おうとするそのものが、作家として行き詰まりかけている自分に刺激を与えたい悪だくみである。最終章で「私」はGからの「おそるべき伝言」をつきつけられる。

それは「私」への断罪でもあるのだが、一瞬、石原慎太郎の慎は、田中慎弥の慎に通じると気がついた。

慎太郎『太陽の季節』に対して慎弥『ひよこ太陽』。

『太陽の季節』の不良あんちゃんは勃起したペニスを障子紙に突きさして世間の顰蹙を買ったが、『ひよこ太陽』の「私」は、実家の天井裏が剥がれて刺しこむ太陽光線にひよこ、即ち弱々しい雛を幻視している。

『ひよこ太陽』は変容した『太陽の季節』とも思えてくる。石原氏は田中慎弥の芥川賞への選評で、受賞作『共喰い』を「お化け屋敷」とたとえ「読み物としては一番面白かった」と書いている。とすると「もらっといてやる」発言は、ふてくされたふりをしたオマージュ、とも思えるのであった。

選考委員の綿矢りささんは「現実とフィクションのはざまで揺れ動く作家の気持ちが切実に描かれている。飾り気がなく、丸腰な感じが斬新だ」と評した。

授賞式で、選考委員の山田詠美さんは「鉛筆を舐め舐め書いている感じがする。インク壺にペンを浸した音が聞こえる。そして筆記用具が紙に引っ掛かる感触すら伝わってくる。このたびも、何か不測の事態が起きるのではと身がまえていたのですが、田中くん、もらってくれておいてやって下さって、本当にありがとう」と呼びかけて会場の笑いを誘った。

五木寛之氏も「受けて下さって本当にありがとうございました」と述べ「今回は強力な候補があり、侃々諤々(かんかんがくがく)の激論の果てに委員全員が納得して決まった。果たし合いのような真剣勝負で、心地よい高揚感が残った」と選考過程に触れた。

授賞者スピーチの田中氏は、目を伏せ、「すかすかの空っぽの状態で書く」と創作姿勢を語り、「自分というコップの底に穴があり、そこを言葉が通りすぎて小説の形になる。受賞作は小説という看板をつけたフィクション」と語った。

平安のプレイボーイ蘇らせる髙樹のぶ子『業平』

２０２０（令和２）年、第48回泉鏡花文学賞は髙樹のぶ子著『小説伊勢物語　業平』（日本経済新聞出版）。４６４ページにわたる大作で、平安初期の歌人在原業平（８２５〜８８０）の一代記。日本のプレイボーイは業平にはじまり光源氏（『源氏物語』）に伝承されていきましたが「体貌閑雅」にして「放縦不羈」、情熱的な和歌の名手は業平につきるでしょう。父は平城天皇の皇子阿保親王、母は桓武天皇の皇女伊都内親王、まぎれもなく貴種直系でありながら在五中将に甘んじていた。

初冠（元服）をすませた成人男子ではあるけれど、拗ねた心が偏っている。業平を主人公とする『伊勢物語』（１２５章段）は作者不詳の原形にさまざまな手が加えられ、現在伝わる１２５章段は藤原定家（１

髙樹のぶ子『小説伊勢物語　業平』（日本経済新聞出版）

162~1241）が書写した本が基になっている。髙樹版は業平が詠んだ和歌を織りこんだ物語で、現代語訳ではなく、小説で業平という人物を蘇らせた。

1000年前の日本人の価値観はいまと違う。

「今も昔も人間の本質は変わらない」ことはないのです。怨霊の祟りを本気で信じていた。怨みを抱いた人の霊が害を及ぼす。地震や災害や伝染病は、すべて怨霊のなせる術とされた。平安の雅は、優美で上品で洗練された感覚で、恋愛の情趣にも反映される。江戸の粋、という美意識とは異なる。京は雅、金沢は粋。雅は王朝美学、粋は城下町美学といってもいいでしょう。

情熱的和歌の名手

第1章「初冠」は、十五歳の業平が部下を連れて鷹狩りに行くと、紫草が繁る野の中の家で二人姉妹が遊んでいた。業平は小枝に引っかけた狩衣を切り落とし、その布に恋の歌を書いてさし出した。

春日野の若紫のすり衣　しのぶのみだれかぎり知られず

（春日野のこの布の忍摺の模様のように、私の心は乱れて、ひたすら忍んでおりま

した）

鷹狩りをしている最中でも、かわいい娘を見つけると、つい声をかけてしまう。この和歌は業平より三歳上の歌人 源融（嵯峨天皇の皇子・陸奥国按察使）の「みちのくのしのぶもじずり誰ゆえに　みだれそめにし我ならなくに」（みちのくの信夫の里のしのぶ草の花の汁で、恋心が乱れ模様に染められているのはあなたのせいですよ）からの応用である。

業平は西行より200年前にみちのくの旅をしており、西行のあと600年後に芭蕉は「おくのほそ道」を旅して、「早苗とる手もとや昔しのぶ摺」と詠んだ。日本人の歌まくらの原形は業平にはじまっている。この小説に登場する和歌は、能や歌舞伎、さらには芭蕉から明治、大正、昭和の講談・落語にいたるまで、形を変えて登場する。その原形を業平の「恋の遍歴」として提示し、伝記小説として再構成した。

崩れた築地から過ち

第6章「長岡」には鬼が出てくる。

葎生ひてあれたる宿のうれたきは　かりにも鬼のすだくなりけり（葎が生い繁る荒れた住まいですが、鬼が群をなして騒ぎ興ずるせいですよ）

第12章「みそかなる」には五条の后邸に住む高子への「蜜なる訪れ」。高貴な姫君高子は業平がひたすら執着した女人である。業平は、崩れた築地から五条の后邸に侵入しようとするが、二人の番人が立っている。色好みの男は、築地の崩れから女の家へ通う、という「流儀」がもてはやされた。芭蕉は桃青号（34歳）のころ「猫の妻へついの崩れより通ひけり」の句を詠んだ。好色な猫が業平を気取って崩れた塀からメス猫に逢いに行くシーン。江戸の連衆にも「業平の故事」は知れわたっていた。

第16章「杜若」は、高子姫を失った業平が東国へ下り、八つの橋にさしかかると見事な杜若が群れ咲いていた。食事のあと、かきつばたの五文字を頭に置いた歌を詠んでくれ、と言い寄られた。

から衣きつつなれにしつましあれば　はるばる来ぬる旅をしぞ思ふ（着なれた唐衣のように身を装う妻を思い浮かべると、はるばるやってきた旅がしみじみと

思いやられる）

武蔵の国と下総の国との中に流れる川へやってきたのは第17章「宇津の山」。大きな川で隅田川と申すそうで、この川を渡れば二度と京の都へ戻り帰ることは叶わない心地がする。

渡し場から舟に乗ると、白い鳥が飛んできた。嘴と脚が赤く、「何と申す鳥か」と訊くと船頭が「これが音にも聞こえる都鳥だ」と応えた。

名にしおはばいざ言とはむみやこ鳥　わが思ふ人はありやなしやと（その名前に都という名を背負っているのなら問おう、私が思いを寄せている人＝高子姫は健やかであろうか、それともそうではないのか）

この和歌に因んだ言問橋が、いまも隅田川に架かり、橋のたもとでは名物の言問団子が売られている。

第28章「紅葉の錦」には御息所になられた高子姫が大原野神社へ行啓し、紅葉の歌会が行われた。業平が参じると、紅葉がはえる竜田川の屏風が展示されていた。歌会に呼ばれた者がつぎつぎと紅葉の歌を詠んでいく。業平の番になると神の代を詠いこんだ。

　ちはやぶる神代も聞かず竜田川　唐紅に水くくるとは（神代の昔にも聞いたことがございません。竜田川の紅葉は唐紅の色にくくり染めをしたように、紅くまだらに錦をなしております。何とはなやかで哀れなことでしょう）

古典落語でもおなじみの「ちはやぶる」である。

最終の32章「つひにゆく」は、業平55歳。蔵人頭に任じられた。業平、最後の歌が示される。

　つひに行く道とはかねて聞きしかど　昨日今日とは思はざりしを

綴じ紙の最後の1枚に、覚束ない文字で、業平辞世の歌が書かれていた。死の床で業平は若い女伊勢（百人一首の伊勢とは別人）に生涯の歌を託した。これが『伊勢物語』の発生とタイトルを暗示している。

授賞式の挨拶で、髙樹さんは「業平は日本文化の流れを作った最初の人物で、日本の美意識は、権力者ではなく、傍流の文学によって受け継がれてきた。口承文学であった日本文学の音律、リズムを大切にしたため、歌の中身を地の文に溶けこませることが難しかった。身分ある人が漂泊する貴種流離の源流が業平にある。鬼など人智を超えた存在に対し、征服するのではなく、あると分かりながら最善の努力をしていく平安の人々は、余裕があった。その努力が人を強くし、雅にもしたのではないか」と語った。

村田喜代子の海底奇譚『姉の島』

第49回泉鏡花文学賞は、村田喜代子著『姉の島』（朝日新聞出版）。海女の海底幻想小説である。

海女は海に入ってアワビや藻をとる女性で、海女の「あたし」と小夜子は、春のお彼岸に八十五歳になった。九州長崎近くの小島に住む海女たちは、高齢に達すると、倍暦といって齢を倍に数える習わしがある。「姉の島」のふたりは実年齢の倍の百七十歳となった。これは古代の天皇の齢の数え方で、初代のジンム天皇は『にほんしょき』の書き付けで百二十七歳と記されている。

漁協組合長から「おめでとうございます」と挨拶されると、満潮の海が両手を広げてザワザワザワーと迫ってきた。このシーンから、老海女たちの不思議な冒険譚がはじまる。

若い海女は磯付きの浅瀬で五、六メートル潜るが、年季の入った海女は海女舟を雇って沖へ出て、二十から三十メートルは潜る。四人一緒に潜水する。海底のアワビのシマへ降りるためにフンドウという二貫目ほどの錘をつけて、一息に潜る。息が切れる三分間をシオに息綱を摑み、引き揚げられる。海の中は幻のようで、広い波の天井は白く眩く輝いて、振り仰ぐと大きく丸いお天道の光の輪が揺れ動く。

あたしは倅夫婦と孫夫婦の四人と一緒にひとつ屋根に暮らしている。晴れた日は岬日和といわれる。昔、岬から二十キロほど行った辺りに、沈没船があるという噂を聞いたことがある。四十キロほど沖では日本海軍の潜水艦が二十何隻か戦後処理とし

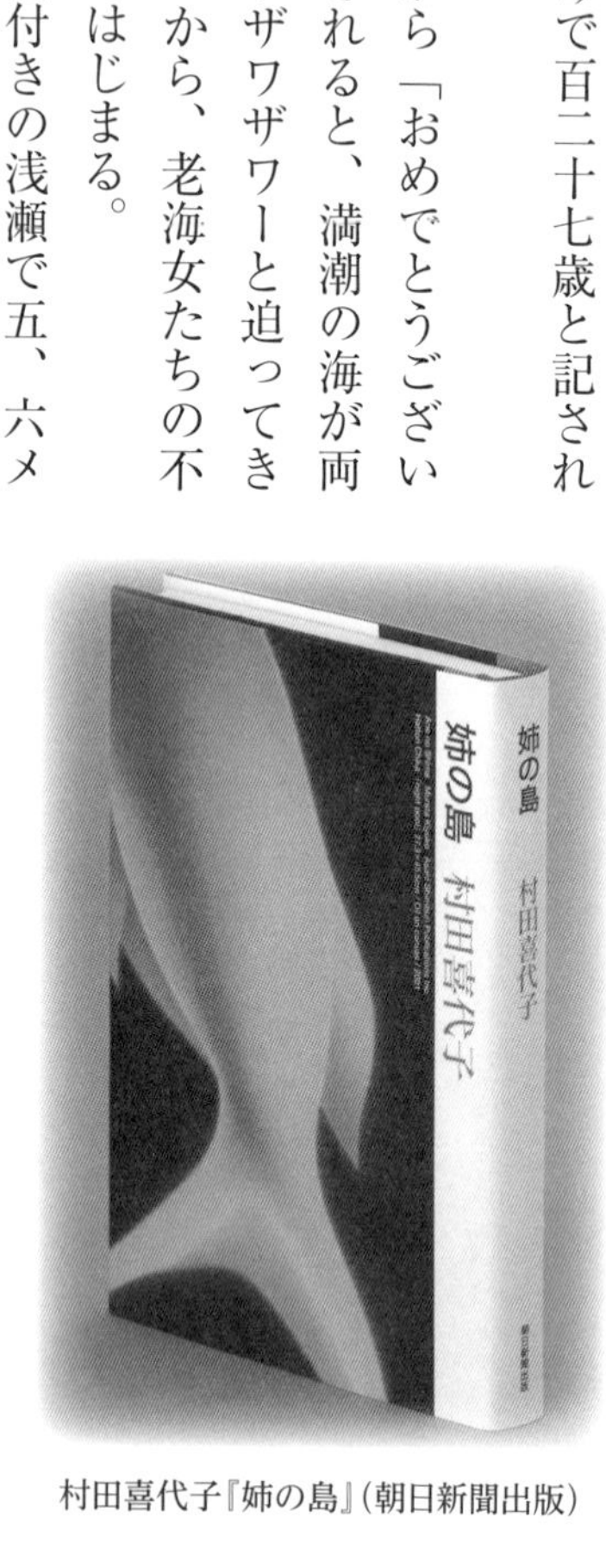

村田喜代子『姉の島』(朝日新聞出版)

て爆沈処分された。

日本が戦争で負けた年の夏のことを覚えている。長崎の町が原子爆弾の火の玉で吹き飛んだ。

長崎とこの島とは波の下では地続きだ。

あたしの一番上の兄はアッツ島で死に、二番の兄はサイパン島の玉砕で、三番目の兄はレイテ沖海戦で逝った。

海底が深みへ傾いてゆくそのさきの暗がりから「もし」と声が響いてくる。すると手がぐいと引っぱられて、船上に引き揚げられた。船幽霊にすがりつかれたが、仲間の小夜子に助けられた。

ディテイルに深海の匂いがある。深く構想して、ゆるやかに語りかける。

孫の嫁さん美歌（みか）も海女をしているが、妊娠した。海女には船幽霊がつく。嫁が船幽霊よけの金ピカの呪い（まじない）の指輪を孫の嫁の美歌に与えた。ありがたや。新しい命が生まれようとしている。さて、無事に生まれるか。

美歌の腹が徳利（とっくり）の鶴首みたいになっている。あたしと美歌は浜で海藻を集めて魚のトロ箱に放り込む。

「美歌ちゃん、腹は大丈夫かね」と小夜子が言うと「へっちゃらです」と応える。

アワビ漁はいよいよ最盛期に入った。

海の水は人間の業に似ている。この冷たさ。

見渡す限りこの水の途方もない重たさ。

海底の山や丘や谷は昼なお暗く、水圧の壁が迫る。

倍暦を貰った四人の海女が寄り合って、海図を見た。島々の形が描かれ、中は白いまま。右端に本土の長崎港があり、反対の左端は東シナ海へと広がっていく。海女が集まるときの話題は船幽霊である。三年ぐらい前に海軍の軍服を着た男が出た。孫ぐらいの齢ごろで、

「もうし、姉さん。お尋ねしますが、トラック島はこっちの方角でしょうか…」

やれやれ。小夜子が興に乗って男の声音を真似しながら敬礼した。

それは色の白い青年。トラック島は日本海軍の基地だった。軍艦が十隻、商船も三十隻以上沈んでいる。零戦の飛行機の残骸も百機以上。

その軍服の幽霊は親戚の若い者かもしれない。けれど、その顔を見ちゃならねえ。

「姉さん」と声がして、背中をドンと叩かれた。

「霊出せ、霊出せ」

みんな一斉に唱えた。船幽霊を追い払う海女の呪文である。シホイという倍暦百八十歳の先輩海女が「わしもその軍服の若者と会うたぞ」と言った。アワビを獲っていると、人間の息がふっと首にかかった。

「お尋ね申します。トラック島はどっちでしょうか」

「霊出せ、霊出せ」とあたしたちは声を揃えて唱えた。振り返って相手の顔を見ることは凍りつくほど怖ろしい。ぐずぐずしているとこちらの息が切れる。ひたすら「霊出せ、霊出せ」と唱えつづける。腰の珊瑚の御守りをグッと握りしめた。兄さん、どこまで落ちていきなさるか。兄さんは落ちていく。際限なく、どんどん落ちていく。

そこもこの世の一部なんじゃろう。いったいなぜまたうちの兄さんがそんな南の涯の地の底、真暗闇の海の底まで落ちて行かねばならぬのか。


と、ここまでが3章で、まだ話の3分の1である。海の奇譚がミステリーとなって、感動的な最終シーンへ展開される。

第4章には天皇海山が出てくる。その海山列が見つかったのは戦後十年目にアメリカの学者が日本海軍の機密書類を調べて公表した。九つの海山にカンム、ユウリャク、キンメイ、オウジン、ジングウ、ニントク、スイコ、ジンム、テンジ、と天皇の名前をつけた。

第5章は「魚だちよ。この水の下にごっつい鉄の艦を見なんだか?」

十年くらい前、タコ獲りの漁師が、戦時中の零戦の機体を見つけた。波の下に細長い大きな影がぼんやり見え、水深二十メートル潜ると、赤や黄や青の珊瑚・海藻の花ざかりで、操縦席に航空服を着た骸骨が坐っておった。落ちていた翼にくっついた牡蠣殻の間から青い日の丸が見えたんじゃ。海底が深くなるほど青味が勝る。血の気のうせた日の丸じゃな、とあたしは思った。

第6章「水ば抜いたら、太平洋の底は見渡すかぎり皺ばかり」で伊号潜水艦が出てくる。日本海軍の潜水艦には、伊・呂・波(イロハ)の記号がついていた。あたしは巨大な伊号潜水艦のことをぼんやり考える。

えんどう豆の分厚いさやを指で裂くと、三粒か四粒、ぷっくり太った実が入っている。そこに伊号潜水艦を思い浮かべる。村田さんの描写は歴史の記憶が手にしたえんどう豆に宿る。認識がえんどう豆の潜水艦となり、そこから豆の兵隊が出てくる。窮屈なさやのなかに行儀よく並んでいる。

整列。一列縦隊。

「あたし」は口のなかでそっと号令をかけてみる。

「あたし」はアッツ島の海で亡くなった1番上の兄を思う。

ここまででまだ半分です。

見逃せないのは、妊婦の海中出産である。

熟練の海女は、アワビ獲りの小船の上で産み落とした。船べりに摑(つか)まって、しゃがみこんで赤子を産んだ。

リアルな描写が第7章に出てくる。怪異、雄大、満身創痍(そうい)。海女の不思議な物語は「海底の砂漠」へむかって深く美しく、哀しく潜んでいく。ギリシャ神話の悲劇と、万葉集「長歌」の抒情(じょじょう)が三味一体となって誕生した。

冥界(めいかい)の暗がりに踏み入る大濱普美子『陽(ひ)だまりの果て』

第50回泉鏡花文学賞は大濱普美子著『陽だまりの果て』(国書刊行会)に決まった。

大濱さんは1958(昭和33)年東京生まれで、1995(平成7)年よりドイツのフランクフルトに在住している。2009(平成21)年「猫の木のある庭」(三田文学）を発表して注目された。「夢うつつの陽だまり」、「冥界（めいかい）と現世（うつしよ）」の暗がりを行き来する幻想譚6編で構成されている。

表題作は「廊下を、人気（ひとり）のない廊下を、ずっと奥のほうへと辿（たど）っていったところに、陽だまりがある」という一文で始まる。少し薄暗い廊下の行き止まりに扉があり、扉の上半分に硝子（がらす）が嵌（は）まって、その硝子板から床の上に陽だまりが落ちていて、そのうち耳元で名前を呼ばれた。

ナ・カ・ヤ・マ・さーん、どうしたんですかーと声をかけられて、腕を引かれて部屋の方へ進んでいく。

廊下に台形の陽だまりが落ち、そこに木の葉の影が連なって、ぎざぎざの葉の縁の輪郭まで影となっている。

ふいに登場する景色はおぼろげで、陽だまりの影は遠ざかって濃くなったり薄くなったり、つかの間見えなくなって、また戻ってくる。歩き出すと倒れそうで倒れないヤジロベエに似て、軀（からだ）が振り子のように横揺れする。

物語の主人公は施設に暮らす老人である。

ひとり息子の和彦が、すでに死んでいることが、おぼろげな記憶でわかる。和彦は二十歳前に、学校のサークルで下戸なのに飲めない酒を無理やり飲まされて死んだ。

家の仏壇側の棚の前に和彦の遺影が置かれている。

和彦の母芳子（よしこ）さんが「できましたよー」と言って重箱三箱につめたおはぎを持ってくる。

芳子さんは「和彦の大好物ですから」と言ってひとりで全部食べてしまう。「この世」と「あの世」をつなぐ薄暗い陽ざしが、端正な文章で回り灯籠（どうろう）のようにつづられる。

影灯籠的な浮遊感は年をとると夢のなかに現われることがある。

主人公は真夜中の廊下を彷徨（ほうこう）する。

足下の床は仄蒼（ほのあお）く、水溜（みずたま）りのようだ。硝子を透して仄白い真ん丸の満月が上っていた。ほう、と思わず漏らした声に、一瞬の間を置いて、後ろで穏やかに応じる声がした。

「お月見ですね」

一回頷（うなず）いてから、椅子に座ったまま月を見る。

大濱普美子『陽だまりの果て』
（国書刊行会）

おやすみなさい。背後の声が応えるのを聞いてドアの取っ手を握る。気配は消えて足音も聞こえない。ここの人たちはみんな、底が分厚いゴムでできた白い靴を履いていた。

ベッドはパイプの枠に囲われ、枠を回りこんでいったその後ろに扉がある。金属製の蛇腹状で、折れて畳める造りになっている。昔の写真館にあった蛇腹つきカメラの内部を連想させる。その箱のなかを這い進むと、クッションのような弾力のある塊に支えられた。気がつくと押し入れの中に座っている。人声が聞こえてきた。

そんなわけないでしょ、ごごにかくにんとってるんだし、どっかいくわけないでしょう。…もいちどちゃんとかくにんしなきゃ。ひょっとしてもどってるかもしれないし、ほら、くろーぜっととかもみてさ。

パシンと電灯のスイッチが入り、バシバシバシッと真上の金属が鳴って、突然溢れた光に目がくらんだ。ああああ、と叫んだのは、自分の声なのか。…顔をかばって腕を上げ前にかざした。

このシーンで主人公が介護老人施設にいることがわかるのだが、語り手は芳子さんの夫と察せられる。

そろそろ食堂も閉まっちゃいますから、晩ご飯食べに行って下さいね、と言われた。

夜の廊下を人が通る。そうこうするうち、夜勤をしていた若い男に会う。髪の毛が黒い男。顔はちょっと面長で、薄緑の上っ張りみたいな上着を着ている人。ヤマナカさんという人。名札のナカヤマ（中山）は鏡に映って逆文字（山中）になる。

若い女のスタッフにその男のことを訊くと「ヤマナカさんという人は、ここにはいません」と言われた。

若い女は踵を返す。と、自分の存在が不明になり、昔の記憶が枠を超えてバラバラに解体される。傍らに、だれかが座っている。身を寄せあってぴったりとくっついて、一人の右半身ともう一人の左半身がぴたりと合わさって体温が混じりあい、溶けあってきた。

かくして、恍惚の荒野をさまようのです。

暗がりのなかに、少年時代の友人・信也がいた。そこは押し入れのなかで、信也がふすまの隙間からじっと外を覗いていた。今夜のおかずは、と尋ねたら、天ぷらだって言ってた、と信也が答えた。すべてが思い出のなかだ。

と話は恍惚のぼんやりした記憶に重なる。廊下を奥まで辿っていったところに陽だまりがあり、いつのまにか人が近づいてきて斜め後ろについている。黙ったまま二人で立っている。

枝葉の影が揺れて、輪郭が濃くなり薄くなり、ぼやけてはまたくっきりするのを眺めている。さまよう過去の魂、和彦を供養しつづける芳子さん、死に近づきつつ施設で介護される老人の揺れる陽だまりと影を、幻燈絵物語のようにつづった。静かな美しい文章で、時空を超える幽玄の世界が生まれた。

この1冊に収録された掌編(しょうへん)小説「ツメタガイの記憶」に傾聴ボランティアが出てくる。年老いた婦人が話す、妄想の回想。ツメタガイは海の砂の中に棲(す)む七センチほどの貝で、淡い褐色をしている。カタツムリの形に似ていて、アサリの殻に孔(あな)を開けて肉を食う。傾聴ボランティアをした老婦人が、亡くなる五日前に、施設のケアマネージャーに託したプレゼントの小箱には、ツメタガイが入っていた。語り口が「魔女のささやき」だ。『陽だまりの果て』へつながる精神の回路は、空漠の地平をめざす。ありふれた日常生活のなかに文芸の呪術がひそみ、記憶がちぎれ雲となった老人と、それをとりまく人とのあいだにうごめく。

かけがえのない家族や友人との心の行き違い。大濱さんは、現実と異界が地続きとなった地平を見さだめている。大濱作品を推した金井美恵子さんは「文章力と構成力が群を抜き、不思議な空間を描く力が、鏡花の世界に似合う」と評し、「鏡花がいたら間違いなく大濱さんの作品を推しただろう」と語った。

泉鏡花文学賞制定50周年記念の授賞式は金沢市民芸術村で行われ、会場は満席の客であふれた。

鏡花賞創設を市に提案し、第1回から選考委員を務める五木寛之氏は「鏡花賞はいよいよ成長期から円熟期へ歩みを進めるときで、さらに新しい世界を切り開くことを願っている」と期待をこめたメッセージを語った。

選考委員の村松友視氏は『陽だまりの果て』に登場する母親芳子さんの「桐簞笥(きりだんす)の一段目の引き出しから出てくる手袋」のディテイルの凄(すご)みを語った。

「黒、焦げ茶、薄茶、灰色、赤、紫、滑らかな革、皺(しわ)の寄った革、太い毛糸、細い毛糸、毛羽(けば)だった布製、とさまざまの手袋が一組ずつ手首のところに織り込まれ、指の部分を上にして立てられている」。物語の細部に宿る老母芳子さんの優雅なる手袋。

授賞式の控え室にいた大濱さんに「文章をどうやって書くのですか」と質問した。ゆるやかに力を抜いた軽やかな会話や、ユーモアあふれる登場人物がずっこける話もでてくる。

「まず、イメージを小さな紙や手帳にメモのように書きつけ、それを原稿用紙に清書してから何度も何度も手を入れます」とのことであった。体験したイメージの断片をコーヒーミルでひき、精製しつくした言葉が、端正で香り高い文章になることがわかった。

本稿は北國新聞社が発行する総合文芸誌「北國文華」（第71〜94号、2017〜22年）で「泉鏡花文学賞史」として連載したものです。

市民文学賞の50年

秋山　稔

受賞作に共通する豊かな感性

泉鏡花記念金沢市民文学賞の受賞作は、1973（昭和48）年11月の第1回から2022（令和4）年10月の第50回まで93作品に及ぶ。散文61作、韻文32作に大別されるが、訳詩エッセイ集や俳句エッセイ集などもある。受賞者も、金沢に生まれ育った方や学都金沢に学んだ方など多彩である。

しかし、共通していることがある。『派兵』で第5回市民文学賞を受賞した旧制四高出身の高橋治氏が「私の帰るところは金沢しかない」と述べ、『コクトー、1936年の日本を歩く』で第33回市民文学賞を受賞した西川正也氏が「金沢に生まれ育った者として身につけた感覚に誇りを持っていきたい」と挨拶されたように、若き日の鏡花同様、金沢の艶やかで美しい四季とふれあい、奥深い文化や風土に育まれた繊細かつ鋭敏な感性に基づいているということだ。

市民文学賞、誕生前夜

１９７３年3月に「泉鏡花文学賞」が制定された際、市民を対象とした賞併設の趣旨が盛り込まれ、4月1日に施行された。同年4月5日付「北國新聞」夕刊、「鏡花文学賞　選考方法など決まる」によれば、市民を対象とした賞は、当初「地方新人鏡花文学賞」と呼ばれたようだ。同年7月制定の「鏡花文学賞条例施行規則」で「泉鏡花記念金沢市民文学賞」と明記された。

市民文学賞は、「中央の人」に与える泉鏡花文学賞の副産物ではない。五木寛之氏が本書「鏡花賞の50年」で説かれるように鏡花文学賞の「もう一つの目標」であり、「金沢という文化的伝統の息づく街に、新しい文芸活動の種を撒きたい」という意図から生まれた「金沢市民による市民のための文学賞」である。そのことは、何よりも受賞作が証明している。

「幾多の文学者を輩出した本市の文化的伝統の継承発展を図り、市民の文化水準の

(3)　昭和47年1月29日　(土曜日)　北國新聞　(夕刊)

土曜小説

昭和47年1月29日　(土曜

土曜小説

本社募集・入選作品(その一)

寺本信平・作

中村秀雄・画

1972年1月29日付北國新聞夕刊に掲載された「土曜小説」。北陸を題材とした作品を募集していた（紙面画像を一部加工）

向上に資するため、すぐれた文芸作品に対し、鏡花文学賞を贈与する」という授賞の目的と直接結びつくのは、市民文学賞だといっても言い過ぎではない。

注目されるのは、市民の創作に寄せる熱い思いが、文学賞発足当時の金沢にあふれていたということだ。端的にそれを裏付けるのが、「北國新聞」の「土曜小説」である。2019（平成31）年に始まった「土曜小説」は毎月1回、気鋭の作家の新作が掲載され、文学の魅力・愉しみを実感させてくれるが、半世紀前の北國新聞にも「土曜小説」はあった。

当時は、「本紙短篇小説応募作品」として一般募集し、入選作を掲載していた。1972(昭和47)年1月29日付同紙「第一回募集入選作に三編」に記す「応募要領」には、

四百字詰原稿用紙十五枚。時代、現代、SF推理ものを問いませんが、舞台あるいは題材は北陸にとってください。

とあり、「ふるさと」に取材した地元在住作家を積極的に育成しようという意思を読みとることが出来る。

第1回の募集には、なんと「百二十八編の応募」があり、当選作は寺本信平「ボンの失踪」であった。第9回も「百四十六点」の応募があり、荒川義清「金沢弁」が当選した。寺本氏は文学雑誌「DARA」同人で、荒川氏は北陸文学会同人、いずれも同人誌を中心に活躍していた地元の有力作家であった。荒川氏は『暗くて長い穴の中』で第4回市民文学賞を、のちに「親平」とペンネームを改めた寺本氏は『卯辰』で第33回市民文学賞を受賞している。なお、1973年1月24日掲載の第10回からは「本紙新人短編小説入選作」となった。「地方新人鏡花文学賞」との暗合を感じさせる。

要するに、小説だけをみても、市民文学賞を毎年選出するに足る文学土壌が形成され

ていたということである。

第1回受賞の2作品

第1回受賞作は、かつおきんや『能登のお池づくり』と北國新聞社加能女人系取材班『加能女人系（下）』であった。童話とルポルタージュで、一見、鏡花文学とは無縁のように見えるかもしれないが、作品を支えるモチーフに共通点がある。

『能登のお池づくり』は、江戸後期、和倉温泉に近い鹿島郡三階（みかい）村の農民が灌漑用の大池造成に取り組んだ実話で、中心人物の十村頭（とむらがしら）北村源右衛門は、著者の母方の先祖に当たるという。

源右衛門の下男伊平一家が宅地と農地をもらって独立し、無事田植えを終えるが、雨が降らず、困窮する。取水をめぐって農民の対立が深まる中、頼みは石動山での雨ごいしかない。源右衛門は、「龍神さまのすんどる池へ使いをだしたら雨がふった」という言い伝えを頼りに、伊平の息子伊三郎らを医王山の三蛇が滝に向かわせる。伊三郎が、土地の水やびんつけ油、白粉などを滝つぼに投げ込むと、龍神が姿を見せ、「おらの村を、おすくいくだざい！」という叫びに応えて恵みの雨をもたらす。しかし、時遅く収穫はわずかにとどまったのであった。その後、寄合でだれかが「ため池をつくったらどうやい」といった一言をうけて源右衛門が大池の造成を思い立ち、山地を縦横無尽に走る天狗のような老人の指導により村人総がかりで漆沢の谷に土を盛り、大池が完成する。老人は、60年前に無法な検地に反対して藩命で処刑された「道閑さま」の孫だったという内容である。

日照りに追い詰められた村人が龍神の棲む池に雨ごいする場面は、鏡花『夜叉ケ池』を連想させる。作中「竜神がすむ池」として、「三国が岳の上」にある「夜叉が池」の名も挙がっている。また、鏡花には『妖僧

かつおきんや『能登のお池づくり』

記』や『茸の舞姫』など天狗の登場する作品が少なくない。わらべ歌などの歌をしばしば作中に取り入れているのも、『草迷宮』や『夜叉ケ池』などと共通する手法である。題材や方法が鏡花文学とつながっているのである。

かつお氏は、受賞に際して北陸を中心に「名もない人たちが大きな歴史の流れの中で、どういう生き方をしてきたのかを書き、子供たちといっしょに考えていきたい」と語っているが、もう一つの受賞作『加能女人系（下）』も、「名もない人たちが大きな歴史の流れの中で、どういう生き方をしてきたのか」を描く。

北國新聞社加能女人系取材班『加能女人系(下)』

室生犀星の母など、60名余りの女性を取り上げて、明治・大正・昭和の激動の時代に加賀・能登の女性たちがそれぞれの逆境をいかに生きぬいたかを描いたルポルタージュ（「北國新聞」夕刊連載）である。明治の初め、金沢市内にできた製糸場の事故で亡くなった女工たち、死因追求のため遺言して解剖を望んだ盲目の女性、昭和恐慌の時代にエプロンとトランクを持ち歩いて依頼に応えた金城家政婦協会の女性たちなど、名もない女性の姿が目に浮かび、心に響く。

鏡花文学には、父の死後困窮して乗合馬車の御者となった村越欣弥に仕送りを申し出る『義血侠血』のヒロイン滝の白糸など、無名の女性の犠牲的な献身を描いた作品が多い。多いというより、鏡花文学の基本的な姿勢がこうした女性のまなざしと共通しているのである。

このように鏡花文学に水脈を持つ2作品を「市民文学賞最終選考委員会」が選んだのは、さすがである。発足時の委員は、浅田二郎・安宅夏夫・大沢衛・小林輝冶・新保千代子・鶴羽伸子・西敏明・藤田福夫・藤本徳明・横山文平の10氏で、鏡花文学賞推薦委員を兼ねていた。鏡花文学賞の選考経過を振り返った奥野健男「鮮明な賞の性格」（10月31日付「北國新聞」）は、「地元の選考委員」が、「最終的にしぼって推薦してきた六冊は、まことに味のある巧みな心憎い選択であった」と絶賛されたが、市民文学賞の選考にも同じことがいえるのではなかろうか。

詩歌を対象に加えて

第2回は、安政の飢饉と七稲地蔵の由来に取材した西敏明『城下 安政飢民抄』、第3回は奪い奪われる愛の深淵を描く水芦光子『奪われるもの』、第4回は味わい深い短編を収録した荒川義清『暗くて長い穴の中』と藤本徳明『北陸の風土と文学』『日本海のロマン』、第5回はシベリア出兵に取材した高橋治『派兵』と力作の受賞が続く。『北陸の風土と文学』が評論で、『派兵』はルポルタージュ、あとの3編は小説である。

これに対して、第6回は大戸宏『長町ひるさがり』と岩田記未子歌集『冬の梢』の2作で、初めて歌集が受賞している。ここに、市民文学賞の第1の分岐点がある。

というのも、第5回までは「小説、戯曲、翻訳、民話、童話、評論」に限られていたからであった。西敏明「総花式では本質を失う」（1977年10月6日付「北國新聞」）によれば、「泉鏡花は日本文学史に特異の光芒を放つ散文芸術家であった。その稀有の才能を生んだ郷土の文化的土壌を、より豊かなものにするために制定された文学賞が、授賞対象を散文に限定しても不自然ではないのではないか、というのが発足当時の市当局ならびに委員会の結論であった」という。さらに続けて西氏は「短詩型文学の全ジャンルの人びとの幅広い注文であることがはっきりすれば、おそらく市当局としても、過去四年間の実績に対する市民からの反応として素直に受け止め」るのではないかと記す。この論説は、同年9月22日付同紙に「北陸文学」主宰、中村慎吉氏が寄稿した「金沢市民文学賞に注文する　詩歌無視とは不可解」に答えた一文である。同年9月から10月にかけて、市民文学賞のありかたについて中村氏と西氏の間で、数回の議論が紙上で

夕刊）　第3種郵便物認可

鏡花市民文学賞に注文する

詩歌無視とは不可解

中村慎吉

金沢市が制定している「泉鏡花記念金沢市民文学賞」は、この秋五回目の選考を迎える。この機会に、推薦作品のあり方について、かねがね抱いている私の疑問の一端を述べてみたい。

端的に言って、鏡花市民文学賞の対象文芸作品が、なぜ、小説、戯曲、民話、童話、評論に限定されているのか。金沢で最も広く市民の文学活動となっている詩や短歌、俳句などの短詩型文学が、どういう理由で、選考対象として扱われないのか。〈文化的伝統の継承発展と市民文化の向上〉を目的とする鏡花文学賞の趣旨からみて以上のことが私の第一の疑問であり、同時に不満の一つでもある。

言うまでもなく、詩歌は、日本文学の成立からも明らかなように、あらゆる文学の母体である。そして、金沢は昔から、[illegible]歌、俳句の盛んな土地柄である。室生犀星をはじめ、中野重治、井上靖ら、有名無名の人たちが、この金沢の風土の中で育ったことは、よく知られている。

こうした伝統の中から、事実、得がたい業績を残してきた人たちは、数え切れないほどいる。私の狭い知己に限って言っても、昨年亡くなった詩人の浜口国雄の仕事などは、その代表的な一つであろう。また、現存者でも宮田茂子や小笠原啓介らの残している業績から、最近五冊目の詩集を出した宮崎正明や安宅夏夫、歌人の[illegible]稿、深川洋三、岩田記巳子らまで、世に広く認められた仕事をあげればいくらでもある。

それに、もう一つ大事なことは毎月のように発行される詩歌誌などの数でもわかるように、詩を書く人は三十人や五十人ではきかない。短歌、俳句ともなれば、数百人。これらの人たちが、美しい言葉、選んだ言葉の一行でも生みだそうと、熱心に励んでいる、ということである。

私は、このような市民の文学エネルギーこそ、〈市民文化の向上〉の源泉であると思う。さらに言えば、金のある人や専門の人が名を売るためにやるような仕事と違って、詩歌が今日なお、職業として成り立ち得ない性質の営為であるにもかかわらず、その表現美に魅せられ、黙々と創作活動に取り組んでいる。こうした多くの無名の市民の仕事こそ、市民文学賞の名において、顕彰されるにふさわしいと考えるのである。

鏡花市民文学賞は、今回から発表形式だけは、私どもの要望が通って「単行本に限らない」と改まった。しかし依然として、これまで述べたような市民の文学エネルギーも、そのすぐれた所産も、無視されている。これは全く片手落ちで、このような選考のあり方が、果たして市民文学賞に値するのかどうか、疑わしいと言える。

それにしても、推薦委員をもって任じている諸氏は、どう考えておられるのか。これらのことを、おかしいとも思われず、今日に至っているというのも、私にはなんとも不思議で、理解しがたいことである。

聞くところによると、委員の中には「詩なんか、わからない」と言い「数の多いものを、一々読むひまはない」というようなことを平然と述べる方がいるそうだ。しかし、これが本当ならば、おそらくそうした委員の言葉が、大方の委員の意を代弁し、あるいは暗黙に承認されていて、今日なお、詩歌が不当に選考対象から除かれているのではないか。

もちろん、これは私の憶測にすぎない。しかし、これは聞き捨てにできない問題であろう。およそ〈詩もわからない人〉が文芸作品を選考し、〈市民の文学的仕事を丹念に見るひまもない人〉が、推薦委員に納まっている、としたらそのこと自体からして、お粗末な話であろう。

このあたりで、良識ある金沢市民の名において、市民文学賞のあり方を根元的に問い直し、改めていく必要があるのではないか。この地はとかく、ある問題提起を行っても正面からの論議を避け、黙殺しがちな風もあるが、ぜひ幅広い論議を呼びたいと念ずる。

（「北陸文学」主宰・金沢市）

夕刊文化

「阿蘇はこの牧場のうねうね山の広場から、外輪山を馬とともに

いま県美術館で開かれている「明治が生んだ洋画の巨匠展」に

りかけてくるものがある。

初期の作品である「馬を持って

として、われわれに迫るこの力、いいあらわすことのできぬこの手

でもある。大正三年ごろは、明治画風が主流を占めた文展に対して

今東光が亡くなった。ガンを抱きながらも、悠々（ゆうゆう）と生きたその姿はみごとであった。それは仏教者としての死生観に基づくものであろうが、それ以上に人間としての生きざまからきているように思われる。

東光和尚の毒舌は一種爽快（そうかい）な味があった。参議院本会議で「バカヤロウ」とヤジをとばし、陳謝をもとめられたのも記憶にあざやかだ。「極道辻説法」では若い世代のきびしい相談相手だった。

豊岡中学に在学していたころ、担任の教師から汽船について質問を受けた。父が日本郵船の船長だったこともあって、東光少年は船にくわしい。[illegible]

とはいえ、昨年一家をなすもの　川端康成の紹　潮」の同人とし　「文芸時代」や　派の新言手とし　「痩せた花嫁」　である。しかし　により、不退時　なり、作家問題　昭和五年五月に　はつ）し、以後　して過ごした。

だが、その間　気概は失われず　古典を究め、　がいた。そし　よって昭和三十　ナ、若草ク

つり現地速報

【ボラ】…河北潟の競馬場裏で、70—80

「詩歌無視とは不可解」と市民文学賞の対象ジャンルに注文をつけた中村慎吉氏＝1977年9月22日付北國新聞

交わされている。

このように、当初は鏡花の作家活動を散文の分野に限定していたわけだが、師匠の尾崎紅葉の薫陶を受けて、1897（明治30）年前後には弟斜汀とともに、俳句に熱中した時期が鏡花にはある。紫吟社の一員として巖谷漣（さざなみ）の邸で開催された句会にたびたび参加し、紅葉の主宰した「読売新聞」俳句欄に1896（明治29）年からの6年間に154句を発表している。昭和になっても「俳句研究」に「迎酒」27句（1934年5月）、「こなから酒」38句（1936年9月）を発表するなど句作を絶やしたことがない。鏡花記念館の向かいにある久保市乙剣宮境内の句碑、

うつくしや鶯あけの明星に

は、「迎酒」の一句である。また、大正時代には児童雑誌「赤い鳥」に「あの紫は」「蓑着て通る」などの童謡を発表している。つまり、鏡花文学には短詩型文学もあるのである。

翌年、金沢市が要望に応えて「詩、短歌、俳句、川柳」に対象を広げたのは、当然であった。散文についても、「小説、戯曲、翻訳、評論、随筆、地誌、紀行、民話、

童話、伝記、歴史、ルポルタージュ等」として、「日本語作品であればジャンルは問わない」こととした。選考体制もこれにあわせて、鏡花文学賞推薦員と市民文学賞選考委員を分離すると同時に、市民文学賞選考委員会の傘下に予選委員会を開設した。

市民文学賞選考委員は、大沢衛・梶井重雄・小林輝冶・中西舗土・中村慎吉・西敏明・藤本徳明・森直弘・山田良行の9氏、予選委員は、浅田二郎・綱村流水・荒川義清・井崎外枝子・乾満寿子・井上雪・金子健樹・黒田櫻の園・敷波澄子・新保千代子・杉原美那子・出島二郎・松田章一・森英一・森下冬青・森美禰・山田二郎・山本弘子の18氏で各ジャンルを網羅している（『鏡

久保市乙剣宮の境内にある鏡花の句碑
「うつくしや鶯あけの明星に」

花幻創』参照)。

こうして、第6回以降、市民文学賞の選定は、予選委員会で推薦された作品から第1次候補作品数編を予選し、第1次候補作品のうちから、授賞候補作品を市民文学賞選考委員会で選定することとなった。「市民文学賞の制定趣旨に合致する、個性豊かな市民文化の形成に寄与する優れた文芸作品」とする基準に変化はない。

韻文最初の受賞作『冬の梢』は、岩田氏の第2歌集で、作者によれば「北陸の冬をうたったささやかな歌集」だというが、ここにも、鏡花文学につながる世界が広がっている。たとえば、

　紫陽花の青は寂しとおもひしが群なせば光となり声となる

は、友を訪ねて千駄木の森で何度も紫陽花を目にする鏡花の名エッセイ「森の紫陽花」を連想させるし、

　みづからが光となりて昏れ残る白鷺一羽みづ辺に顕てり

は、はかなく美しい『白鷺』のヒロインに、また、

阿修羅狂ふ吹雪の道をひたかける犬ありわれを抜けいでし犬

は、『雪霊記事』で猛吹雪の中、遭難した中学生たちの亡霊を導く幻の犬を詠んでいるようにもみえる。岩田氏の感性と鏡花のそれが共鳴しているとしかみえない。このように、韻文にも鏡花文学と通底する美が通っているといえよう。

岩田氏の受賞以後、津川洋三『歌集　惜春鳥』（第9回）、『時光　梶井重雄歌集』・『森美禰歌集　微微少少』（第15回）、三井ゆき『歌集　曙橋まで』（第21回）などの歌集の受賞があり、句集では、黒田櫻の園『三面鏡』（第8回）、中西舗土『俳句自画像』（第12回）、中山純子『句集　瑤珞』（第17回）、川柳では奥美瓜露『川柳句集　浅野川』（第18回）が受賞している。『俳句自画像』は、「小六月金平糖の甕(かめ)を抱き」以下「盆切籠捧げつづけて我が古りぬ」までの100句に自伝的回想を交えたエッセイである。詩集では、小笠原啓介『詩集　職人の道具の詩』（第10回）、堀内助三郎『詩篇　える』（第14回）が受賞している。9年の歳月をかけたという万足卓『季節の詩』（第7回）は訳詩エッセイ集で、同時受賞の宮崎正明『能登　人に知られぬ日本の辺境』は火星の研究者でもあるパーシヴァル・ローエルの紀行の翻訳である。

また、散文においても、金沢の四季折々の日常の習俗や風物詩を鮮やかに描いた好エッセイ、千代芳子『女の心仕事　暮らし12か月』（第11回）、歴史にうずもれた魂の記憶をよみがえらせた国本昭二『山口記を歩く』（第12回）、終戦前後の悲劇を克明に掘り起こして痛切な藤田繁『草の碑　満蒙開拓団　棄てられた民の記録』（第17回）、ジャーナリスト・俳人であった直野碧玲瓏の濃密な生の軌跡をたどる井上雪『紙の真鯉』（第19回）、重厚かつ克明なヒューマンドキュメントとして高い評価を得た大森定嗣『歴史を刻む音』（第20回）などの力作が受賞した。このように、第6回からは韻文が加わり、散文のジャンルも広がったことで、多彩なジャンルの受賞となった。市民文学賞が、より身近なものになったといえよう。

文芸フォーラムの提起

鏡花文学賞制定20年を迎えた1992（平成4）年には、初めての泉鏡花フェスティバルが開催され、11月14日に石川近代文学館でフォーラム「市民文学賞の現状と将来」が行われた。出席者は、青山克彌・西敏明・荒川義清・岩田記未子・井上雪・井崎外枝子・米田満の7氏であった。

受賞作の量と質の維持に議論が集中する建設的なフォーラムで、荒川氏が応募作品数の減少を危ぶみ、「金沢市在住4年以上」という応募条件の改定を提案したのをきっかけに、井上氏が「市内の学校に在学3年以上」を加えたらどうか、米田氏は時代を先取りして、「いわゆる文学性」とは別にノンフィクション的なものを尊重したらどうかと主張された。いずれも、以後の応募資格・応募条件の拡大を予言するものであった。なかでも参加者の一人森松和風氏（鏡花文学賞選考委員、森山啓氏のご子息）の、「芸術への意欲をそぐような応募資格や作品形態の条件等はやめていただきたい。応募が活字でなければならないというのはどんなものでしょうか」とする問題提起は、注目に値する（『金沢泉鏡花フェスティバル』参照）。

このフォーラムの提言を受けて、以降、応募資格・条件の緩和がさらに図られた。翌年の1993（平成5）年からは、ワープロ原稿による応募を受け付けるとともに、対象者も金沢市に2年以上居住している、過去に4年以上在住、通勤・通学している人に緩和された。2012（平成24）年からは年数に関する規定も撤廃された。また、

1992年11月に開催された文芸フォーラム。地元の文芸活動に造詣のある顔ぶれが主張を繰り広げた（左から）青山克彌、西敏明、荒川義清、井上雪、井崎外枝子、岩田記未子、米田満の各氏＝石川近代文学館

２０１３年には予選委員会が市民文学賞選考委員会に吸収された。これらを、第２の分岐点とみることができよう。

ワープロ原稿の受賞は、２０１５年の第43回の藤川六十一『能登の夕凪』を皮切りに、松下卓『網野草太郎・フラグメンツ』（第48回）、烏丸健三『サークル長屋とルーインズ』（第49回）がある。

１９９４（平成６）年以降の受賞作で注目される作品を分野別に挙げてみたい。

小説・戯曲では『松田章一戯曲集　和菓子屋包匠　他』（第25回）、遠矢徹彦『短編小説集　波うちよせる家』（第

29回)、幻想ミステリー松尾由美『銀杏坂』(第30回)、選考委員会のみならず文芸雑誌でも絶賛された寺本親平『卯辰』(第33回)、最新の受賞作藪下悦子『こおりとうふ』などがある。藪下氏は、かつおきんや氏の薫陶を受けたほか、五木氏が命名した「内灘砂丘文芸スクール」の出身でもある。

歌集では、喜多昭夫『歌集　銀桃』(第28回)、三井修『歌集　薔薇図譜』(第38回)、国見朝子『歌集　海光』(第41回)他があり、句集では市堀玉宗『句集　雪安居』(第26回)、高島筍雄『句集　桐の花』(第31回)、泉紫像『句集　晴天』(第40回)がある。詩集では、『中村薺詩集　を』(第32回)、『中谷泰士詩集　桜に偲ぶ』(第43回)、井崎外枝子『出会わねばならなかった、ただひとりの人』、『新田泰久詩集　夢の祈り』(ともに第46回)、『中野徹詩集　雲のかたち』(第49回)がある。中野氏は、金沢文芸館主催の文芸講座に学んで、受賞の光栄を手にしたという。

歴史分野での成果も多く、忠田敏男『参勤交代道中記　加賀藩史料を読む』(第22回)、木越隆三『銭屋五兵衛と北前船の時代』(第30回)、長山直治『寺島蔵人と加賀藩政―化政天保期の百万石群像―』(第32回)、木越邦子『キリシタンの記憶』(第35回)、徳田寿秋『前田慶寧と幕末維新―最後の加賀藩主の「正義」―』(第36回)、中橋大通『中世加賀『希有事也』の光景』（第37回）がある。

いずれも選考委員会で高く評され、市民文学賞の価値を高めた作品ということができる。

市民文学賞における鏡花

市民文学賞受賞作には、鏡花文学の論考や鏡花をモデルとした小説、あるいは鏡花文学の背景を実感させるものもある。

第4回受賞作、藤本徳明『北陸の風土と文学』は、五木氏『聖者が街へやってきた』や鏡花『照葉狂言』など金沢に取材した作品の主人公が秩序に背いて「ユートピアを求めて放浪する若者たち」であり、女性たちは「ひとしく、男に身を任せつつ、しかも敗北を勝利へと転化するやさしい『悪女』たちである」と指摘し、背景に白山信仰や金沢の文化や風土があることを明らかにしている。

これに次ぐのが、吉村博任『幻想の病理　泉鏡花の世界』（第11回）で、精神科医としての知見から、鏡花文学における「夢幻体験の諸相」を『春昼』及び『春昼後刻』、などを取り上げて考察し、鏡花文学に性的描写が欠落しているのは、「「母のイメージ」による拒否反応」ゆえであると指摘している。

さらに小林弘子『泉鏡花　逝きし人の面影に』（第42回）は、『化鳥』、『鶯花径』、『海の鳴る時』他を取り上げて、作品の背景をさぐり、本文を丁寧に読み解いて、作品世界に読者を導くすぐれた案内書となっている。石川近代文学館の新保千代子館長が主催した講座「鏡花研究会」での研鑽が実を結んだ受賞であった。

この他、剣町柳一郎『かざりや清次』（第34回）は、名人肌の彫金師だった鏡花の父清次をモデルに、すずとの結婚や鏡太郎誕生前後を、水野源六を始めとする職人の苦心と併せて描いた短編集である。また、盆と正月以外の３６０日を2倍速のせわしさで過ごすという木倉屋銈造『七百二十日（しっちゃくはっか）のひぐらし』（第19回）は、鏡花の育った新町界隈、浅野川周辺の様々な人々の暮らしを、自筆の絵を交えて全編金沢言葉で語った五感で味わう傑作エッセイ集で、鏡花の弟斜汀も登場する。エッセイの受賞作として、千代芳子『女の心仕事』と双璧をなす。

以上のように50回、93作品に及ぶ市民文学賞受賞作は、「幾多の文学者を輩出した本市の文化的伝統の継承」に値する優れた作品が多い。今後も、同人誌や結社のみならず、金沢文芸館での講座や文学を学ぶ学生の間から新たな傑作が生まれることが期待できるのではなかろうか。

金沢市民文学賞 受賞作（第1〜50回）

年度	作品名	著者	出版社
第1回 1973(昭和48)年	能登のお池づくり	かつお きんや	牧書店
	加能女人系(下)	北國新聞社 加能女人系取材班	北國新聞社
第2回 1974(昭和49)年	城下 安政飢民抄	西 敏明	風媒社
第3回 1975(昭和50)年	奪われるもの	水芦 光子	ゆまにて
	暗くて長い穴の中	荒川 義清	土曜美術社
第4回 1976(昭和51)年	北陸の風土と文学	藤本 徳明	笠間書院
	日本海のロマン		中日新聞社
第5回 1977(昭和52)年	派兵 第三部 雪と吹雪と	高橋 治	朝日新聞社
	派兵 第四部 凍土の孤影		
	長町ひるさがり	大戸 宏	北国出版社
第6回 1978(昭和53)年	冬の梢 岩田記未子歌集	岩田 記未子	短歌新聞社
	季節の詩	万足 卓	北国出版社
第7回 1979(昭和54)年	能登・人に知られぬ日本の辺境	宮崎 正明・訳	パブリケーション四季

回	年	作品	著者	出版社
第8回	1980(昭和55)年	三面鏡	黒田櫻の園	卯辰山文庫
		江馬細香―化政期の女流詩人	門 玲子	卯辰山文庫
第9回	1981(昭和56)年	歌集 惜春鳥	津川洋三	作風社
		犀川べりで	和沢昌治	甲陽書房
第10回	1982(昭和57)年	尾てい骨	熊谷宗秀	北国出版社
		詩集 職人の道具の詩	小笠原啓介	いずみ書房
第11回	1983(昭和58)年	幻想の病理 泉鏡花の世界	吉村博任	牧野出版
		女の心仕事 暮らし12か月	千代芳子	文化出版局
第12回	1984(昭和59)年	俳句自画像	中西舗土	卯辰山文庫
		山口記を歩く	国本昭二	北国出版社
第13回	1985(昭和60)年	大連物語	浅野幾代	北国出版社
		歌集 石の花	安達龍雄	椎の木書房
第14回	1986(昭和61)年	詩篇 える	堀内助三郎	福音館
		死よ何というつらさ	内村晋	北国出版社
第15回	1987(昭和62)年	時光 梶井重雄歌集	梶井重雄	能登印刷出版部
		森美禰歌集 微微少少	森 美禰	伊麻書房
第16回	1988(昭和63)年	かがやく山のひみつ	いいだ よしこ	新日本出版社
		草の碑 満蒙開拓団・棄てられた民の記録	藤田繁	能登印刷出版部
第17回	1989(平成元)年	句集 瑤珞	中山純子	本阿弥書店

回	年	受賞作	著者	発行
第18回	1990（平成2）年	川柳句集　浅野川	奥　美瓜露	川柳甘茶くらぶ
		花落ちて未だ掃かず	坂野　雄一	菁柿堂
第19回	1991（平成3）年	七百二十日のひぐらし	木倉屋　銈造	北國新聞社
		紙の真鯉	井上雪	北國新聞社
第20回	1992（平成4）年	枇杷の葉の下	寺本　まち子	能登印刷出版部
		歴史を刻む音	大森　定嗣	私家版
第21回	1993（平成5）年	歌集　曙橋まで	三井　ゆき	砂子屋書房
第22回	1994（平成6）年	参勤交代道中記―加賀藩史料を読む―	忠田　敏男	平凡社
		句集　花菜	小西　久子	雪垣社
第23回	1995（平成7）年	オーズボン紀行	今井　一良	北國新聞社
		はるかなる黒河の流れ	大坪　重幸	北國新聞社
第24回	1996（平成8）年	五月の晴れた日のように	上野　祥子	橋本確文堂
		句集　時雨虹	本岡　歌子	永田書房
第25回	1997（平成9）年	松田章一戯曲集　和菓子屋包匠　他	松田　章一	十月社
		幻の琴師	麻井　紅仁子	梅里書房
第26回	1998（平成10）年	芭蕉・北陸道を行く	密田　靖夫	北國新聞社出版局
		句集　雪安居	市堀　玉宗	ふらんす堂
第27回	1999（平成11）年	反戦川柳作家　鶴彬	深井　一郎	日本機関紙出版センター

回	年	作品	著者	出版
第28回	2000(平成12)年	青の暦一九七〇	山下 渉登	北冬舎
		歌集 銀桃	喜多 昭夫	雁書館
第29回	2001(平成13)年	短編小説集 波うちよせる家	遠矢 徹彦	新日本文学会出版部
		青年医学徒の沖縄戦回想記	遠藤 幸三	橋本確文堂
第30回	2002(平成14)年	銀杏坂	松尾 由美	光文社
		銭屋五兵衛と北前船の時代	木越 隆三	北國新聞社
第31回	2003(平成15)年	句集 桐の花	高島 筍雄	角川書店
第32回	2004(平成16)年	寺島蔵人と加賀藩政 ―化政天保期の百万石群像―	長山 直治	桂書房
		中村薺詩集 を	中村 薺	私家版
第33回	2005(平成17)年	卯辰	寺本 親平	文藝春秋「文學界」
		コクトー、1936年の日本を歩く	西川 正也	中央公論新社
第34回	2006(平成18)年	かざりや清次	剣町 柳一郎	蒼文舎
		詩集 羅針盤	四方 健二	郁朋社
第35回	2007(平成19)年	短編童話集3 飛べ、紙の鳥	西村 彼呂子	金沢文学会
		キリシタンの記憶	木越 邦子	桂書房
第36回	2008(平成20)年	無愛想なアイドル	杉本 りえ	ポプラ社
		前田慶寧と幕末維新 ―最後の加賀藩主の「正義」―	徳田 寿秋	北國新聞社

回	年	作品	著者	出版
第37回	2009（平成21）年	中世加賀『希有事也』の光景	中橋 大通	能登印刷出版部
第38回	2010（平成22）年	歌集　薔薇図譜	三井 修	短歌研究社
		長塚節『土』―鈴木大拙から読む―	安田 速正	春風社
第39回	2011（平成23）年	ホスピスが美術館になる日―ケアの時代とアートの未来―	横川 善正	ミネルヴァ書房
第40回	2012（平成24）年	手をつなげば、あたたかい。	山元 加津子	サンマーク出版
		句集　晴天	泉 紫像	うつのみや
第41回	2013（平成25）年	百年のあとさき「米澤弘安日記」の金沢	砺波 和年	北國新聞社
		歌集　海光	国見 朝子	短歌研究社
第42回	2014（平成26）年	泉鏡花　逝きし人の面影に	小林 弘子	梧桐書院
		中藤久子歌集「百年のひかり」	中藤 久子	能登印刷出版部
第43回	2015（平成27）年	能登の夕凪	藤川 六十一	ワープロ原稿
		中谷泰士詩集　桜に偲ぶ	中谷 泰士	能登印刷出版部
第44回	2016（平成28）年	歌集　ぽんの不思議の	小島 熱子	砂子屋書房
		久泉迪雄歌集　季をわたる	久泉 迪雄	能登印刷出版部
第45回	2017（平成29）年	ニキチ	紫藤 幹子	私家版
		ダイヤモンドな日々を	皆川 有子	私家版

回	年	作品	著者	出版
第46回	2018(平成30)年	出会わねばならなかった、ただひとりの人	井崎 外枝子	草子舎
		新田泰久詩集　夢の祈り	新田 泰久	能登印刷出版部
第47回	2019(令和元)年	絵とエッセイ	岩田 崇	能登印刷出版部
		瑠璃ノムコウ	河畑 孝夫	文芸社
第48回	2020(令和2)年	ゆきあかり	栂 満智子	本阿弥書店
		網野草太郎　フラグメンツ	松下 卓	ワープロ原稿
第49回	2021(令和3)年	サークル長屋とルーインズ	烏丸 健三	ワープロ原稿
		中野徹詩集　雲のかたち	中野 徹	能登印刷出版部
第50回	2022(令和4)年	こおりとうふ	藪下 悦子	聖佳舎
		姫ヶ生水	松村 昌子	北國新聞社

資料

――泉鏡花文学賞

歴代選考委員略歴

歴代推薦委員

受賞作家略歴

泉鏡花文学賞　歴代選考委員略歴

井上　靖（いのうえ　やすし）（1907〜91）

【選考委員】1〜18回

北海道生まれ。幼少期を静岡・伊豆の生家で過ごす。1927（昭和2）年、第四高等学校に入学。卒業後は毎日新聞学芸部に在籍。50年『闘牛』で芥川賞、58年『天平の甍』で芸術選奨文部大臣賞、61年『淀どの日記』で野間文芸賞、64年『風濤』で読売文学賞。

奥野　健男（おくの　たけお）（1926〜97）

【選考委員】1〜25回

東京生まれ。東工大化学コース在学中に『太宰治論』を発表。1984（昭和59）年『〝間〟の構造』で平林たい子文学賞、86年『文学における原風景』などで日本建築学会百周年記念文化賞、94年『三島由紀夫伝説』で芸術選奨文部大臣賞。化学技術者としても知られた。

尾崎　秀樹（おざき　ほつき）（1928〜99）

【選考委員】1〜26回

台湾・台北生まれ。戦後日本に引き揚げる。1966（昭和41）年『大衆文学論』で芸術選奨文部大臣賞、89年『大衆文学の歴史』で大衆文学研究賞特別賞、90年同作品で吉川英治文学賞、93年『少年小説大系』で巌谷小波文芸賞。98年『時代を生きる―文学作品にみる人間像』で日本文芸大賞特別賞。

瀬戸内　寂聴（せとうち　じゃくちょう）（1922〜2021）

【選考委員】1〜15回

徳島県生まれ。東京女子大国語専攻部卒。瀬戸内晴美として『田村俊子伝』で1961（昭和36）年田村俊子賞、『夏の終り』で63年女流文学賞。73年中尊寺で得度して寂聴に。92年『花に問え』で谷崎潤一郎賞。2011（平成23）年『風景』で泉鏡花文学賞。

三浦哲郎（1931〜2010）

【選考委員】1〜24回

青森県生まれ。早稲田大を中退後、中学教師を挟み、1953（昭和28）年再入学して仏文科を卒業。61年『忍ぶ川』で芥川賞、76年『拳銃と十五の短篇』で野間文芸賞、『短篇集モザイクⅠ　みちづれ』で伊藤整文学賞。短篇「じねんじょ」「みのむし」で川端康成文学賞を2度受賞。

森山啓（1904〜91）

【選考委員】1〜18回

新潟県生まれ。少年期を高岡市、福井市で過ごす。第四高等学校を経て東大美学科中退。在学中から詩作と評論活動に傾注し、1937（昭和12）年『収穫以前』などで作家デビュー。疎開先の小松市で戦後も執筆活動を続けた、42年『海の扇』で新潮社文芸賞。

吉行淳之介（1924〜94）

【選考委員】1〜21回

岡山県生まれ、東京育ち。東大除籍。出版社の新太陽社に入社するも休職し、病気療養生活を送りながら、大阪朝日放送の放送原稿を書く。芥川賞、川端康成文学賞、野間文芸賞など多くの文学賞の選考委員を務めた。妹に女優の吉行和子、芥川賞作家の吉行理恵がいる。

五木寛之（1932〜）

【選考委員】1回〜

※402ページに掲載

半村良（1933〜2002）

【選考委員】20〜29回

東京生まれ。少年期には能登に疎開。両国高卒業後、新宿でバーテンダーなどをしながら文学を学び、伝奇的ロマンでユニークな世界を切り開いた。1973（昭和48）年『産霊山秘録』で泉鏡花文学賞、75年『雨やどり』で直木賞、88年『岬一郎の抵抗』で日本SF大賞。

泉名月（1933〜2008）

【選考委員】20〜35回

愛知県生まれ。実父は鏡花の弟である泉斜汀。鏡花の死後、10歳の時に鏡花の妻すゞの養女となる。明治大大学院修士課程日本文学専攻修了。著書に『鬼ゆり』、『羽つき・手がら・鼓の緒』（鏡花の家の伝え聞き書き）など。泉鏡花記念館名誉館長も務めた。

村田（むらた）喜代子（きよこ）（１９４５〜）

【選考委員】26〜43回

福岡県生まれ。八幡市立花尾中卒。１９７７（昭和52）年『水中の声』で九州芸術祭文学賞、87年『鍋の中』で芥川賞、98年『望潮』で川端康成文学賞、99年『龍秘御天歌』で芸術選奨文部大臣賞、２０１０（平成22）年『故郷のわが家』で野間文芸賞、21年『姉の島』で泉鏡花文学賞。

村松（むらまつ）友視（ともみ）（１９４０〜）

【選考委員】28回〜

東京都生まれ。慶大文学部卒。中央公論社に入社、女性誌『婦人公論』、文芸誌『海』の編集に携わる。編集者の傍ら執筆活動も行い、１９８０（昭和55）年『私、プロレスの味方です』が人気を博す。82年『時代屋の女房』で直木賞。97年『鎌倉のおばさん』で泉鏡花文学賞。

金井（かない）美恵子（みえこ）（１９４７〜）

【選考委員】28〜50回

群馬県生まれ。高崎女子高卒。１９６７（昭和42）年現代詩手帖賞を受賞後、小説と詩作の双方で作家生活を始める。79年『プラトン的恋愛』で泉鏡花文学賞、88年『タマや』で女流文学賞、２０１８（平成30）年『カストロの尻』で芸術選奨文部科学大臣賞。

嵐山（あらしやま）光三郎（こうざぶろう）（１９４２〜）

【選考委員】37回〜

※４０２ページに掲載

山田（やまだ）詠美（えいみ）（１９５９〜）

【選考委員】44回〜

東京都生まれ。明治大文学部中退。１９８５（昭和60）年『ベッドタイムアイズ』で文藝賞、87年『ソウル・ミュージック・ラバーズ・オンリー』で直木賞、96年『アニマル・ロジック』で泉鏡花文学賞、２００１（平成13）年『A2Z』で読売文学賞、12年『ジェントルマン』で野間文芸賞。

綿矢（わたや）りさ（１９８４〜）

【選考委員】46回〜

京都府生まれ。京都市立紫野高在学中に『インストール』で文藝賞、早稲田大国語国文学科在学中に『蹴りたい背中』で芥川賞。卒業後、専業作家となり、２０１２（平成24）年『かわいそうだね？』で大江健三郎賞、19年『生のみ生のままで』で島清恋愛文学賞。

泉鏡花文学賞　歴代推薦委員

委員	任期	（参加回）
浅田　二郎	1973～95年	（1～22回）
安宅　夏夫	1973～76年	（1～4回）
大沢　衛	1973～79年	（1～7回）
小林　輝治	1973～2012年	（1～40回）
新保千代子	1973～99年	（1～27回）
鶴羽　伸子	1973、74、77、1991～2001年	（1、2、5、19～29回）
西　敏明	1973～95年	（1～22回）
藤田　福夫	1973年	（1回）
藤本　徳明	1973～80年	（1～8回）
横山　文平	1973～76年	（1～4回）
万足　卓	1974～75年	（2、3回）
田辺　宗一	1976～2018年	（4～46回）
田中　義久	1978～80年	（6～8回）
梶井　重雄	1981～95年	（9～22回）
千代　芳子	1981～2010年	（9～38回）
米田　満	1981年～	（9回～）
秋山　稔	1992年～	（20回～）
金子　健樹	1992年～	（20回～）
国本　昭二	1996～2004年	（24～32回）
井口　哲郎	2000～02年	（28～30回）
松岡　香	2000年～	（28回～）
香村　幸作	2003年～	（31回～）
勝尾　金弥	2005～16年	（33～44回）
蔀　際子	2012年～	（40回～）
杉山　欣也	2012年～	（40回～）
小林　弘子	2013年～	（41回～）
砂川　公子	2013年～	（41回～）
鈴木　暁世	2017～19年	（45～47回）
中村　依子	2020年～	（48回～）

泉鏡花文学賞　受賞作家略歴

第1回　1973／昭和48年

半村良（はんむら りょう）（1933〜2002）

受賞作　『産霊山秘録』

略　歴　※387ページに掲載

森内俊雄（もりうち としお）（1936〜）

受賞作　『翔ぶ影』

略　歴　大阪府生まれ。早大露文科卒。1969（昭和44）年『幼き者は驢馬に乗って』で文學界新人賞、91年『氷河が来るまでに』で読売文学賞、芸術選奨文部大臣賞。主な著作に『骨川に行く』など。

第2回　1974／昭和49年

中井英夫（なかい ひでお）（1922〜1993）

受賞作　『悪夢の骨牌』

略　歴　東京都生まれ。東大言語科中退。短歌雑誌の編集者として寺山修司氏、塚本邦雄氏らを発掘し育てた。代表作に『虚無への供物』『とらんぷ譚』など。

第3回　1975／昭和50年

森茉莉（もり まり）（1903〜1987）

受賞作　『甘い蜜の部屋』

略　歴　東京都生まれ。作家森鷗外の長女。仏英和高女卒。1957（昭和32）年『父の帽子』で日本エッセイスト・クラブ賞、62年『恋人たちの森』で田村俊子賞。主な著作に『靴の音』『枯葉の寝床』など。

第4回　1976／昭和51年

高橋たか子（1932～2013）

受賞作　『誘惑者』

略　歴　京都府生まれ。京大仏文科卒。1973（昭和48）年『空の果てまで』で田村俊子賞、77年『ロンリー・ウーマン』で女流文学賞、85年『恋う』で川端康成文学賞、85年『怒りの子』で読売文学賞。

第5回　1977／昭和52年

色川武大（1929～1989）

受賞作　『怪しい来客簿』

略　歴　東京都生まれ。旧制第三東京市立中中退。1961（昭和36）年『黒い布』で中央公論新人賞、78年『離婚』で直木賞、82年『百』で川端康成文学賞、89年『狂人日記』で読売文学賞。

津島佑子（1947～2016）

受賞作　『草の臥所』

略　歴　東京都生まれ。作家太宰治の次女。白百合女子大英文科卒。1983（昭和58）年『黙市』で川端康成文学賞、87年『夜の光に追われて』で読売文学賞、98年『火の山―山猿記』で谷崎潤一郎賞、野間文芸賞。

第6回　1978／昭和53年

唐十郎（1940～）

受賞作　『海星・河童―少年小説』

略　歴　東京都生まれ。明治大文学部卒。劇団「青芸」を経て「状況劇場」を設立し主宰。1970（昭和45）年『少女仮面』で岸田國士戯曲賞。83年『佐川君からの手紙』で芥川賞。

第7回　1979／昭和54年

眉村卓（1934～2019）

受賞作　『消滅の光輪』

略　歴　大阪府生まれ。大阪大経済学部卒。1987（昭和62）年『夕焼けの回転木馬』で日本文芸大賞。主な著作に『なぞの転校生』『ねらわれた学園』『妻に捧げた1778話』など。

金井美恵子（1947～）

受賞作　『プラトン的恋愛』

略　歴　※388ページに掲載

第8回　1980／昭和55年

清水邦夫（しみずくにお）（1936〜2021）

受賞作　『わが魂は輝く水なり』

略　歴　新潟県生まれ。早大文学部卒。1974（昭和49）年『ぼくらが非情の大河をくだる時』で岸田國士戯曲賞、83年『エレジー』で読売文学賞、90年『弟よ』で芸術選奨文部大臣賞。

森万紀子（もりまきこ）（1934〜1992）

受賞作　『雪女』

略　歴　山形県生まれ。県立酒田東高卒。1965（昭和40）年『単独者』で文學界新人賞佳作。主な著作に『緋の道』『密約』『風の吹く町』『黄色い娼婦』など。

第9回　1981／昭和56年

澁澤龍彦（しぶさわたつひこ）（1928〜1987）

受賞作　『唐草物語』

略　歴　東京都生まれ。東大仏文科卒。死後の1988（昭和63）年『高丘親王航海記』で読売文学賞。主な著作に『思考の紋章学』『夢の宇宙誌』『犬狼都市（キュノポリス）』など。

筒井康隆（つついやすたか）（1934〜）

受賞作　『虚人たち』

略　歴　大阪府生まれ。同志社大文学部卒。1987（昭和62）年『夢の木坂分岐点』で谷崎潤一郎賞、89年『ヨッパ谷への降下』で川端康成文学賞、99年『わたしのグランパ』で読売文学賞、2010年菊池寛賞。

第10回　1982／昭和57年

日野啓三（ひのけいぞう）（1929〜2002）

受賞作　『抱擁』

略　歴　東京都生まれ。東大文学部卒。1974（昭和49）年『此岸の家』で平林たい子文学賞、75年『あの夕陽』で芥川賞、86年『砂丘が動くように』で谷崎潤一郎賞、『夢の島』で芸術選奨文部大臣賞。

第11回　1983／昭和58年

三枝和子（さえぐさかずこ）（1929〜2003）

受賞作　『鬼どもの夜は深い』

略　歴　兵庫県生まれ。関西学院大文学部卒。1970（昭和45）年『処刑が行なわれている』で田村俊子賞。主な著作に『その日の夏』『女王卑弥呼』『恋愛小説の陥穽』『男たちのギリシア悲劇』など。

小檜山博（こひやまはく）（1937〜）

受賞作　『光る女』

略　歴　北海道生まれ。苫小牧工業高卒。1976（昭和51）年『出刃』で北方文芸賞、2003年『光る大雪』で木山捷平文学賞。主な著作に『夢の女』『地吹雪』『雪嵐』『パラオ・レノン』など。

第12回　1984／昭和59年

赤江瀑（あかえばく）（1933〜2012）

受賞作　『海峡』『八雲が殺した』

略　歴　山口県生まれ。日大藝術学部中退。1970（昭和45）年『ニジンスキーの手』で小説現代新人賞、74年『オイディプスの刃』で角川小説賞。主な著作に『罪喰い』『ポセイドン変幻』など。

第13回　1985／昭和60年

宮脇俊三（みやわきしゅんぞう）（1926〜2003）

受賞作　『殺意の風景』

略　歴　埼玉県生まれ。東大文学部卒。1978（昭和53）年『時刻表2万キロ』で日本ノンフィクション賞、新評交通部門賞。92年『韓国・サハリン鉄道紀行』でJTB紀行文学大賞。

第14回　1986／昭和61年

増田みず子（ますだみずこ）（1948〜）

受賞作　『シングル・セル』

略　歴　東京都生まれ。東京農工大卒。1985（昭和60）年『自由時間』で野間文芸新人賞、92年『夢虫』で芸術選奨文部大臣新人賞。2001年『月夜見』で伊藤整文学賞。

第15回　1987／昭和62年

倉橋由美子（くらはしゆみこ）（1935〜2005）

受賞作　『アマノン国往還記』

略　歴　高知県生まれ。明治大文学部仏文専攻卒。1961（昭和36）年『パルタイ』で女流文学者賞、63年田村俊子賞。主な著作に『聖少女』『大人のための残酷童話』『スミヤキストQの冒険』など。

朝稲日出夫（あさいねひでお）（1945〜）

受賞作　『シュージの放浪』

略　歴　埼玉県生まれ。中央大法学部卒。1978（昭和53）年『あしたのジョーは死んだのか』で太宰治賞優秀作、同年『彼の町に逃れよ』で野性時代新人文学賞。主な著作に『少女微笑』など。

第16回 1988／昭和63年

泡坂妻夫（あわさかつまお）（1933～2009）

受賞作 『折鶴』

略　歴 東京都生まれ。九段高卒。1978（昭和53）年『乱れからくり』で日本推理作家協会賞、82年『喜劇悲奇劇』で角川小説賞、90年『蔭桔梗』で直木賞。主な著作に『からくり東海道』など。

吉本ばなな（よしもと）（1964～）

受賞作 「ムーンライト・シャドウ」（『キッチン』所収）

略　歴 東京都生まれ。日大文芸学科卒。1987（昭和62）年『キッチン』で海燕新人文学賞、89年『うたかた／サンクチュアリ』で芸術選奨文部大臣新人賞、2022年『ミトンとふびん』で谷崎潤一郎賞。

第17回 1989／平成元年

石和鷹（いさわたか）（1933～1997）

受賞作 『野分酒場』

略　歴 埼玉県生まれ。早大文学部卒。1995（平成7）年『クルー』で芸術選奨文部大臣賞、97年『地獄は一定すみかぞかし』で伊藤整文学賞。主な著作に『果つる日』『いきもの抄』『茶湯寺で見た夢』など。

北原亞以子（きたはらあいこ）（1938～2013）

受賞作 『深川澪通り木戸番小屋』

略　歴 東京都生まれ。千葉県立千葉第二高卒。1969（昭和44）年『ママは知らなかったのよ』で新潮新人賞、93年『恋忘れ草』で直木賞、2005年『夜の明けるまで―深川澪通り木戸番小屋』で吉川英治文学賞。

第18回 1990／平成2年

日影丈吉（ひかげじょうきち）（1908～1991）

受賞作 『泥汽車』

略　歴 東京都生まれ。アテネ・フランセ卒。1956（昭和31）年『孤の鶏』で日本探偵作家クラブ賞。主な著作に『内部の真実』『応家の人々』『真赤な子犬』など。

第19回 1991／平成3年

有爲エンジェル（うい）（1948～）

受賞作 『踊ろう、マヤ』

略　歴 岩手県生まれ。東京都立千歳丘高中退。1982（昭和57）年『前奏曲』で群像新人長編小説賞。主な著作に『奇跡』『ロンドンの夏は素敵』『赤と青の殺意』など。

第20回　1992／平成4年

島田雅彦（しまだまさひこ）（1961〜）

受賞作　『彼岸先生』

略　歴　東京都生まれ。東京外国語大ロシア語科卒。1984（昭和59）年『夢遊王国のための音楽』で野間文芸新人賞、2006年『退廃姉妹』で伊藤整文学賞、08年『カオスの娘』で芸術選奨文部科学大臣賞。

鷺沢萠（さぎさわめぐむ）（1968〜2004）

受賞作　『駆ける少年』

略　歴　東京都生まれ。上智大ロシア語学科中退。1987（昭和62）年『川べりの道』で文學界新人賞。主な著作に『少年たちの終わらない夜』『スタイリッシュ・キッズ』『途方もない放課後』など。

第21回　1993／平成5年

山本道子（やまもとみちこ）（1936〜）

受賞作　『喪服の子』

略　歴　東京都生まれ。跡見学園短大国文科卒。1972（昭和47）年『魔法』で新潮新人賞、73年『ベティさんの庭』で芥川賞、85年『ひとの樹』で女流文学賞、95年『瑠璃唐草』で島清恋愛文学賞。

第22回　1994／平成6年

該当作なし

第23回　1995／平成7年

辻章（つじあきら）（1945〜2015）

受賞作　『夢の方位』

略　歴　神奈川県生まれ。横浜国立大卒。「群像」編集長を経て、作家活動に入る。主な作品に『この世のこと』『青山』『猫宿り』など。

第24回　1996／平成8年

山田詠美（やまだえいみ）（1959〜）

受賞作　『アニマル・ロジック』

略　歴　※388ページに掲載

柳美里（ゆうみり）（1968〜）

受賞作　『フルハウス』

略　歴　茨城県生まれ。横浜共立学園高中退。1993（平成5）年『魚の祭』で岸田國士戯曲賞、97年『家族シネマ』で芥川賞、2020年『JR上野駅公園口』の英訳版で全米図書賞。

第25回 1997／平成9年

京極夏彦（1963〜）

受賞作　『嗤う伊右衛門』

略　歴　北海道生まれ。専修学校桑沢デザイン研究所中退。1996（平成8）年『魍魎の匣』で日本推理作家協会賞、2004年『後巷説百物語』で直木賞、22年『遠巷説百物語』で吉川英治文学賞。

村松友視（1940〜）

受賞作　『鎌倉のおばさん』

略　歴　※388ページに掲載

第26回 1998／平成10年

田辺聖子（1928〜2019）

受賞作　『道頓堀の雨に別れて以来なり
―川柳作家・岸本水府とその時代』

略　歴　大阪府生まれ。樟蔭女子専門学校卒。1964（昭和39）年『感傷旅行　センチメンタル・ジャーニィ』で芥川賞、87年『花衣ぬぐやまつわる…わが愛の杉田久女』で女流文学賞、93年『ひねくれ一茶』で吉川英治文学賞、94年菊池寛賞、08年文化勲章。

第27回 1999／平成11年

吉田知子（1934〜）

受賞作　『箱の夫』

略　歴　静岡県生まれ。名古屋市立女子短大経済科卒。1970（昭和45）年『無明長夜』で芥川賞、92年『お供え』で川端康成文学賞。主な著作に『天地玄黄』『父の墓』『日常的美青年』など。

種村季弘（1933〜2004）

受賞作　『種村季弘のネオ・ラビリントス「幻想のエロス」』ほか

略　歴　東京都生まれ。東大文学部卒。1995（平成7）年『ビンゲンのヒルデガルトの世界』で芸術選奨文部大臣賞、斎藤緑雨賞。主な著作に『泉鏡花集成1〜14』『吸血鬼幻想』『怪物の解剖学』など。

第28回 2000／平成12年

多和田葉子（1960〜）

受賞作　『ヒナギクのお茶の場合』

略　歴　東京都生まれ。早大第一文学部卒。1993（平成5）年『犬婿入り』で芥川賞、2003年『容疑者の夜行列車』で谷崎潤一郎賞、伊藤整文学賞、12年『雲をつかむ話』で読売文学賞、芸術選奨文部科学大臣賞、20年朝日賞。

第29回　2001／平成13年

久世光彦（くぜてるひこ）（1935〜2006）

受賞作　『蕭々館日録』

略　歴　東京都生まれ。東大文学部卒。テレビドラマ「時間ですよ」の演出を手がける。1994（平成6）年『一九三四年冬—乱歩』で山本周五郎賞、97年『聖なる春』で芸術選奨文部大臣賞。

笙野頼子（しょうのよりこ）（1956〜）

受賞作　『幽界森娘異聞』

略　歴　三重県生まれ。立命館大法学部卒。1981（昭和56）年『極楽』で群像新人文学賞、94年『二百回忌』で三島由紀夫賞、『タイムスリップ・コンビナート』で芥川賞、2005年『金毘羅』で伊藤整文学賞。

第30回　2002／平成14年

野坂昭如（のさかあきゆき）（1930〜2015）

受賞作　『文壇』およびそれに至る文業

略　歴　神奈川県生まれ。早大文学部中退。1968（昭和43）年『アメリカひじき・火垂るの墓』で直木賞、97年『同心円』で吉川英治文学賞。主な著作に『エロ事師たち』『戦争童話集』など。

第31回　2003／平成15年

丸谷才一（まるやさいいち）（1925〜2012）

受賞作　『輝く日の宮』

略　歴　山形県生まれ。東大文学部卒。1967（昭和42）年『笹まくら』で河出文化賞、68年『年の残り』で芥川賞、88年『樹影譚』で川端康成文学賞、89年『光る源氏の物語』で芸術選奨文部大臣賞。

桐野夏生（きりのなつお）（1951〜）

受賞作　『グロテスク』

略　歴　金沢市生まれ。成蹊大法学部卒。1998（平成10）年『OUT』で日本推理作家協会賞、99年『柔らかな頬』で直木賞、2010年『ナニカアル』で島清恋愛文学賞、11年同作で読売文学賞、23年『燕は戻ってこない』で毎日芸術賞、吉川英治文学賞。

第32回　2004／平成16年

小川洋子（おがわようこ）（1962〜）

受賞作　『ブラフマンの埋葬』

略　歴　岡山県生まれ。早大第一文学部卒。1991（平成3）年『妊娠カレンダー』で芥川賞、2004年『博士の愛した数式』で読売文学賞、本屋大賞。13年『ことり』で芸術選奨文部科学大臣賞、21年菊池寛賞。

第33回　2005／平成17年

寮(りょう) 美千子(みちこ)（1955〜）

受賞作　『楽園の鳥―カルカッタ幻想曲』

略　歴　東京都生まれ。千葉県立千葉高卒。1986（昭和61）年『ねっけつビスケット　チビスケくん』で毎日童話新人賞。主な著作に『ほしがうたっている』『小惑星美術館』『マザー・テレサへの旅』など。

第34回　2006／平成18年

嵐山(あらしやま) 光三郎(こうざぶろう)（1942〜）

受賞作　『悪党芭蕉』

略　歴　※402ページに掲載

第35回　2007／平成19年

立松(たてまつ) 和平(わへい)（1947〜2010）

受賞作　『道元禅師』（上・下）

略　歴　栃木県生まれ。早大政経学部卒。1980（昭和55）年『遠雷』で野間文芸新人賞、93年『卵洗い』で坪田譲治文学賞、97年『毒―風聞・田中正造』で毎日出版文化賞。主な著作に『芭蕉―「奥の細道」内なる旅』『晩年』など。

第36回　2008／平成20年

横尾(よこお) 忠則(ただのり)（1936〜）

受賞作　『ぶるうらんど』

略　歴　兵庫県生まれ。県立西脇高卒。1995（平成7）年毎日芸術賞、2012年朝日賞、15年高松宮殿下記念世界文化賞。16年『言葉を離れる』で講談社エッセイ賞。主な著作に『コブナ少年』など。

第37回　2009／平成21年

南木(なぎ) 佳士(けいし)（1951〜）

受賞作　『草すべり　その他の短篇』

略　歴　群馬県生まれ。秋田大医学部卒。1981（昭和56）年『破水』で文學界新人賞、89年『ダイヤモンドダスト』で芥川賞、2009年『草すべり』で芸術選奨文部科学大臣賞。

第37回　2009／平成21年

千早(ちはや) 茜(あかね)（1979〜）

受賞作　『魚神』

略　歴　北海道生まれ。立命館大文学部卒。2008（平成20）年『魚神』で小説すばる新人賞。13年『あとかた』で島清恋愛文学賞、21年『透明な夜の香り』で渡辺淳一文学賞。23年『しろがねの葉』で直木賞。

第38回　2010／平成22年

篠田（しのだ）正浩（まさひろ）（1931〜）

受賞作　『河原者ノススメ　死穢と修羅の記憶』

略　歴　岐阜県生まれ。早大第一文学部卒。映画監督としての代表作に「乾いた花」「心中天網島」「はなれ瞽女おりん」「夜叉ケ池」など。主な著作に『駈けぬける風景』『闇の中の安息』など。

第39回　2011／平成23年

瀬戸内（せとうち）寂聴（じゃくちょう）（1922〜2021）

受賞作　『風景』

略　歴　※386ページに掲載

夢枕（ゆめまくら）獏（ばく）（1951〜）

受賞作　『大江戸釣客伝』（上・下）

略　歴　神奈川県生まれ。東海大文学部卒。1989（平成元）年『上弦の月を喰べる獅子』で日本SF大賞、2011年『大江戸釣客伝』で舟橋聖一文学賞、12年同作で吉川英治文学賞。

第40回　2012／平成24年

角田（かくた）光代（みつよ）（1967〜）

受賞作　『かなたの子』

略　歴　神奈川県生まれ。早大第一文学部卒。2005（平成17）年『対岸の彼女』で直木賞、本屋大賞、06年『ロック母』で川端康成文学賞、11年『ツリーハウス』で伊藤整文学賞、12年『紙の月』で柴田錬三郎賞。

第41回　2013／平成25年

磯﨑（いそざき）憲一郎（けんいちろう）（1965〜）

受賞作　『往古来今』

略　歴　千葉県生まれ。早大商学部卒。2007（平成19）年『肝心の子供』で文藝賞、09年『終の住処』で芥川賞、20年『日本蒙昧前史』で谷崎潤一郎賞。主な著作に『眼と太陽』『世紀の発見』など。

第42回　2014／平成26年

中島 京子（なかじま きょうこ）（1964〜）

受賞作　『妻が椎茸だったころ』

略　歴　東京都生まれ。東京女子大文理学部卒。2010（平成22）年『小さいおうち』で直木賞、15年『かたづの！』で柴田錬三郎賞、22年『ムーンライト・イン』『やさしい猫』で芸術選奨文部科学大臣賞。

小池 昌代（こいけ まさよ）（1959〜）

受賞作　『たまもの』

略　歴　東京都生まれ。津田塾大学芸学部卒。1997（平成9）年『永遠に来ないバス』で現代詩花椿賞、2007年『タタド』で川端康成文学賞、10年『コルカタ』で萩原朔太郎賞。

第43回　2015／平成27年

長野 まゆみ（ながの まゆみ）（1959〜）

受賞作　『冥途あり』

略　歴　東京都生まれ。女子美術大学芸術学部卒。1988（昭和63）年『少年アリス』で文藝賞、2015年『冥途あり』で野間文芸賞。主な著作に『テレヴィジョン・シティ』『よろづ春夏冬中』など。

篠原 勝之（しのはら かつゆき）（1942〜）

受賞作　『骨風』

略　歴　北海道生まれ。武蔵野美大中退。鉄を素材としたモニュメントなどを発表。2009（平成21）年『走れUMI』で小学館児童出版文化賞。主な著作に『カミサマ』『人生はデーヤモンド』など。

第44回　2016／平成28年

川上 弘美（かわかみ ひろみ）（1958〜）

受賞作　『大きな鳥にさらわれないよう』

略　歴　東京都生まれ。お茶の水女子大理学部卒。1996（平成8）年『蛇を踏む』で芥川賞、2001年『センセイの鞄』で谷崎潤一郎賞、07年『真鶴』で芸術選奨文部科学大臣賞、15年『水声』で読売文学賞。

第45回　2017／平成29年

松浦 理英子（まつうら りえこ）（1958〜）

受賞作　『最愛の子ども』

略　歴　愛媛県生まれ。青山学院大文学部卒。1978（昭和53）年『葬儀の日』で文學界新人賞、94年『親指Pの修業時代』で女流文学賞、2008年『犬身』で読売文学賞、22年『ヒカリ文集』で野間文芸賞。

第46回　2018／平成30年

山尾（やまお）悠子（ゆうこ）（1955〜）

受賞作　『飛ぶ孔雀』

略　歴　岡山県生まれ。同志社大文学部卒。2018（平成30）年『飛ぶ孔雀』で日本SF大賞、19年芸術選奨文部科学大臣賞。主な著作に『夢の棲む街』『オットーと魔術師』など。

第47回　2019／令和元年

田中（たなか）慎弥（しんや）（1972〜）

受賞作　『ひよこ太陽』

略　歴　山口県生まれ。県立下関中央工業高卒。2005（平成17）年『冷たい水の羊』で新潮新人賞、08年『蛹』で川端康成文学賞、『切れた鎖』で三島由紀夫賞、12年『共喰い』で芥川賞。

第48回　2020／令和2年

髙樹（たかぎ）のぶ子（こ）（1946〜）

受賞作　『小説伊勢物語　業平』

略　歴　山口県生まれ。東京女子大短大部卒。1984（昭和59）年『光抱く友よ』で芥川賞、94年『蔦燃』で島清恋愛文学賞、2006年『HOKKAI』で芸術選奨文部科学大臣賞、10年『トモスイ』で川端康成文学賞。

第49回　2021／令和3年

村田（むらた）喜代子（きよこ）（1945〜）

受賞作　『姉の島』

略　歴　※388ページに掲載

第50回　2022／令和4年

大濱（おおはま）普美子（ふみこ）（1958〜）

受賞作　『陽だまりの果て』

略　歴　東京都生まれ。慶大文学部卒。1995（平成7）年からドイツ在住。著書に『たけこのぞう』『十四番線上のハレルヤ』。

五木　寛之

◉1932（昭和7）年福岡県生まれ。戦後、北朝鮮より引き揚げ。早稲田大学露文科中退。編集者などを経て金沢在住の66年『さらばモスクワ愚連隊』で小説現代新人賞、67年『蒼ざめた馬を見よ』で直木賞。73年に金沢市が制定する泉鏡花文学賞の創設に尽力、選考委員に。76年『青春の門　筑豊篇』ほかで吉川英治文学賞、2002年菊池寛賞、10年『親鸞』（上・下）で毎日出版文化賞特別賞。主な著作に『風に吹かれて』『大河の一滴』『朱鷺の墓』『風の王国』『蓮如』など。18年より北國新聞・富山新聞で「新・地図のない旅」を連載。22年より日本芸術院会員。

嵐山光三郎

◉1942（昭和17）年静岡県生まれ。國學院大學文学部国文科卒。平凡社「太陽」編集長を経て独立。88年『素人庖丁記』で講談社エッセイ賞、2000年『芭蕉の誘惑』でJTB紀行文学大賞、06年『悪党芭蕉』で泉鏡花文学賞、07年『悪党芭蕉』で読売文学賞。09年から泉鏡花文学賞選考委員。主な著作に『文人悪食』『不良定年』『枯れてたまるか！』『漂流怪人・きだみのる』『ごはん通』『超訳　芭蕉百句』など。現在、北國新聞・富山新聞で「愉快な日々」を連載中。

秋山（あきやま） 稔（みのる）

●1954（昭和29）年千葉県生まれ。慶應義塾大学大学院修士課程修了。都立高校教諭を経て、1988（昭和63）年金沢女子大学文学部専任講師、金沢学院大学教授、文学部長を経て2013（平成25）年金沢学院大学学長、泉鏡花記念館館長となる。博士（文学）。泉鏡花文学賞推薦委員。石川県文芸協会理事長。主な編著に『百年小説の愉しみ』『泉鏡花 転成する物語』『泉鏡花俳句集』『新編 泉鏡花集』（金沢一・金沢二・北陸）『歌行燈（岩波文庫）』。

鏡花文学賞50年

発　行　2023（令和５）年４月20日　第１刷
編　集　北國新聞社出版局
発　行　株式会社北國新聞社
〒920－8588
石川県金沢市南町２番１号
TEL　076－260－3587（出版局）
FAX　076－260－3423
電子メール　syuppan@hokkoku.co.jp
ISBN978-4-8330-2281-1